www.tredition.de

AF202988

Ferdinand: (fällt in fürchterlicher Bewegung vor ihr nieder).
Luise! Hast du den Marschall geliebt? Ehe dieses Licht noch
ausbrennt stehst du vor Gott!

Luise: (fährt erschrocken in die Höhe). Jesus! Was ist das?
Und mir wird sehr übel. *(Sie sinkt auf den Sessel zurück.)*

Ferdinand: Schon? Über euch Weiber und das ewige Räthsel!
Die zärtliche Nerve hält Freveln fest, die die Menschheit an
ihren Wurzeln zernagen; ein elender Gran Arsenik wirft sie
um.

Luise: Gift! Gift! O mein Herrgott!

Ferdinand: So fürchte ich. Deine Limonade war in der Hölle
gewürzt. Du hast sie dem Tod zugetrunken.

Luise: Sterben! Sterben! Gott Allbarmherziger! Gift in der
Limonade und sterben! O meiner Seele erbarme dich, Gott
der Erbarmer!

Friedrich Schiller: „Kabale und Liebe", fünfter Akt, siebte Szene

Stefan Benz

Theaterdurst

Herr Beck und die Höllenlimonade

.

www.tredition.de
.

© 2019 Stefan Benz
Umschlag, Illustration: Rebecca Jaweed
Verlag & Druck: tredition GmbH,
Halenreie 40-44, 22359 Hamburg

ISBN
Paperback   ISBN 978-3-7482-6294-7
Hardcover   ISBN 978-3-7482-6295-4
e-Book   ISBN 978-3-7482-6296-1
Das Werk, einschließlich seiner Teile, ist urheberrechtlich geschützt. Jede Verwertung ist ohne Zustimmung des Verlages und des Autors unzulässig. Dies gilt insbesondere für die elektronische oder sonstige Vervielfältigung, Übersetzung, Verbreitung und öffentliche Zugänglichmachung.

Inhalt

Die Personen

Justus Beck, Theaterkritiker und Weinhändler

Paula Berlepp, seine Haushälterin

Juliane, seine längst verstorbene Frau

Kevin Jung, Online-Chef der „Neuen Post"

Sigrid Huxhorn, Becks alte Kollegin bei der „Neuen Post"

Franz Mager, Praktikant der Zeitung

Bernd Rudolf, Polizeipräsident

Klaudia Martini, Frau des Stadtkämmerers

Traudel Kalbfleisch, Kulturausschussvorsitzende

Jakob Oswald, der Intendant

Philipp Mauss und Gerd Wurmser, Dramaturgendiener

Hagen Wolf, Generalmusikdirektor

Veronika Billstedt, Schauspielerin und Wolfs Freundin

Sonja Kramer, Eva Abt und Katharina Maibaum,

Schauspielerinnen, denen ihre Rollen schlecht bekommen

Jutta Meiser, Inspizientin und Becks Theater-Informantin

Kornmeier, Verwaltungsdirektor

Bernd Huber, Schauspieldirektor

Uli Edenberger und Kalle Klappinger, Requisiteure

Erster Aufzug: Tamora

1 An Schlaf war mal wieder nicht zu denken. Justus Beck öffnete die Augen. Immer noch war überall Blut. Wieso räumte denn keiner die Leichen weg? Das nervte ihn schon seit einer Stunde. Konnte da nicht mal einer Ordnung schaffen? Am liebsten hätte er Paula nach vorne geschickt um durchzuwischen. Doch Paula neben ihm blitzte ihn nur unwirsch an. Hatte er wieder geschnarcht? Hatte sie ihn gerade angerempelt? Dabei hatte er doch nur kurz den Blick von diesem Elend abwenden wollen. Beck spähte angespannt zur Bühne. Standen da jetzt nicht weniger aufrecht als vorher? Lagen mehr Tote herum? Er war sich unsicher. Ja, da war ein Filmriss. Groß konnte die Lücke in seiner Erinnerung nicht sein. Er hatte als Kritiker im Theater schon mehr verpasst. Doch dass es heute wieder passieren würde, hätte er nicht gedacht – nicht bei diesem Stück.

„Titus Andronicus", die größte Schlachtplatte des Welttheaters. Und der junge Regisseur hatte schon im Vorgespräch gesagt, dass er keine Gnade walten lassen wolle: Shakespeares Römer-Tragödie wie gemacht für den Terror unserer Tage! Überall Hass, Gewalt und Vergeltung. Feldherr Titus hat vierzig Jahre lang für Rom gekämpft, über zwanzig Söhne verloren. Jetzt hat er die Goten geschlagen, ihre Königin Tamora und deren drei Söhne geraubt, doch dieser Triumph ist sein Untergang. Titus lässt ihren ältesten für seine eigenen gefallenen Söhne opfern, Tamora heiratet den neuen römischen Kaiser Saturnius und schwört Rache. Die Tochter des Titus wird vergewaltigt und verstümmelt, ihr Verlobter ermordet, zwei Söhne des Titus müssen vor Gericht dran glauben, obwohl sie gar nicht schuld sind, woraufhin sich der Vater eine Hand abhackt. Aber das war nur der Anfang.

Beck wusste ja, was ihm blühte. Er hatte das Stück nach vielen Jahren wieder aus seiner Bibliothek hervorgekramt, und er hatte gehört, wie der Regisseur Anatol Wildmoser-Bettencour über das Kino von Quentin Tarantino und David Cronenberg lästerte. Alles Weicheier, er werde dem alten Shakespeare zeitkritisch die Eingeweide rausreißen: mit Torture Porn von Abu Ghraib bis zum Islamischen Staat.

Herrje, Tarantino und Torture Porn! Da wusste Beck wieder, warum er seit über zwanzig Jahren nicht mehr im Kino war. Und eine Hommage an das orgiastische Ekel-Theater des Hermann Nitsch sollte der Abend nebenbei auch noch sein. Drum hatten schon draußen vor dem Bühnenhaus wütende Tierschützer die Premierenbesucher beschimpft, denn dass drinnen Schweinskadaver zerteilt würden, hatte Anatol Wildmoser-Bettencour mehrfach angekündigt. Seit er vor zwei Jahren mit einer „Stella" im Swinger Club an der Vorpommerschen Landesbühne fast zum Berliner Theatertreffen eingeladen worden wäre, nahm der Mann bei Interviews den Mund gern mal ein bisschen voll.

Und dann trat dieser Titus auch noch auf mit einer Gummimaske, auf der ein blondiertes Meerschweinchen klebte, was ihn unverkennbar zu einem Römer wie Donald Trump machte. Die beängstigend kräftige Tamora, eben noch Gotenkönigin, jetzt Römerkaiserin, trug – gleichfalls in Gummi geprägt – den blonden Scheitel und die mütterlichen Züge von Marine Le Pen. Dazu neunschwänzige Katze und ein schwarzes Latexwams, was einer politischen Zuchtmeisterin gut stand. Aktuelle Weltpolitik zu Gast bei William Shakespeare. Schließlich stand dieses Monster von einem Drama zum Beginn der Saison auf dem Spielplan, weil die Schauspieldirektion gleich mal den Dritten Weltkrieg ausgerufen hatte. Der hatte mit Terror, Flucht und Krisen nämlich schon begonnen, ohne dass einer es gemerkt hatte. Nur gut, dass die Dramaturgie des Stadttheaters aufpasste und nun „Titus Andronicus" als Beitrag zur aktuellen Globalisierungsapokalypse vorführte.

Beck wusste noch nicht, ob er das voll schräg und halb daneben oder doch eher voll daneben, aber nur halb schräg finden sollte. Wobei das römische Gemetzel anfangs ja noch putzig ausschaute: aufgeführt im Kleinen mit Playmobilfiguren auf einem Tisch und via Video gigantisch vergrößert. Mit Kneifzange, Lötkolben und Ketchup-Flasche gegen Spielzeug. Das fanden einige Zuschauer sogar ganz amüsant. Doch dann wurde es immer irrer.

Bei einem Termin in der Theaterkantine hatte Beck schon Tage vor der Premiere eher nebenbei gehört, dass die Bühnenarbeiter völlig genervt aus den Proben kamen, weil sie immer total eingesaut wurden. Und jetzt hatte er auch gesehen, was die Herren so erzürnt hatte. Dass sie lebensgroße Puppen der Schauspieler an Wände nageln und dübeln müssen, gehörte wohl noch zu ihrem tarifvertraglich geregelten Aufgabenbereich. Aber dass sie die Puppen dann mit Kettensägen und Schlagbohrern traktieren sollten, woraufhin ihnen schwallweise Theaterblut und eingeweideartige Gummiwürste entgegenschwappten, das war sicher ein Fall für den Betriebsrat. Der hatte bei den Proben aber offenbar genauso wenig zugesehen wie der allzeit schöngeistig ins Opernfach verliebte Intendant. Aber warum sollte es den Bühnenarbeitern auch besser gehen als den Zuschauern auf den besten Plätzen, dachte sich Beck. Bereits beim Opfertod an der Rampe hatte das Gotenblut bis in Reihe zwei gespritzt, woraufhin die Frau des Stadtkämmerers mit ihrer kunstblutbesprenkelten Schluppenbluse und die Kulturausschussvorsitzende, die noch ihre Handtasche schützend hatte vor sich halten können, wutentbrannt den Saal verließen. Blöder Regie-Einfall, aber immerhin war mal was los.

Beck wurde an diesem Theaterabend denn auch langsamer als sonst schläfrig. So ein Kunstschläfchen kann ja eine unwillkürliche, aber urgesunde körperliche Reaktion sein, doch im Falle dieses müden Kritikers war es eher ein Zeichen von Krankheit, was Beck jedoch zu verdrängen wusste. Er war dann einfach weg – für einen kurzen Monolog, eine Szene, manchmal auch einen ganzen Akt lang. Dabei ist, im Sitzen unauffällig zu dösen, ja gar nicht so einfach. Beck hatte es da im Laufe vieler Spielzeiten schon zu einer staunenswerten Meisterschaft gebracht. Aber gerade als er sich an diesem Abend so richtig gemütlich geruckelt hatte, weckte ihn dieser Titus wieder auf. Die Gummimaske des 45. US-Präsidenten hatte der Titelheld abgenommen, dafür trug er jetzt das Pappgesicht eines schnauzbärtigen

Fernsehkochs, den Beck nur deshalb erkannte, weil er daheim immer abrupt das Programm wechselte, wenn er ihn erblickte. Titus hatte also zur großen Koch-Show eingeladen, um seine Rache siedend heiß zu servieren. Als es unter der Maske schrie „Stirb, stirb, mein Kind, und Deine Schmach mit Dir", war Beck aus seinem hart erarbeiteten Theaterschlaf aufgeschreckt. Er sah gerade noch, wie der einhändige Titus seiner arm- und zungen-amputierten Tochter Lavinia ein Metzgerbeil auf die Stirn klatschte, was Kaiser Saturnius mit dem altfränki-schen Satz kommentierte: „Was tatst Du, unnatürlicher Barbar?"

Beck musste gleichzeitig gähnen und glucksen, wäh-rend auf der Bühne alle anderen ungerührt weiter mampften, bis Titus damit rausrückte, dass er gerade die Söhne der Tamora als Pastete verfütterte. Dann ging alles sehr schnell. Titus steckte Tamora den Kopf in eine rotierende Küchenmaschine, der Kaiser rammte seinem besten General einen Temperaturfühler für Steaks in den Hintern, und der letzte Sohn des Titus schnitt wiederum dem Saturnius mit einem Tranchier-messer den Kopf ab. Als alle schon tot waren, zog Tamora ihren mit Theaterblut bekleckerten Kopf wieder aus der Küchenmaschine und übergab sich in einem gelbgrünen Schwall. Das sah zugegeben authentisch aus. Bestimmt war es Method Acting, dachte Beck, eine Technik um den Weltekel des Stücks auf die Magenner-ven zu lenken. Vielleicht hatte die Schauspielerin, eine massive Dame von herbem Liebreiz, aber auch ein Brechreiz erregendes Mittel geschluckt, um ihre innere Ausdruckskraft zu erhöhen. Jedenfalls verbreiteten sich Abscheu und Trauer der wütenden Tamora im Parkett als säuerliches Odium. Sehr erstaunlich. Bloß das Timing war verkehrt. Erst speien, dann sterben wäre richtig gewesen. Aber Beck war zu erschöpft von Shakespeares Strapazen, um jetzt noch kleinlich zu sein. Und überhaupt musste er anerkennen, dass die Spezialeffekte mit falschen Köpfen und Gliedmaßen flott choreografiert waren. Wobei man nach zwei Stunden Blutsudelei in einem Haufen Glibber, der an Darmschlingen erinnerte, ohnehin kaum noch erkennen konnte, wer da was spielte.

Beck war's längst leid, doch immer noch ein wenig milde gestimmt vom Abgang der Frau des Kämmerers. Aber leider fand dieser „Titus" einfach kein Ende, denn Anatol Wildmoser-Bettencour wollte noch zeigen, dass sein Splatter-Theater auch Kunstambition hat, weshalb er als Verfremdungseffekt schon den ganzen Abend über Tamoras Lover, den verschlagenen Mohren Aaron, mit langen Kunstpausen stottern ließ. Behindert, farbig und böse. Das war politisch gar nicht korrekt, und darauf war der Regisseur auch schon vorweg besonders stolz gewesen. Und voller Zufriedenheit ließ er den wenigen Text, der noch blieb, nun streckfoltern. Schließlich sollte der Übeltäter, eingegraben bis zur Brust, verhungern. Hatte Shakespeare so aufgeschrieben. Da wollte der Regisseur wohl unbedingt werktreu sein. Drum durfte das Publikum mit dem schwarzen Aaron dahinvegetieren. Mit fünfzig Schlussworten in zehn Minuten, die sich anfühlten wie zwei Stunden. Das war die größte Grausamkeit dieses Massakers. Und immer noch tropfte überall das Theaterblut.

Nicht nur war ihm längst die Lust auf ein schönes Theaternickerchen vergangen, Beck war jetzt so wütendwach, dass er den Verriss gleich daheim schreiben würde. All der Glibber musste raus aus seinem Kopf. Das Honorar, das er kriegen würde, um dieses Massaker zu begutachten, war wirklich Schmerzensgeld.

2 Endlich fiel der Vorhang. Der Saal seufzte leise. Man konnte die kollektive Erschöpfung spüren. Und dann hörte man die Gereiztheit. Ein erstes Buh, zaghaft noch, dann viele, immer kräftiger. Das Abonnement war sauer wie selten. Immerhin, ein bescheidener Provinztheaterskandal, dachte sich Beck. Aber darüber konnte er sich noch nie freuen. Er hatte schon alles erlebt im Theater. Kleinbürgerliche Empörung gehörte nun wirklich auf die bunte Seite im Lokalen und nicht ins Feuilleton. Sollten die Spießer doch Leserbriefe schreiben. Sowas war ihm immer bloß lästig.

Und heute Abend hatte er ohnehin nach einer Stunde schon genug gehabt. Ab dem zweiten Akt tat ihm nur noch der Hintern weh. Beck drückte sich aus seinem Sessel – immer siebte Reihe, Platz 75. Nichts wie weg, noch im Schutze der Verdunkelung. Das Theater war ja schon seit einer Stunde halbleer, da hatte der Exodus begonnen. Türenschlagend. Das war rücksichtslos gegenüber der Kunst, aber auch gegenüber dem Schlafbedürfnis ihres alten Kritikers. Beck zog den Stoffbeutel mit dem Notizblock vor die Brust, er wollte jetzt nur schnell raus. Bloß nicht der Pressesprecherin in die Arme laufen. Der Fluchtinstinkt war mächtig, er rempelte gegen Paulas Knie, drängelte weiter durch die Reihe, murmelte Entschuldigungen, die wie Verwünschungen klangen, stolperte mit gebeugtem Kopf die Treppe hinauf, vorbei an der Hostess, die gar nicht so schnell die Tür öffnen konnte. Endlich im Licht, endlich im Foyer. Beck atmete pfeifend durch, als hätte er gerade mit letzter Luft nach einem Apnoe-Tauchgang die Wasseroberfläche durchstoßen.

Paula näherte sich mit energischem Schritt und genervtem Ton: „Herr Beck, Du Rüpel!", zischte sie. „Sag doch was, bevor Du mich über den Haufen rennst."

„Ich hab's nicht mehr ausgehalten."

Paula blies hörbar Luft über die Unterlippe. „Was soll ich denn da sagen? Du schleppst mich doch immer hierher. Sah aber aus, als hättest Du mal wieder gut geschlafen!" Paulas Stimme klang so spitz, wie das bei alten Eheleuten vorkommt. „Ich hab kein Auge zugekriegt", erwiderte er empört und war doch ernstlich beunruhigt: „Hab ich geschnarcht?" Ein Hauch von Panik lag in seiner Stimme.

„Nein, Du hast geröchelt. War nicht zum Aushalten. Überall diese Kadaver. Wie im Schlachthof. Dann kübelt auch noch dieses Gotenweib auf die Bühne. Und Du hörst Dich die ganze Zeit an, als würdest Du Blut gurgeln."

„Du musst mich doch anstupsen", grummelte Beck.

„Hab ich doch, aber Du ächzt ja schon, wenn Du noch blinzelst. Ich kann Dich ja nicht wecken, wenn Du noch wach bist. Soll ich Dich ständig auf Verdacht zwicken? Es war auch schon mal einfacher mit Dir!"

Beck und Paula waren mittlerweile drei Treppen tiefer im Parkhaus unter dem Glaskubus des Theaters angekommen, seinen Vorsprung hatte er eingebüßt, der explosionsartige Schwung seiner Theaterflucht war verpufft, die Spannung raus aus seinen Gliedern.

„Ich bin ja nicht zimperlich, aber die Kotzerei am Ende war wirklich widerlich. Und das mit den Schweinehälften hätte auch nicht sein müssen", rief Paula, die Beck fast eingeholt hatte. „Man spielt nicht mit dem Essen. Aber als sie auf der Bühne die Tranchiermesser ausgepackt haben, ist mir eingefallen, dass ich noch Rippchen in der Tiefkühltruhe habe, die müssen bald raus."

„Na, dann war der Abend ja immerhin dafür gut."

„Magst Du Rippchen haben?"

„Danke, hab heute schon genug rohes Fleisch gesehen."

„Ich koch Sie Dir doch."

„Paula, bitte, ich hab keinen Hunger."

„Schönschön, Du hast eh noch ganz viel Jagdwurst und Schwartenmagen in der Küche. Bestimmt zehn Dosen."

„Mag ich nicht, kannst Du alles mitnehmen."

„Du bist heute aber auch schwierig."

Als sie in Griffweite war, stopfte sie ihm im Gehen das Hemd in die Hose, das rechts über den Bund lappte. Justus Beck gab wieder eine klapprige Figur ab. Das graumelierte Haar hing wie Sauerkraut über seine Backen, die faltigen Tränensäcke ließen ihn wie einen alten Basset aussehen. Er fummelte den Schein in den Schlitz des Parkautomaten, Paula kramte nach Münzen. Ein eingespieltes Team. Seit Jahren ging sie immer mit ins Theater, dabei interessierte sie sich gar nicht dafür. Aber sie war treu und wollte nicht, dass Beck seine letzte Aufgabe verlor: Er war schon so lange Theaterkritiker für die „Neue Post". Er kannte alle Stücke, alle Schauspieler, alle Regisseure – und wen er nicht kannte, der kam ihm dann doch ganz schnell bekannt vor.

Beck wusste nicht nur vorher, was gespielt wird, sondern auch, wie es werden würde. Und er lag damit immer richtig. Fand er. Er hätte seine Kritiken also auch schon vor der Premiere schreiben können, doch das gehört sich nicht. Also saß er die Vorstellungen ungeduldig ab, sah sich an, was er eh schon ahnte und wurde darüber meist sehr schnell rammdösig. Bei Regisseuren, die noch das spielten, was im Stück stand, war so ein Nickerchen ja nicht schlimm. Aber die Theater engagierten immer öfter Leute, die den fünften vor dem ersten Akt zeigten, eine Nebenfigur zur Hauptfigur machten, den Helden vor der Zeit beseitigten und munter Zitate aus ungenannten Quellen einstreuten. Da hieß es: Wach bleiben! Und hier kam Paula ins Spiel. Intendanten kamen, Schauspieldirektoren gingen, doch sie saß immer neben ihm, blickte teilnahmslos auf die Bühne, während sie mit höchster Konzentration auf Becks Atmung und Körperhaltung achtete. Nicht dass er auf den Nachbarsitz kippte, wo die Frau des Chefarztes aus der Urologie ihren Premieren-Platz hatte. Oder nach vorne, wo der Kunsthallendirektor seinen Platz seit Jahren demonstrativ unbesetzt ließ.

All die Jahre hatte es Paula geschafft, dass Becks Theaterschlaf kaum je gestört hatte. Nur heute war offenbar seine Nase verstopft. Sein schabendes, schaumiges Röcheln hatte in den grausigsten Szenen wie ein besonders abgefeimter Einfall dieses Anatol Wildmoser-Bettencour gewirkt. Im Halbdunkel hatte Paula gesehen, wie sich einige Zuschauer irritiert umschauten. Vielleicht war Becks Geräuschkulisse ja sogar das Beste an diesem verkorksten Abend gewesen, dachte Paula und schmunzelte in sich hinein, während sie die Tür des alten Saab 900 knirschend aufzog und sich auf den ausgeleierten Beifahrersitz fallen ließ.

Beck war derweil damit beschäftigt, sich im Sitzen drei Kissen zwischen Steiß, Lendenwirbelsäule und den linken Oberschenkel zu schieben. Sein alter hellbrauner Schwede war fast so durchgesessen wie sein Platz 75, siebte Reihe. Das alles war eine Qual. Doch so steif er sonst wirkte, sein Einstiegsexerzitium vollführte er mit einer ächzenden Schmerzlust, als wäre es tantrische Lendenlockerung. Bis er sich endlich in seinen Fahrersitz eingewühlt hatte, dann sackte er mit einem Seufzer zusammen, drehte den Schlüssel im Zündschloss, kuppelte, legte den Rückwärtsgang ein – und mit einem Satz hüpfte der Saab aus der Parklücke. Der Motor hustete dreimal kurz hintereinander, Paula packte routiniert den Griff der Beifahrertür. So sicher Beck war, dass er in seiner Theaterduselei schon nichts verpassen würde, so überzeugt war er, dass er immer noch einen untadeligen Autofahrer abgab. Der wulstige Stoßfänger aus Kunststoff mochte völlig zerkratzt sein, das Blech voll mit Beulen wie Pockennarben, nur Becks Selbstgewissheit stand noch immer gut im Lack. Der Saab schoss auf die Parkschranke zu. Paula hielt die Luft an.

3 Im Grunde war das mit der Autofahrerei in so einer kleinen Stadt ja Unfug. Paula wäre viel lieber mit dem Rad ins Theater gefahren, aber Beck bestand darauf. Ohne seinen Saab ging gar nichts. Obwohl der Wagen viel zu groß war für die wenigen Parklücken, die es noch gab. So stand er jetzt wieder sehr schief vor der Bäckerei an der Ecke. Könnte wieder was kosten. Das Geld, das Beck für seine Kritiken kriegte, ging zum Teil für Knöllchen drauf. Und dieser blutige Abend mochte auch wieder teuer werden. Beck schlich hinter Paula her die Treppen hinauf, die mit ihm um die Wette ächzten. So viele Stufen. „Kriegst Du Schnupfen", fragte sie. „Du klingst ja immer noch furchtbar." Beck blieb stehen, drückte den Rücken durch, stützte die Linke in die Hüfte und ächzte: „Die Sitzerei! Das ist nix mehr für mich. Hätte besser zwei Ibuprofen genommen."

„Würdest besser mal Sport machen", säuselte Paula, die fünf Jahre älter, aber locker zehn Jahre fitter war als Beck mit seinen nicht mal sechzig. Das war der Punkt, an dem er gar nichts mehr sagte. Sie hatten das schon zu oft, er drängte sich an ihr vorbei in den Flur, streifte die Schuhe ab und trottete noch im Mantel ins dunkle Arbeitszimmer. Das Licht der Straßenlaterne deutet die Konturen der Möbel mit schwachem Schimmer an. Beck ließ sich in den Schreibtischstuhl sinken, am Kühlschrank rumpelte Paula. „Ist noch genug Käse da", rief sie aus der Küche. „Baguette bring ich Dir morgen für den Laden. Shampoo, Waschmittel hab ich besorgt. Wenn Du die Rippchen nicht magst, mach ich Dir einen Auflauf, da hast Du auch am Wochenende noch was von."

Beck murmelte etwas von „ganz lieb", das er selbst nicht verstand, weil er dabei gähnen musste. War noch so viel zu tun. Im Wohnzimmer stand alles voller Weinkisten. Wie würde er die mit dem Ziehen in seinem Bein wohl runterkriegen in den Laden? Egal, erstmal musste die Theaterkritik aus dem Weg geräumt werden. Beck knipste die Schreibtischlampe an. Drei offene Flaschen standen schon bereit. Ein halbvoller Sauvignon Blanc von der Loire? Ein Pfützchen Grauburgunder aus Rheinhessen? Ach was, nach diesem Blutrausch brauchte Beck was Rotes. Da war doch noch dieser Primitivo. Dazu zwei, drei Ibuprofen. Irgendwo musste noch eine Baguetteknuste liegen. Was für ein Festmahl zur Mitternacht. Beck spürte, dass schon der Gedanke ihn wieder munter machte. Er kam schnell auf die Beine, stapfte in die Küche. Den Mantel hatte er noch an. Nicht weil ihm kalt war, sondern weil sich die Taschen dezent befüllen ließen. Paula musste das jetzt nicht sehen.

„Lass gut sein, ich komm klar."

Sie runzelte die Stirn. „Na, das kenn ich. Wie Du meinst."

Beck klopfte ihr auf den Rücken und schob sie dabei sanft zur Diele. Paula wusste, dass es Zeit war, nahm die Scheine von der Anrichte, die Beck am Monatsende immer mit einer großen Büroklammer zusammenheftete, warf den Mantel über und stand schon in der Tür.

„Schlaf gut, Herr Beck!" Sie drückte ihn an der Schulter. „Treib's nicht mehr so lang."

Von wegen dachte er sich: Diesen Titus mach ich jetzt fertig. So richtig, so wie früher! Den Primitivo hatte er griffbereit in der Manteltasche. Mit einem Finger löste er den Korken. Es konnte losgehen.

4 Der Schlag war heftig, dann polterte die Flasche über die Dielen und stoppte mit einem Klirren an einem Stuhlbein. Beck schreckte hoch und sackte gleich wieder zusammen. Der rechte Oberschenkel und der untere Rücken schmerzten fies, er tastete unter die Decke und zog eine grüne Flasche hervor. Fühlte sich an, als habe er darauf die Nacht verbracht: der Primitivo. Leer. Beck schlug die Decke weg und fing an zu fluchen. So eine Sauerei! Sah aus, als wäre er mit Titus Andronicus persönlich ins Bett gegangen. Offenbar war die Flasche noch nicht ganz leer gewesen, als er schon voll war. Den Sauvignon hatte er noch anständig ausgetrunken, und auch der Grauburgunder stand gelenzt auf dem Schreibtisch. Einen ordentlichen Wein konnte Beck einfach nicht wegkippen. Aber ihn ins Bett schütten? Was für ein verkorkster Start in den Tag.

Beck riss das Betttuch weg und schleuderte es neben seine Kommode. Der frische Fleck auf der Matratze war nicht zu übersehen. Aber es war ja auch längst nicht der einzige. Barfuß stapfte Beck über zerschlissene Läufer und Teppiche, unter denen altersschwache Dielen knirschten, bis ins taubenblau gefliste Bad. Die Zahnbürste lag am Rand des Waschbeckens, die Borsten waren bräunlich. Hatte er gestern aus dem Mund geblutet? Beck schnüffelte an der Bürste: Primitivo. Ohje, er bleckte die Zähne, hielt die Hand vor den Mund, atmete aus, schnaubte und verzog das Gesicht. Was hatte er denn da bloß angestellt? Richtig erinnern konnte er sich nicht mehr. Besorgt schlurfte er zum Schreibtisch, wo der Ausdruck seiner Kritik lag. Beck flog über die Zeilen. Kam ihm vage bekannt vor. Ein bisschen lang vielleicht, sein Traktat. Egal. Offenbar war er noch bei Sinnen gewesen, als er seine Kritik geschrieben hatte. Zumindest mutete das, was da stand, plausibel an und erinnerte ihn schleierhaft an Szenen, über die er sich am Abend noch so sehr geärgert hatte. Vergiss es, dachte er. Was sollte er sich für 90 Zeilen auch einen Kopf machen?

Die Zeiten, da seine Kritiken bildungsbürgerliche Besinnungsaufsätze sein konnten, waren längst vorbei. Versonnen kramte er in einer Schublade nach einer Kladde mit gelblichen Papierbündeln und zog ein besonders prächtiges Exemplar von 1983 heraus. „Die Rattenplage" lautete die Überschrift: eine Abrechnung mit Gerhart Hauptmann in Esslingen. Gute 500 Zeilen, siebenspaltig quer über die Seite layoutet, keine Zwischentitel, zweispaltiges Bild. Das war noch ein Feuilleton!

Beck überflog das Ende. Ein Verriss mit Florett. Heute brauchte er nur noch Krummsäbel und Holzhammer. Er seufzte und verstaute das Konvolut seiner Kritiken der frühen Achtziger dort, wo sein unvollendetes Werk lagerte: „Der kleine Beck – Das deutschsprachige Drama auf dem Weg ins neue Jahrtausend". So hatte er seinen Theaterführer nennen wollen, mit dem er in den Neunzigern angefangen hatte. Er wollte damit anknüpfen an den „Großen Gansel", das Standardwerk des greisen Großkritikers Horst Gansel über das Theater der Fünfziger bis Achtziger. Doch erst kamen immer mehr neue Stücke auf den Markt, die nie mehr nachgespielt wurden. Dann wollte keiner mehr Schauspielführer verlegen, und schließlich stellte die „Neue Post" auf Tabloid um.

Die Blattmacher waren damals sehr stolz darauf gewesen. So handlich musste eine moderne Zeitung aussehen. So machten es die Kollegen in London schon immer vor. Also lautete die Werbung für die schick geschrumpfte „Neue Post", man könne diese Zeitung nun auch im Flugzeug und in der U-Bahn umblättern, ohne den Sitznachbarn zu stören. Dass es in der Stadt keinen Flughafen und noch nicht mal eine Straßenbahn gab, war der Werbeagentur offenbar entgangen. Dafür ließ sich das neue Blatt am Frühstückstisch nicht mehr gescheit in Kultur- und Sportteil für sie und ihn zerlegen. Und im Freibad genügte ein leichter Windstoß, um die komplette Ausgabe in ein unentwirrbares Knäuel zu verwandeln.

Als wäre das nicht übel genug, bot das neue Kompakt-Konzept auch keinen Platz mehr für Theaterkritiken. Zumindest nicht für das, was Beck darunter verstand. Seine Texte mussten schon Jahre vorher immer kürzer werden, aber seit sie das Westentaschenformat eingeführt hatten, war gar kein Raum mehr für einen zweiten und dritten Gedanken. Und die Layouter störten sich ohnehin immer an den vielen Buchstaben. Jenseits der 3000 Zeichen begann die tödliche Bleiwüste.

Eigentlich war das deprimierend. Aber diese Abende im Theater, die Nächte vor dem Computer, das war ihm eben auch eine Gewohnheit, von der er so wenig lassen mochte wie vom Wein. Was wäre sonst noch geblieben? Und darum gehörte es für ihn auch dazu, am Vormittag in der Redaktion nachzuschauen, was eigentlich nicht nötig war. Den Text hatte er ja gemailt. Es war ein Ritual aus einer besseren Zeit: nach dem Frühstück mit seiner Juliane zur „Post". War schön damals. Aber davon war nichts mehr übrig. In der Küche schraubte Beck an der Thermoskanne herum, goss sich die Brühe vom Vortag in eine Schale, kippte einen Schuss Milch nach. Weiße Flöckchen tanzten in einer hellbraunen Schwade. Das war sein Frühstück. Wer Primitivo ins Bett kippt, hat nichts anderes verdient. Runter damit. Und auf in die Redaktion.

5 Als er hinterm Steuer saß, war Beck schnell wieder gehobener Stimmung. Kein Strafzettel am Scheibenwischer, obwohl das Heck des Saab abenteuerlich in die Straße geragt hatte. Vielleicht würde dies doch kein so schlechter Tag werden. Über die Ringstraße bog er ab ins Gewerbegebiet, wo seit den Neunzigern das Druckhaus lag. Die Redaktion war vor einigen Jahren nachgezogen, die Miete für die verschachtelten Büroräume in einem Altbau nahe der Fußgängerzone war dem Verlag zu kostspielig geworden. Nun residierten die alten Kollegen in einer Großraumetage über der Rotation. Stillos und steril, laut und hek-

tisch. Aber Beck musste dort ja nicht mehr arbeiten. Und anders als in der Innenstadt gab es draußen zwischen Logistikzentrale, Outlet-Center und städtischem Werkhof immer freie Parkplätze. Deshalb war ihm der neue Standort doch ganz recht. Und siehe da: ein freier Platz auf dem Hof neben dem Lieferanteneingang! „Reserviert für Vertrieb", stand da. Das passte schon. Beck schob sich mit einem freudigen Ächzen aus den Kissen auf seinem Fahrersitz und erklomm pustend die Treppe zum Hintereingang der Redaktion. Das Hemd hing ihm hinten aus der Hose.

Auf den ersten Blick hätte man nicht sagen können, ob in dieser Etage das Herz einer Tageszeitung oder ein Call-Center untergebracht war. In dichten Reihen waren Bildschirmarbeitsplätze unter Neonlampen angeordnet. Einer wie der andere. Auf einer Seite gab es zwei Fenster mit Blick auf die Abluftröhren der Druckerei, auf der anderen Seite war nur Wand. Wären die Schreibtische voll besetzt gewesen, die Mitarbeiter hätten in genormter Trostlosigkeit Ellenbogen an Ellenbogen gesessen. Doch es war Mittagszeit, und da tat sich hier, im Newsroom, so gut wie nichts.

Nur in der Glaskabine des Nachrichtenchefs lugte ein Kopf empor: Kevin Jung, Ende zwanzig, hatte schnell Karriere gemacht, weil er den Verlegern wortreich erklären konnte, wie man „mit Local News im Net Traffic generiert" und nebenbei die alte Tante Tageszeitung aufhübscht. Beck kannte ihn noch als Schüler, der am Wochenende für die „Neue Post" über den Info-Abend der Landfrauen und das Afrika-Fest im Eine-Welt-Laden berichtet hatte. Ein quecksilbriges Kerlchen war dieser Kevin gewesen. Umtriebig war er immer noch, aber zehn Jahre später schien er als „Chief Editor News" mit roten Flecken im Gesicht schier aus seinem Kragen zu platzen. Das Hemd spannte überm Bund, und die Augen blitzten nervös. Das war der Preis seiner Karriere. Zwischen die Stege der Schreibtische hatte sich Jung als Insel jenen Glaskasten stellen lassen, von wo aus er alle Redakteure im Blick hatte. Glaubte er. Dabei war es genau umgekehrt. Als Alphamännchen saß er sehr wichtig in seinem Chefaffenkäfig, wo ihn alle gut sehen und unter seinen Blicken wegtauchen konnten.

Schnurstracks zog Beck an den Reihen vorbei und strebte dem hinteren Teil der Etage entgegen, wo die Tische lockerer standen und eine Fensterreihe den Blick auf die Straße freigab. Sigrid Huxhorn sah ihn kommen und hob eine Thermoskanne. Fast wie früher, als sie noch die junge Sekretärin mit dem kessen Pony gewesen war und er der Jungredakteur, der als Welttheaterverbesserer die Welt erklären und das Theater verändern wollte. Die letzten Jahre hatten die Presselandschaft schwer in Mitleidenschaft gezogen, doch Sigrid hatte die Zeit fast unbeschadet überstanden. Sie war zwei Jahre jünger als Beck, sah aber mittlerweile fast 20 Jahre frischer aus: gertenschlank, strubbeliger Kurzhaarschnitt und noch immer eine unverwüstlich gute Laune. „Hallo Messerchen", flötete sie, „komm, setz Dich, trink erst mal nen Kaffee. Den wirst Du brauchen."

Die freundliche Warnung nahm Beck erst gar nicht wahr, weil er sich darüber wunderte, wie sehr er sich heute über seinen Spitznamen freute, der ihn doch früher so genervt hatte. Es war die Koseform für den kleinlichen Kritiker Sixtus Beckmesser aus Wagners „Meistersinger"-Oper, die das Fräulein Huxhorn Beck damals wegen seiner scharfen Verrisse verpasst hatte. Die alten Kollegen im Feuilleton schmückten sich gegenseitig lieber mit Kampfnamen aus Büchners Revolutionsdrama „Dantons Tod". Peter Ungewitter, der Musikredakteur, war der unbestechliche Robespierre, Justus Beck natürlich der unbarmherzige Saint-Just. Die Freiheit der Kunst wollten sie verteidigen, den Bilderstürmern auf der Bühne den Weg freiräumen, die Gesellschaft in der Kunst gespiegelt sehen. Und wer nicht voran ging bei dieser Entfesselung des Theaters, den sollte ihr gerechter Zorn treffen. Um den Eifer der beiden Hobby-Jakobiner zu besänftigen, stellte ihr Chef, der alte Buchmann, nach Redaktionsschluss gern eine Flasche Rotwein, Brot und Käse auf den Tisch, um als der Danton des Trios fröhlich Verrat zu üben an den Prinzipien ihrer Revolution. Daraufhin packten seine beiden jungen Kollegen Zigarren aus, auf deren Bauchbinden sie die Namen bekannter, aber künstlerisch abtrünniger Regisseure schrieben und legten die kleinen Kolben feierlich unter einen liebevoll umgebauten Zigarrenschneider, den sie als Büro-Guillotine zwischen Locher und Tacker auf dem Schreibtisch stehen hatten. So wurden in ihrem Wohlfahrts- und Kulturausschuss jede Woche Flaschen, Zigarren und Regisseure geköpft. Es war ihnen ein Spiel mit ernstem Anliegen. Die freie Kunst sollte schließlich Haltung haben und Prinzipien verpflichtet sein.

Sigrid, die sie gerne als ihre französische Revolutionsikone Marianne riefen, fand das immer reichlich kindisch. Beck als „Messerchen" zu titulieren, gehörte zu ihrer Strategie, den Jungs Kontra zu geben. Und dass es Saint-Just wurmte, von seiner Marianne zum Beckmesser gemacht zu werden, war für ihre Sekretärin jedes Mal ein Riesenspaß. Galt er wegen seiner scharfen Verrisse damals doch als Fallbeil des Feuilletons. Doch diese Klinge war stumpf geworden. Heute klang „Messerchen" für Beck nur noch nach guter alter Zeit. Die große Freiheit der Kunst wurde damals zwar mit Haltung erobert, die Freiheit war auch noch immer da. Aber wo war die Haltung geblieben? Früher war es doch noch um etwas gegangen, ohne das Beck jetzt genau hätte sagen können, was es gewesen war. Heute ging alles und nichts musste. Robespierre war seit fünf Jahren im Ruhestand, hatte aber schon lange vorher keine Lust mehr auf Oper gehabt. Lebemann Danton war tot, die Bauchspeicheldrüse hatte ihn umgebracht, kaum dass er in Rente war. Und ihr einst respektables Feuilleton nannte sich schon lange Ressort „Kultur", was Beck aber in seinen letzten Jahren als Redakteur noch zu schätzen lernte. Endlich musste er nicht mehr das französische Wort für „Blättchen" buchstabieren, wenn wieder irgendeine Jessie Dutzmich von Terror-PR anrief, um ihren Verteiler abzugleichen und eine Verlosungsaktion anzupreisen. „Kultur" – das verstand sogar Terror-Jessie.

Mit sowas brauchte sich Beck nicht mehr rumschlagen, geblieben war ihm das Schreiben übers Theater. Obwohl nicht nur Kevin Jung damit so wenig anzufangen wusste wie mit Artikeln über Klassikkonzerte. Eine Leseranalyse hatte ergeben, dass kein Mensch sowas liest. Aber jedes Mal, wenn ein Orgelkonzert oder ein

Kammerspiel nicht gewürdigt wurde, riefen empörte Leser an. Beim Verein der Theaterfreunde, in den Orchestern und Chorvereinen hatten sie für solche Fälle einen Alarmplan. Stand morgens nichts im Blatt, rief der Vorsitzende nach einem Verteiler seine Mitglieder, deren Verwandte und Freunde mit Zeitungsabo an, die dann wiederum die Redaktion mit E-Mails und Telefonaten eindeckten. Beim nächsten Mal kam garantiert wieder ein Kritiker, um einen Artikel zu schreiben, den doch niemand lesen wollte. Diesem Notrufsystem der Kulturbranche verdankte es auch Beck, dass er zehn Jahre nach seinem vorzeitigen Ausscheiden aus der Redaktion noch immer übers Schauspiel schrieb. Es hatte ja auch sonst keiner Ahnung davon, und es interessierte auch niemanden. Solange sich Beck an die Zeilenvorgabe hielt, war alles okay und alles egal.

Diesmal aber lag Ärger in der Luft. „Messerchen, Messerchen, Claudia hat ein Hühnchen mit Dir zu rupfen", zwitscherte Sigrid, während sie Leserbriefe bearbeitete. „Sie ist noch in der Konferenz, trink Deinen Kaffee in Ruhe aus. Du musst ja völlig über die Stränge geschlagen haben." Beck spielte mit dem Löffel in der Tasse, hob zu einer umständlichen Zusammenfassung der Ereignisse am Vorabend an, aber als Sigrid von Skandal, Shitstorm und Titelseite sprach, fiel ihm nichts mehr ein. Und dann schickte Sigrid auch noch den mütterlichen Rat hinterher, der alle großen Kinder zum Schweigen bringt: „Wie läufst Du eigentlich rum? Dein Hemd hängt ja halb raus." Beck zuppelte am Stoff und fummelte am Gürtel. Seine hektische Verlegenheit wurde jäh unterbrochen, als Sigrid rief: „Ah, da kommt sie ja!"

6 Beck hatte Sympathien für Claudia Bernecker. Sie gehörte zu den Guten, sie konnte was, hatte als Jungredakteurin sogar mal einen Journalistenpreis für eine Reportage über Missstände bei der Pflege in einer noblen Seniorenresidenz erhalten. Aber nun war sie mit Anfang dreißig als Blattmacherin in der hintersten Ecke der Redaktion gelandet, wo sie nichts mehr schrieb, sondern die Seiten Panorama, Reise, Kultur und Freizeit zusammenbaute. „Ressort Resterampe" hieß das im Kantinensprech. Und Bernecker, die den Job mal als Chance angenommen hatte, sah nach vier Jahren nicht mehr sonderlich zuversichtlich und schaffensfroh aus. Doch sie wusste, was sie tat, und das war viel.

Beck musste das schmerzlich lernen, als Claudia Bernecker zum ersten Mal in Urlaub war und die Kollegen vom Sport die Resterampe mitversorgen mussten. Da hatte ein Volontär den Dichter Brecht und den Philosophen Precht so forsch wie ahnungslos gekreuzt, dass nach dem Redigieren von Becks Kritik über „Mann ist Mann" die Urheberschaft des Stücks auf einen gewissen Bernd Precht fiel. Brecht ist Precht – Beck musste das hernach in der Stadt lange erklären, ohne es erklären zu können.

Mit Claudia Bernecker passierte sowas nicht. Und jetzt stand sie vor ihm: einen halben Kopf kleiner, leicht untersetzt und sehr energisch. „Mensch, Herr Beck, Sie machen mir ja Arbeit heute. 220 Zeilen! Und das Wichtigste steht nicht drin. Jung war in der Konferenz am Rotieren, online geht's richtig ab!" Beck starrte sie an und ahnte, dass er gerade sehr dämlich aussehen musste. „Was ist los?" Er wusste ja, dass er viel zu lang geschrieben hatte. Aber so lang? Als er zu einer Rechtfertigung ansetzte, warum er erst die Werkgeschichte und das Regiekonzept vorstellen musste, schnitt ihm Bernecker freundlich, aber resolut das Wort ab. „So genau will's doch keiner wissen. Musste ich alles streichen. Wir steigen jetzt mit dem Satz ein: Eine Idee und 500 Liter Kunstblut machen noch keinen Theaterabend. Dann schreiben Sie ja endlich, was los war. Das Wertungszeichen haben Sie übrigens auch vergessen."

Das immerhin war Absicht gewesen. Beck hasste es, dass unter jeder Kritik diese Symbole für funktionale Analphabeten stehen mussten. Drehte es sich um Schauspiel oder Oper, ging es wie bei den Schulnoten von drei lachenden zu drei weinenden Theatermasken. Wenn man diese Zeichen verstand, konnte man sich die Lektüre glatt sparen. Beck fand das so ärgerlich, dass er es immer wieder mit Vorsatz vergaß. „Sie haben doch bestimmt sofort die richtige Wertung herausgelesen", erwiderte er mit einem wie von Zitronensaft zerknitterten Lächeln, doch der Versuch, Claudia Berneckers Gunst wieder zu gewinnen, scheiterte im Ansatz. „Jung will mit Ihnen reden. Er wird den Theaterskandal kommentieren, aber davon steht bei Ihnen ja leider gar nichts drin!" Kleinlaut murmelte Beck etwas von „doch nicht so wichtig" und „tut mir leid" und machte sich reichlich begossen auf zu Kevin Jungs Glaskäfig.

7 „Was war denn da los?" Der Satz stand im Raum, noch bevor Beck an die offene Tür klopfen konnte. „Kommen Sie rein, machen Sie zu", rief der Nachrichtenchef, ohne Gruß und ohne den Blick merklich zu heben. Beck kam sich mit einem Schlag 50 Jahre jünger vor: wie in der Sexta an der Tafel. „Auf der Facebook-Seite des Stadttheaters geht's ab, und wir haben keinen gescheiten Beitrag im Netz. Muss ja ein totaler Eklat gewesen sein gestern Abend, aber in Ihrem Artikel hab ich davon nichts gelesen", rüffelte Lehrer Jung. Schüler Beck fing hastig an, von Sehgewohnheiten, Provokation und Erwartungshaltung zu erzählen, kam aber aus dem Takt, als er merkte, dass ihm sein Hemd nunmehr fast völlig aus dem Bund gekrochen war. Während er den Bauch einzog und den Stoff hastig in die Hose stopfte, würgte Jung ihn ab: „Heute morgen hat mich Klaudia Martini angerufen und gesagt, sie werde die Finanzierung der Bühne nicht mehr lange gewährleisten können."

Das kannte Beck schon. Die Frau des Stadtkämmerers, die bei der Premiere mit Gotenblut geduscht worden war, gefiel sich seit jeher in der Rolle der letzten Verteidigerin schöner Künste. Nur sie könne ihren Mann davon abhalten, den Städtischen Bühnen den Geldhahn abzudrehen. Doch wehe, die Kunst schien ihr hässlich, dann drohte sie dem Theater mit Liebesentzug, was die baldige Schließung zur Folge haben würde. Das war natürlich Blödsinn, die Eitelkeit einer Kleinstadtdiva, doch Kevin Jung wusste davon nichts und war drauf und dran, einen geharnischten Kulturkommentar ins Netz zu stellen, obwohl er doch bekennend stolz darauf war, noch nie im Theater gewesen zu sein.

„Was sind denn das für Sauereien mit dem ganzen Blut und all diese Leichen auf der Bühne? Die Kotzerei! Und diese Kannibalenkacke! Was soll das", fragte Jung, als hätte der Oberprimaner Beck sich einen ganz schlechten Abischerz erlaubt.

„Das ist Shakes…", weiter kam Beck nicht. Der Dozent duldete keine Unterbrechung seines Vortrags.

„Und dann noch diese halben Schweine! Hier in der Kantine krieg ich nur Tofuwürfel und Sojawürstchen. Überall Brätlinge und Gemüse, jeden zweiten Tag ist irgendwas Veganes dran. Ich verzichte ja mittlerweile schon auf meinen geliebten Fleischkäse. Alles für die Umwelt. Und dann so eine Sauerei im Theater."

„Sollte halt wie bei Hermann Nitsch sein." Beck klang nur noch kleinlaut und Kevin Jung nur noch genervt. Wahrscheinlich unterzuckert. Brauchte der Nachrichtenchef was zu essen?

„Metzgerei Nitsch, kenn ich nicht. Haben die gute Wurstwaren? Ist aber auch egal. Schnitzel gehört auf den Teller und nicht auf die Bühne. Basta. Tut mir leid, Beck, da bin ich konservativ. Außerdem wollen die Zuschauer sich doch entspannen, die wollen ihren Spaß. Und dann sowas! Das ist Verschwendung von Steuergeldern. Wozu haben wir all die Millionen in dieses Theater gepumpt?"

Seit Ende der Neunziger die Oper brandschutzsaniert wurde und nebenan der Glaskasten des neuen Schauspielhauses entstanden war, hatte ihre kleine reiche Stadt ein Schuldenproblem. Über 100 Millionen hatte der Spaß gekostet. Zwar noch D-Mark, aber doch viel teurer als gedacht. Aus der Erneuerung der Sitzplatztribüne im Städtischen Stadion und dem Spaßbad am Volkspark war daraufhin nichts geworden, aber weil man schon so viel Geld in die Bühnen investiert hatte, wollte das Theater nun auch keiner mehr infrage stellen. Es galt die ungeschriebene Devise „Pleite und stolz drauf", doch die kannte Kevin Jung offenbar nicht. „Für die Sanierung der Kitas und die Löcher in den Straßen ist kein Geld da. Das geht so nicht. Das schreib ich diesen Theaterheinis jetzt mal ins Stammbuch."

Beck sah sich glatt genötigt, den reichlich missratenen „Titus" zu verteidigen. Schließlich habe Shakespeare diese Massaker aufgeschrieben und nicht der unselige Anatol Wildmoser-Bettencour, der im Übrigen vergangenes Jahr in Pforzheim eine wirklich zu Herzen gehende „Wildente" eingerichtet habe. Das wischte Jung mit einer knappen Geste weg: Setzen, sechs! Der Schüler Beck war offenbar unbelehrbar. Oberstudienrat Jung setzte dennoch zur Nachhilfe an, aber mit einem Tonfall, der verriet, dass dieser Eleve das Klassenziel ohnehin verfehlen werde. Er sprach mit einer gedämpften Stimme, die mit jeder Silbe betonte, wie sehr er seine Ungeduld zügelte: „Beck, Sie sind schon so lange dabei, aber Sie verstehen es einfach nicht. Das geht heute nicht mehr so wie zu Ihrer Zeit. Angucken, drüber schlafen und dann einerseits, andererseits, außerdem. Wir brauchen klare Kante, eindeutige Positionen pro und contra, und das sofort. Das läuft bam-bam-bam", rief er nun deutlich lauter und klopfte mit der flachen Hand auf den Schreibtisch. „Sie hätten doch gleich gestern Abend noch beim Spätdienst der Onliner anrufen können. Jetzt ist Mittag, und wir haben immer noch nichts Brauchbares am Start. Einmal könnte die Kultur für Klicks sorgen, und Sie versemmeln es." Die Flecken in Jungs Gesicht waren noch etwas roter als sonst, er atmete durch und hauchte noch den Halbsatz hinterher: „Also, bei allem Respekt..."

Das war zwar völlig respektlos, aber Beck war viel zu konsterniert, um Widerworte zu geben. „Ich zeig Ihnen jetzt mal was", rief Jung, drehte sich mit seinem Bürostuhl um und kam vor einer Pinnwand mit Musterseiten zum Stehen. „So wird die Post nach dem Relaunch aussehen!" Beck erblickte zunächst nur Grafiken und große Bilder. „In 60 Zeilen kann man alles sagen. Egal, ob jetzt zu Ihrem Shakespeare oder zum neusten Tesla. Jeder Artikel beantwortet drei Fragen: Was soll's? Was bringt's? Was kostet's?"

Kurz fand Beck seine Worte wieder: „Ja, soll ich denn jetzt die Preise für die Eintrittskarten rezensieren?"

„Wie man gerade sieht, kann so ein Theaterabend ja auch den letzten Nerv oder die gute Laune kosten. Da müssen Sie sich eben was ausdenken. Und das mit der Kultur sehen wir bald eh nicht mehr so eng. Theater und Travel, Luxus, Lifestyle, Film und Fun. Ist letztlich alles Freizeit. Da brauchen unsere Leser mehr Service, mehr Orientierung, mehr Nutzwert. Und weniger Geschwurbel. Kultur schreiben wir dann C-O-O-L T-O-U-R. Also, auf die lässige Art. Ich will endlich auch die Kids kriegen. Und das sind die Layouts." Jung zeigte auf bunte Piktogramme. „Es gibt Cool-Tour Beat für alles, was reinhaut, Cool-Tour Best für Charts, Cool-Tour Boost für Verlosungen und Cool-Tour Beast für die richtig wilden Sachen. Das spielen wir fett crossmedial aus. Auf allen Kanälen. Dann kriegen wir vielleicht auch mal mit Ihrem Theater im Netz die User."

Best, Beast, Boost – Beck verstand nur Bahnhof. Er kam sich wieder vor wie als Bub an der Kreidetafel, als er in Mathe am Dreisatz gescheitert war. Jetzt fixierte er die Pinnwand mit den großen Bildflecken und kleinen Buchstabenstreifen wieder so verzweifelt wie damals, als wäre hinter der Aufgabe irgendwo die Lösung versteckt. Den Kopf eingezogen, die Unterlippe über die Oberlippe geschoben, starrte Prüfling Beck und sagte – nichts. Dozent Jung wartete und seufzte: „Sie verstehen es nicht. Hab ich mir gedacht. Deshalb kriegen Sie ab jetzt einen Assistenten. Sie haben ja immer zwei Pressekarten, dann nehmen Sie unseren Praktikanten mit. Der wird aus dem Theater twittern. Und wenn wieder was passiert, dann sind wir in Echtzeit dabei, ganz vorne dran. Da haben Sie eigentlich gar nichts mit zu tun. Wann ist die nächste Premiere?"

Wie unter Schock stammelte Beck nur „Medea. Morgen."

„Prima, dann stell ich Ihnen den Jungen mal vor." Jung griff zum Hörer und rief ohne Anrede hinein: „Den Mager zu mir!" Beck hatte sich noch nicht ganz losgerissen vom Anblick des neuen Layouts, da stand er schon in der Tür: ein Lulatsch mit hängenden Schultern und enorm großen Füßen in Sportschuhen, die Augen halb hinter einem Vorhang aus Haaren. Kevin Jung klatschte in die Hände: „Hallo, Franz, das ist unser Theaterkritiker Justus Beck. Du begleitest ihn zu Premieren, hältst mit dem Newsdesk Kontakt und meldest, wenn's im Theater Ärger gibt. Kannste auch Video-Interviews mit Deinem Smartphone machen. Geht alles online. Da musst Du mal zeigen, was Du drauf hast. Samstag geht's los!"

Beck starrte dieses lange Elend vor ihm an. Das also war Lehrer Jungs neuer Musterschüler. Das Elend nickte und nuschelte: „Cool. Was geht da ab?"

Zweiter Aufzug: Medea

1 Beck zückte ein Teppichmesser. Er musste sich abreagieren, diesen Groll auf den schnöseligen Jung loswerden. Der Gedanke an den blutigen Titus, der ihm so viel Ärger bereitet hatte, inspirierte ihn jetzt, und so säbelte Beck los, als würde er Shakespeare persönlich malträtieren. Dabei war es bloß Plastikfolie. Körperliche Arbeit war ja eigentlich nichts mehr für ihn, aber jetzt half sie ihm doch. Im Innenhof jenes schmucklosen Backsteinbaus aus den Zwanzigern, in dem Beck den vierten Stock bewohnte, hatten die Jungs von der Spedition wieder drei Paletten abgeladen. Vier Kisten Pinot Gris aus Luxemburg, sechs Kisten südfranzösischen Rosé aus dem Holzfass, vier Kartons Nero d'Avola aus Sizilien, stapelweise Frizzante Rosato, Rotspon, Veltliner. Beck blätterte in den Liefer- und Bestellscheinen. Die Lage war etwas unübersichtlich, aber das kannte er nicht anders.

Nach dem Tod seiner Frau hatte Justus Beck von einem befreundeten Kunstkritiker ein Weinkontor übernommen, das zur guten alten Kette „in vino veritas" gehörte. Passend zum Namen und zu den Produkten waren in der Kundenkartei neben Latein- und Französischlehrern vor allem Verwaltungsbeamte, Richter, Ärzte. Leute also, die Beck auch im Theater traf. Doch so, wie die Kundschaft für die Kunst immer älter wurde und wegstarb, lief es auch beim Wein. Eines Tages hatte der Großhändler aus Hamburg seinen Franchise-

Partnern angekündigt, dass nur noch die großen Läden weitergeführt werden, der Rest des Geschäfts sollte übers Internet laufen. Aus „in vino veritas" wurde dort „i.vive". Becks Laden in der Innenstadt war viel zu klein. Doch statt ganz dichtzumachen, bezog er im Block mit seiner Wohnung die Eck-Räume eines ehemaligen Blumenladens im Erdgeschoss. Wer im unendlichen Weinkeller des Internets groß eingekauft hatte, konnte hier sechs Tage die Woche an vier Stunden nachmittags größere Lieferungen abholen, die man sich nicht vom Paketdienst vor die Haustür stellen lassen wollte. Aus seinem schönen Weinladen war ein Logistikdepot geworden, in dem Kunden bloß noch die fünf, sechs Sonderangebote des Monats kosten konnten.

Das „i.vive"-Konzept war Beck zwar ein Gräuel, aber der Weinpaketshop sorgte dafür, dass er nicht den ganzen Tag von seinem Schreibtisch aus auf die Straße stierte. Sein viel zu kleiner Laden war schließlich auch ein beliebter Theatertratschtresen. Paula hatte ihn deshalb immer darin bestärkt, weiterzumachen mit dem Wein. Auch wenn Beck die Kisten zum Teil im Hof-Schuppen, zum Teil im Fahrradkeller und vor allem in seinem Wohnzimmer im vierten Stock lagern musste. Paula sah darin ein Sportprogramm, zu dem sie ihren alten Freund mit all seinen Zipperlein sonst nie hätte überreden können. Dass er Probleme mit den Bandscheiben hatte, überging sie gern. Lieber ein tauber Fuß als ein kaputtes Herz, dachte sie sich. Und Beck, der nichts wegschütten mochte, tröstete sich über all die Mühe und Plackerei hinweg, indem er die offenen Flaschen aus seinem Laden vor dem Zubettgehen leerte.

Am liebsten die schweren Roten, von den sauren Weißen kriegte er leicht Sodbrennen.

Der Primitivo aus Mandurien ging zwar süffig runter, doch hoch kriegte Beck ihn nur schwer. Im Erdgeschoss standen ein Kinderwagen und ein Rollator im Weg. Auf jedem Treppenabsatz stemmte er die Kiste aufs Geländer und schnaufte durch. Auf der dritten Etage hörte er von oben schon Paula durch die geöffnete Tür. „Geht's? Soll ich helfen?"

„Alles okay", antwortet Beck mit einer Stimme, die jung und kräftig klingen sollte. Als er verschwitzt in der Diele ankam, standen Käsehappen, Weißbrot und Cracker schon auf einem Tablett, der Geschirrspüler mit den Degustiergläsern rauschte, Flaschen und Krümel seines Frühstücks waren weggeräumt, sein verwüstetes Bett war kommentarlos frisch bezogen. Paula war die Beste.

„Ich hab Dir für morgen schon ein Hemd rausgehängt. Das schwarze. Aber schau auch, dass es Dir nicht wieder rausrutscht. Ich seh das ja nur, wenn ich hinter Dir laufe. Und hilf dran denken, dass ich Dir in der Pause die Schuppen..."

Beck hatte den Kopf gesenkt und die Augen wie unter Schmerzen zusammengekniffen. Sie meinte es ja nur gut. Und sie hatte ja recht: Er ließ sich gehen. Und jetzt das: „Paula, ich kann Dich morgen nicht mitnehmen."

Verdutzt schaute sie ihn an, ein ungläubiges Schmunzeln überzog ihr Gesicht. „Gab's ja noch nie. Keine zweite Karte?"

„Doch", erwiderte er und erzählte von Kevin Jung und seinem Aufpasser, der nun auf Paulas Platz sitzen und immer brandaktuell in seinen Telefoncomputer tippen sollte.

„Herrje", seufzte sie mit echter Anteilnahme: „Und wer weckt Dich dann?"

Beck zuckte mit den Schultern. „Muss ich mehr Kaffee trinken, aber dann halt ich keine zwei Akte auf dem Sessel aus. Ich muss diesen Vogel loswerden. Da wird uns doch was einfallen."

Was Herr Beck wohl machen würde, wenn es sie nicht gäbe? Paula Berlepp war schon so lange da: eine dralle, aber vitale Dame, ein Kopf kleiner und deutlich kompakter als der hagere Beck. Nebeneinander sahen sie aus wie Herr Pat und Frau Patachon. Wenn er mal wieder mit dem Kopf in schweren Regenwolken hing, stand sie barfuß im Matsch. Paulas Kinder waren in die Schule von Juliane gegangen. Mehr als 30 Jahre war das her. Als Becks Frau ihnen Nachhilfe in Englisch gab, revanchierte sich Paula mit Putzen. So wuchs sie den Becks als Haushaltshilfe zu, kam oft auch bloß auf einen Kaffee zu Juliane, begleitete sie, als sie krank wurde, war dabei, als sie ging, blieb auch nach ihrem Tod aus Verbundenheit die Zugehfrau des Witwers Beck und wurde aus Treue und Pflichtgefühl auch seine Theaterbegleiterin. Für 400 im Monat, ein paar Freikarten und ein paar Flaschen Wein, wenn an Ultimo wieder mal nicht ganz 400 zusammen waren.

Ihr Dieter hatte anfangs etwas skeptisch geschaut, als Paula an den Wochenenden statt mit ihren Pilatesfrauen von der TG04 zur Ladies Night mit diesem verschrobenen Journalisten ins Stadttheater ging: Paula Berlepp, die sich nie etwas aus dem ganzen Kulturkrempel gemacht hatte! Aber sie hatte es auch nicht schwer, ihrem Mann klarzumachen, dass es sich dabei um eine Art Pflegedienst handelte. Die Trauer hatte Beck innerlich noch stärker als äußerlich gebeugt. Und auch Herr Berlepp sah, dass dieser Theaterkritiker viel zu sehr damit beschäftigt war, halbwegs durch den Tag zu kommen, als dass er noch Augen für Damen gehabt hätte. Einmal hatte er gesehen, wie seine Frau dafür sorgte, dass Beck ein Jackett voller Flecken und Krümel wechselte, bevor sie zur Premiere gingen. Da schwante ihm, dass sie wohl irgendeinen Samariterkomplex auslebte. Sollte sie, dachte er und wusste nicht, dass es schon ein wenig mehr war: Paula war Becks guter Engel.

Die drei Kisten Zweigelt aus dem Burgenland und die vier Kartons mit Rheinhessen-Riesling standen schon neben dem Weinfass in der Mitte des Lädchens, das als Stehtisch diente. Paula hatte auch die anderen Lieferscheine schon an der Kasse bereitgelegt. Beck kippte ächzend mit dem Kreuz nach vorn und setzte den badischen Grauburgunder ab, dass jeder Orthopäde bei dem Anblick Phantomschmerzen kriegen musste. Beck merkte davon nicht mehr viel, ihn zwickte, drückte, zerrte ständig irgendwas. Vorhin der Cabernet aus dem Keller, dann der Sauvignon aus dem Schuppen, jetzt eben der Grauburgunder, der auch nicht da stand, wo er hingehörte. Logistik war Becks Stärke nicht. Aber mit Paulas Hilfe lief der Laden irgendwie. Noch zehn Minuten bis zur Öffnung. Das Weißbrot hatte sie aufgeschnitten und in einen Korb gelegt, dazu die Cracker in eine Schale geschüttet. Gerade richtete sie die Probiergläser,

Beck stemmte die Fäuste in die Hüfte, streckte sich und presste seine Frage langgezogen heraus: „Paula, was mach ich nur mit diesem kleinen Aufpasser?"

„Was ist denn das für einer", fragte sie.

Viel fiel ihm dazu nicht ein: ziemlich groß, ziemlich jung. Paula staunte immer wieder, dass Beck, der im Theater Sachen sah, obwohl er schlief, tagsüber mit offenen Augen manchmal gar nix mitkriegte.

„Na, hat er denn einen Namen?"

„Franz heißt die Kanaille."

Paula hatte die „Räuber" mit Beck schon vier Mal gesehen, um zu verstehen. „Na, Du hast ihn ja schon richtig lieb. Kriegt der denn ordentlich was für den Job?"

„Würde mich wundern, wenn ich sehe, was die Post sonst so zahlt."

„Dann stell Du ihn doch an. Ein großer Kerl, der kann Deine Kisten schleppen. Musst ihm eben mehr zahlen."

Der Gedanke entzündete ein kleines Licht in Becks Kopf, und schnell überstrahlte die Idee seine trübe Stimmung. Zwar konnte er sich eigentlich kein Personal leisten, aber mehr zahlen als so gut wie nichts, das könnte klappen. Musste er diesem Franz bloß irgendwie das mit der Zeitung madig machen.

Beck schmunzelte in sich hinein, als er die Ladentür aufschloss. „Paula, der Gedanke hat was."

„Freut mich. Dann mach ich Samstagabend mal wieder Pilates mit meinen Damen und schau Sonntag nach der Wäsche. Bis dann."

Kaum war sie zur Hintertür raus, rollte vorne eine geländegängige Limousine auf den Parkplatz des Weindepots. Beck spickte auf die Lieferzettel. Das mussten die vier Kisten Spumante für die Feier des Architekturbüros Schimmel sein. Es konnte losgehen.

2 Vier Lieferungen waren weg, zehn Kartons standen noch rum. Da schwang draußen vor dem Schaufenster ein enorm groß gewachsener Mittfünfziger mit einem Beinschlag von seinem Herrenrad, als wäre es eine Turnübung. Mit federndem Schritt sprang er die Stufen zur Ladentür hoch und stand im nächsten Moment mehr über als vor Beck. „Grüß Dich, mein Lieber", jubelte der Hüne und schüttelte das gar nicht so kleine Männchen vor ihm derart heftig an den Schultern, dass sein „Hallo" in Stoßwellen aus ihm herausschwappte.

Bernd Rudolf war lange nicht mehr da gewesen. „Hast doch gar nichts bestellt", wunderte sich Beck.

„Brauch auch nur Beratung."

„Grauburgunder vom Kalkfelsen ist im Angebot, hab ich schön kalt. Ein Bukett wie eine Schale Aprikosen mit einer leichten Birnennote, auf der Zunge ein feines Säurespiel und dann im Abgang mineralisch raffiniert. "

„Prima, schenk ein, aber deswegen bin ich nicht gekommen." Das war wieder typisch. Seine treuesten

44

Kunden wollten immer nur plaudern und tranken ihm dabei die Vorräte weg.

„Justus, was muss ich morgen wissen? Wie soll ich's finden? Gitta hört mich in der Pause wieder ab. Worum geht's überhaupt?"

Mit Bernd Rudolf war es immer dasselbe. Der Polizeipräsident wurde von seiner Frau ins Theater geschleppt. Zur besten Sportschau-Zeit musste er Premieren absitzen. Dabei interessierte ihn der ganze Kulturkrempel kein bisschen. Aber wenn er am Samstag auf Bundesliga bestand, gab's spätestens beim Frühstück am Sonntag Knatsch.

Beck kannte diese Geschichte schon lange. Bernd und Gitta gehörten zum Theaterstammtisch im „Don Bosco", einem Italiener, der nobel tat, aber vor allem teuer war und sich gern als „Wirt für die Wichtigen" aufspielte. Mit Juliane war Beck oft dort gewesen. Jetzt kam er nur noch selten, die Erinnerung tat ihm fast so sehr weh wie die Preise auf der Weinkarte. Die lose Freundschaft mit Bernd aber hatte überdauert. Nicht zuletzt deshalb, weil der Polizeipräsident immer noch einer von Becks besseren Kunden war und ihn überdies aufrichtig bewunderte. Nicht für seine Wein-Expertise, die sich auf formelhafte Sommelierslyrik beschränkte, sondern für seine Fähigkeit, im Theater ein Nickerchen zu machen. Der Polizeipräsident, der auch gern mal einen Akt verschlafen würde, war mit seinen 2,03 Metern schlicht zu lang, um es sich im Parkett gemütlich zu machen. Und wenn es ihm doch mal gelang, wurde Gitta rabiat. Dann gab's was mit der Handtasche in die Seite.

Beck hatte Mitleid und konnte trösten: Diesmal keine Pause, keine Zwischenprüfung. War ja eh nur eine Foyer-Inszenierung. Der Regieassistent des Hauses sollte sich mal an der Antike ausprobieren. Aber auf der Heimfahrt drohte dem Polizeichef dennoch ein mündliches Examen. Rudolf brauchte dringend Nachhilfe: „Also, am besten, Du nimmst das morgen im Theater einfach beruflich: Medea! Kennste doch." Nichts kannte der Polizeipräsident, und so erzählte Beck ihm diesen fast zweieinhalbtausend Jahre alten Horrorkrimi um die Hexe von Kolchis, die ihre eigenen Kinder ermordete.

„Ich rate Dir, versuch gar nicht erst, irgendwas an der Inszenierung gut oder schlecht zu finden. Da kannst Du bei Gitta nur verlieren", begann Beck. „Du musst ihr kriminalistisch kommen, bloß nicht mit Kunst. Also, pass auf: Die Vorgeschichte ist ein wenig unübersichtlich. Jason gerät in den Machtkampf um das Reich von Thessalien. Auf dem Thron hat sich sein Onkel breit gemacht, den eine Weissagung vor seinem Neffen gewarnt hat. Also schickt der König diesen Jason auf ein Himmelfahrtskommando übers Schwarze Meer Richtung Kaukasus, nach Kolchis. Das ist heute Georgien. Von dort soll er ein Schafsfell nach Griechenland zurückholen."

Beck machte eine Kunstpause, um zu sehen, ob Bernd auch aufpasste, und vom Polizeichef kam es, wie aus der Pistole geschossen: „So ein Aufwand für ein Schafsfell! Was ist denn das für ein Quatsch?"

„Nun, nichts, was Du Gitta beim Fernsehen auf die Knie legen würdest, wenn es kalt ist. Es ist das Goldene

Vlies: das Fell eines Widders, der fliegen und sprechen konnte."

„Okay, das ist was anderes." Bernd war wieder zufrieden mit der griechischen Mythologie.

„Also, Jason muss sich mit gepanzerten Riesen und feuerspuckenden Stieren anlegen, um die Goldwolle zu kriegen. Er hat sowas ja drauf, dazu noch das Schiff Argo voller Helden, die Argonauten. Und Rückendeckung von der Göttin Athene gibt es obendrein. Aber ohne Medea geht es nicht. Sie ist die Tochter des Königs von Kolchis, die Enkelin des Sonnengottes, kann zaubern, verliebt sich in den schönen Griechen, hintergeht ihre Leute, indem sie Jason hilft, und flieht mit ihm nach Iolkos in Griechenland."

Bernd Rudolf hing mit den Augen an Becks Lippen und mit den Lippen an einem seiner Gläser. Beck winkte ihm mit dem Grauburgunder, schenkte ordentlich nach und fuhr fort: „Amour fou würden wir heute sagen. Aber Medea macht Ärger. Den Töchtern von Jasons Onkel macht sie weis, sie könnten ihren Vater verjüngen, indem sie ihn tranchieren und einkochen. Medea führt es mit einem alten Bock vor, der als Lamm aus dem Kochtopf springt. Der böse Onkel, der Jason die Macht nicht abgeben will, aber bleibt im Eintopf."

„Ach, nein!" Der Polizeipräsident stellte sein Glas ab und verdrehte die Augen. „Nicht schon wieder so ein Hackbraten wie bei diesem Titus. Gitta war danach die ganze Zeit stinksauer, als hätte ich ihr den Abend zermetzelt."

„Nein, keine Angst, das ist doch nur die Vorgeschichte." Beck schenkte wieder nach. „Wobei Medea
schon eine gruselige Gestalt ist. Aus Iolkos müssen
Jason und sie dann jedenfalls weg. In Korinth kriegen
sie Asyl. Bei Euripides geht die Geschichte dort los, als
Medea die Stadt schon wieder verlassen soll, weil ihr
Typ sich mit der Tochter von König Kreon eingelassen
hat. Kann man ja verstehen. Mal ganz abgesehen davon,
dass Medea richtig finster ist: Sie kommt aus dem Land
der Barbaren, so eine ist nicht vorzeigbar, außerdem
sind Hexen ja auch immer irgendwie anstrengend. Und
Jason ist von Adel, der will herrschen, der braucht eine
Königin. Medea nervt und stört nur noch, also wirft der
König von Korinth sie raus, damit der Weg für seine
Tochter Glauke frei ist. Die Söhne von Jason und
Medea sollen aber da bleiben. Nach allem, was Jason
mit seiner Frau schon erlebt hat, ist das natürlich schön
blöd. Mit einer zaubermächtigen Viertelgöttin legt man
sich besser nicht an. Medea verpasst ihrer Konkurrentin
einen vergifteten Schleier, ermordet die eigenen Söhne,
verflucht ihren untreuen Mann und haut mit einem Dra-
chengespann und den Kinderleichen auf Nimmerwie-
dersehen ab."

„Oje, das gibt wieder Ärger mit Gitta", seufzte Bernd
Rudolf mit trockener Stimme und befeuchtete sich die
Kehle mit Grauburgunder.

„Wart's ab", sagte Beck und klopfte ihm beschwich-
tigend auf den linken Unterarm. „Solche Geschichten
hat man ja heute oft mit irgendwelchen verzweifelten
Ehemännern, die gleich ihre ganze Familie auslöschen.
Aber Medea ist nicht verzweifelt, die ist stinkwütend,

die fühlt sich verraten. Kann man auch wieder verstehen, hat ihre Familie betrogen, die Heimat verlassen und dann wird sie schnöde abserviert."

Beck war jetzt in seinem Element, schenkte nochmal nach und schob Rudolf, der den goldgelben Weißen offenbar mit Apfelsaft verwechselte, Weißbrot hin. „Aber jetzt kommst Du! Pass auf! Du kennst nämlich den ganzen Fall, hast die komplette Akte Medea gelesen. Und da gibt es keine mildernden Umstände für Kindsmord, die Frau ist schließlich eine heimtückische Wiederholungstäterin. Dass sie ihre eigene Familie bei Jasons Raubzug hintergeht, ist eine Sache, aber dann stiftet sie die Griechen auch noch an, ihren eigenen Bruder zu zerstückeln und ins Meer zu werfen, damit die Verfolger ablassen und die Leichenteile einsammeln. Wahrscheinlich liegt längst ein internationaler Haftbefehl aus Kolchis vor."

„Unwahrscheinlich damals." Skepsis lag in Bernds Blick.

„Ganz egal, das ist ein Mythos, und Du erzählst Gitta Deine Version. Da musst Du glaubwürdig sein, aber dafür musst Du auch selbst dran glauben. Also: Die Sache mit der Anstiftung von Jasons Cousinen zum Abschlachten ihres Vaters kennst Du ja schon. Und Du siehst: Medea ging schon über Leichen, lange bevor man sie aus Korinth rauswerfen wollte. Eigentlich hätten sie so eine gar nicht erst reinlassen sollen, und Jason kann froh sein, dass er die Sache überlebt hat. Naja, er hat sich später das Leben genommen. Aber das muss Dich nicht interessieren. Ganz egal, wie das morgen inszeniert ist. Wenn Du Regie führst, geht das so: Gefährderansprache, Abschiebehaft und Auslieferung nach Kolchis!"

Der Polizeipräsident zog die Stirn in Falten. Er war noch nicht überzeugt. „Bei der Frau überlebe ich doch keine Zurechtweisung, da lande ich doch gleich im Gulasch."

„Na gut, dann holst Du Dir eben ein SEK dazu, die GSG 9 meinetwegen."

„Aber das ist doch in Griechenland."

„Bernd, bitte!" Beck sah ihn beschwörend an. „Du musst Medea stoppen. Und Du kannst es! Handschellen, psychiatrisches Gutachten, Sicherungsverwahrung. Da kannst Du den ganzen Besteckkasten nehmen. So knallhart musst Du das Gitta unter die Nase reiben", sagte Beck und trommelte mit dem Zeigefinger auf dem Solarplexus von Bernd Rudolf herum, dass dieser hüsteln musste. „Mit Dir als Polizeipräsident von Korinth wäre die Sache ganz anders gelaufen als bei Euripides. Dann sagt Deine Frau nix mehr, dann kannst Du in Ruhe Bundesliga gucken. Garantiere ich Dir."

Bernd Rudolf räusperte sich noch einmal, und es war, als hätte er seinen Zweifel abgehustet. Jetzt lächelte er. Sein Samstag war gerettet. „Danke Dir, mein Lieber, von dem Grauburgunder nehme ich drei Flaschen mit."

3 Das Beste am Theater war das Parkhaus. Zwar hätte Beck auch mit dem Bus fahren können. Zwei Minuten zur Haltestelle, vier Stationen und dann noch hundert Meter. Aber öffentlicher Nahverkehr ging gar nicht. Sein Saab wollte bewegt sein. Und in jeder noch so kurzen Fahrt mit dem alten Schweden steckten schließlich auch Erinnerungen an die langen Fahrten in die Bretagne, die Emilia und ins Baskenland mit Juliane.

Seit das neobarocke Stadttheater mit dem Säulenportal seinen kubischen Anbau mit der nachts verschwenderisch leuchtenden Glasfassade erhalten hatte, war die Anreise zur Premiere für Beck so einfach wie nie zuvor und nirgendwo sonst. Der Neubau des Schauspiels, der sich fremd und unversöhnlich neben dem alten Opernhaus breitmachte, hatte in drei Untergeschossen Parkdecks. Ein Drive-In. Raus aus dem Wagen, rein in den Fahrstuhl und schon stand er im Foyer. Das war enorm praktisch. Mit dem einen Nachteil, dass er auf diesem Weg immer wieder Menschen traf, denen er lieber nicht begegnen wollte.

Prompt stand da auch diese Dame mit der zurückgezogenen Oberlippe, die ihre Nase ein wenig pikiert wirken ließ. Beck kannte ihren Namen nicht, wollte ihn gar nicht kennen, aber sie begrüßte ihn immer, als gehöre er zur Familie. Sie hatte die „Post" abonniert und ihn offenbar gleich mit. „Und, wie fanden Sie es denn jetzt wirklich?" Sie klang, als würde sie mit einem geistig und finanziell minderbemittelten Cousin dritten Grades sprechen. Beck kannte das schon. Nicht wenige seiner Leser hingen offenbar der Verschwörungstheorie an, er dürfe nicht schreiben, was er denke, kriege Anweisungen aus der Intendanz, dem Rathaus oder wenigstens vom Chefredakteur. Das war zwar Blödsinn, aber diesmal hatte sie ja fast schon wieder recht, nachdem Kevin Jung auf allen Kanälen Skandal-Alarm ausgelöst hatte.

„Sie meinen den Titus", versicherte er sich. „Wie ich ausgeführt habe", seufzte er routiniert. „Ich fand's schlecht, aber auch nicht so schlecht. Das ging halt mal daneben." Sein erstes Luftholen nutzte die Dame, um dazwischenzufahren und ihm zu versichern, sie sei heute Abend das letzte Mal hier, wenn es jetzt mit „Medea" auch soweit kommen sollte. Was nicht fair war, denn im Foyer war ein junger Herr Kornblum am Werk, ein Regieassistent, von dem man noch nicht zu viel erwarten sollte. Beck ließ das aber lieber auf sich beruhen. Er stand gerade ganz schlecht. Dort, wo jeder vorbeikam, jeder ihn sehen konnte. Das liebte er gar nicht. Er versuchte noch halbherzig, Anatol Wildmoser-Bettencour zu verteidigen mit dem Hinweis auf dessen Pforzheimer „Wildente", die hier ja aber leider niemand kannte, da stand schon Klaudia Martini vor ihm.

Sie war nicht schlank, sondern knochig, was sie aber in dem Glauben leben ließ, ihre Figur sei noch immer jugendlich. So trug sie zu den roten Stilettos einen Lederrock, der 15 Zentimeter zu kurz war. Oder sie 20 Jahre zu alt. Wie man's drehte. Martini machte sich gar nicht die Mühe „Hallo" zu sagen, schnitt Becks besitzergreifender Leserin das Wort ab, schüttet einen Kübel Ärger über all den Wildmosers und Bettencours aus, die ihr die Freude an den Freikarten ihres Mannes vermiesten und stichelte sofort wieder los, sie müsse ihre schützende Hand bald vom Theater nehmen wie von einer heißen Herdplatte. So gehe das alles nicht. Becks schnöde abgewürgte Pseudocousine berappelte sich schnell und konterte mit einer Theaterkritik, die gleich alle modernen Künste etwa ab Gerhart Hauptmann, Richard Wagner und Caspar David Friedrich in Bausch und Bogen verdammte. Beck nickte, ging einen Schritt zurück, nuschelte „Entschuldigen Sie mich, ich bin verabredet" und sah im Weggehen noch, wie die beiden Hyänen ihr unschuldiges Opfer zerfetzten. Spätestens in fünf Minuten würde vom blutigen Kadaver des zeitgenössischen Theaters nichts mehr übrig sein. Dieses Foyer-Gemetzel war schlimmer als alles, was Anatol Wildmoser-Bettencour sich hätte ausdenken können.

4 Er sah ihn schon von Weitem. Das lange Elend stand bereits am schwarz polierten Tresen der Theaterbar. So hatten sie es verabredet. Pünktlich war der Bursche immerhin. Franz Mager hatte seine besten Basketballschuhe angezogen. Schwarze Chucks. Die Hose trug er ein Stück höher als sonst, der Kapuzenpulli war frisch gewaschen. Und in die Haare hatte er sich eine Klammer gesteckt, damit der Vorhang nicht während der ganzen Vorstellung unten war. Beck hatte keine Ahnung, wie schick sich der Junge für seinen ersten Theaterabend gemacht hatte.

„Hallo, Franz, grüße Sie. Jetzt bin ich mal gespannt, wie das läuft mit ihrer Theaterkritik im Internet. Wissen Sie denn worum es geht, haben Sie Euripides gelesen? Griechisch in der Schule gehabt?" Das war jetzt gemein, aber Beck wollte den Jungen lieber gleich mal einschüchtern. Klappte aber nicht. „Nee, passt schon", schnodderte Franz. „Hab's gegoogelt, Wiki und Hausarbeiten.de. Im Programmheft steht ja auch was von Asyldebatte, weil die Medea doch auf der Flucht ist. Ganz aktuell. Klar. Und ich muss ja auch keine Kritik schreiben, das machen ja Sie. Können mich auch gerne duzen."

Becks Versuch, den Knaben zu beeindrucken war kläglich gescheitert. „Äh, ja, magst Du eine Cola", fragte er ratlos. „Nee, ich nehm ein Bier, Rindswurst mit Senf und eine Brezel", antwortete Franz mit einer Selbstverständlichkeit, die darauf hindeutete, dass der junge Mann von zuhause Vollpension mit 24-Stunden-Service gewöhnt war. Beck war so perplex, dass er anstandslos bestellte und bezahlte. Er selbst nahm zum obligatorischen Sekt diesmal einen doppelten Espresso. Brause mit Koffein. Damit sollte er wach bleiben. Um nicht ganz aus dem Konzept zu kommen, versuchte er es noch mal mit der Schulbildung. „Hast Du von dem Stück denn nicht mal im Unterricht gehört?"

„So weit sind wir nicht gekommen."

Beck war ratlos. „Was soll das heißen, mit der Antike geht's im Theater doch los."

„Nein, ich meine ja auch bis M sind wir nicht gekommen. Baal, Biedermann, Faust, Götz, haben wir gehabt, aber zu Medea sind wir dann nicht mehr gekommen."

„Ihr habt die Stücke alphabetisch drangenommen?"

„Weiß ich jetzt auch nicht, nein, aber irgendwie muss man das Zeug ja geordnet kriegen."

Irgendwas in Beck knickte gerade ein. „Du hast keinen Deutsch-Leistungskurs gehabt, oder?"

Weit gefehlt. Franz Mager hatte sich mit Englisch und Biologie durchgeschlagen, im Theater war er auch erst zweimal gewesen. Mit der vierten Klasse in „Der dickste Pinguin vom Pol" und mit der Elften in „Kabale und Liebe". Aber wie die Sache aussah, sollte er ja auch keinen Besinnungsaufsatz schreiben. 280 Zeichen mussten reichen. Franz sollte twittern, aber er durfte nicht direkt loslegen. Das trauten sie ihm in der Redaktion dann doch nicht zu. Der Praktikant sollte per WhatsApp mitteilen, was passierte, und der Spätdienst der Online-Redaktion würde dann daraus Twittermeldungen machen. Oder es eben sein lassen.

Beck erfuhr von diesem umständlichen Prozedere zwischen Rindwurst und Bier. Und es bestätigte ihn in seiner Theorie, dass dieses World Wide Web eine technische Fehlkonstruktion zur systematischen Verdummung des Menschen und zur Verkomplizierung seines Daseins war. Entsprechend mitleidig klang sein Einwand: „Aber dann musst Du ja im Dunkeln tippen. Da siehst Du ja gar nicht, was vorne passiert."

„Bin ich geübt, hab auch schon Meldungen abgesetzt." Franz klang gar nicht so, als müsse man ihn bedauern. „Wie Sie da vorhin mit den zwei Frauen am Zanken waren, hab ich gesehen und gleich gemeldet. Hashtag Theaterchecker Erregte Diskussion geht schon vor der nächsten Premiere weiter. Gut, was?"

„Theaterchecker? Das ist nicht Dein Ernst."

„Ist nicht meine Idee, hat sich Herr Jung ausgedacht. Der hat heute Abend auch Spätdienst und bearbeitet meine Meldungen. Das mit den Altkleidersäcken hab ich ihm als Erstes geschrieben."

Benjamin Kornblum, seit zwei Jahren Assistent am Stadttheater und bislang nur aufgefallen mit „Peterchens Odyssee 2001" als Weltraumoper für Kinder frei nach Gerdt von Bassewitz und Stanley Kubrick, wollte endlich zeigen, was er draufhat. Also verteilte er im gesamten Foyer Säcke mit Lumpen aus dem Bestand der Arbeiterwohlfahrt. Die Theaterbesucher waren aufgerufen, Kleiderspenden in Tüten zur Vorstellung mitzubringen. Das schicke sterile Schauspielhaus sollte zur Kleiderkammer der AWO werden, „Medea" zum Asyldrama der Willkommenskultur. Das Theater voller Lumpen. Beck schwante nichts Gutes, als er sich vorstellte, welche Schlagzeilen Kevin Jung daraus machen würde.

5 Beck war ziemlich bedient auf seinem Stuhl zwischen all den blauen, gelben und braunen Säcken. Die ganze Zeit hatte Franz auf seinem Display gespielt, die Anzeige hatte geflackert. Er fragte sich, was es da zu tippen gebe, wenn der Junge gar nicht auf die Bühne schaute. Doch bevor er seinem Ärger im Foyer Luft machen konnte, legte Lulatsch los:

„Mann, so gut will ich's auch mal haben. Mein Geld im Schlaf verdienen."

Beck wurde mit einem Schlag panisch: „Bin ich weggenickt?"

Franz strahlte freudig: „Sie haben so richtig gepennt, einmal hab ich Sie doch angestoßen, weil Sie so komische Geräusche gemacht haben. Dann war Ruhe."

Was für eine Katastrophe, durchzuckte es Beck. Ohne Paula ging es gar nicht mehr. Auffällig unauffällig blätterte er in seinem Notizblock. Sah nicht gut aus. War auf den ersten Blick nicht viel Brauchbares zu erkennen. Er musste wissen, was er verpasst hatte.

„Noch ein Bier, Franz?"

Klar, und eine Erbsensuppe und einen Schokoriegel nahm er auch noch. War jetzt auch egal. Beck bestellte sich einen Montepulciano und ließ sich auf einen Altkleidersack fallen. Die Stühle an der Theaterbar waren weg, stattdessen überall Plastikkissen prallvoll mit Pullis und Hosen. Gehörte alles zum Konzept. „Sag mal, hast Du nur geguckt, ob ich die Augen auf habe oder hast Du auch was auf der Bühne mitgekriegt?" Franz war seine letzte Rettung.

„Ja, war halt fad. Hab nicht die ganze Zeit aufgepasst."

Auf einen Versuch kam es an. Was Beck nämlich nicht recht auf die Reihe kriegte, war dieser seltsame Regie-Einfall, dass Medea sich immer mehr kratzte, je näher der Kindsmord kam. Gut, die Zauberin lebte hier in einem Wohncontainer zwischen Altkleidersäcken. Eigentlich lebte sie in den Säcken. Holt man sich da die Krätze? Vielleicht. Aber dass die Hauptdarstellerin am Ende so feuerrot aussah, als hätte sie das vergiftete Kleid ihrer Nebenbuhlerin Glauke vorher anprobiert, das war als Einfall schon abgedreht. Aber vielleicht hatte er ja die entscheidende Szene schlicht verpennt.

Das mit dem Gejuckel dieser Schauspielerin war Franz natürlich auch nicht entgangen. „Fing ja schon ganz früh an, als sie diesen Pennermantel rausgezogen hat. Hab ich aber auch nicht verstanden. Aber irgendwie hat die Schauspielerin auf mich von Anfang an komisch gewirkt."

Sie rätselten noch ein Weilchen, was Medea wohl juckte. Dann kam Beck auf das Praktikum bei der „Post" zu sprechen. Natürlich kriegte Franz dafür nichts. Und natürlich wusste er auch nicht, was genau er bei der Zeitung wollte. Es war auch nicht sein erstes Praktikum. So schnell er das Gymnasium in acht Jahren absolviert hatte, so wenig wusste er, was er nun machen sollte.

Das passte Beck prima ins Konzept. Die Theatertwitterei würde dem Jungen schnell lästig werden, wenn er erstmal bei Beck im Laden Geld verdiente. War ja empörend, dass der Verlag junge Leute derart ausbeutete. Da blitzte in ihm wieder der alte Saint Just aus den Achtzigern auf, der die Welt verbessern wollte. Dass er sich einen Helfer eigentlich gar nicht leisten konnte, schob Beck elegant zur Seite. Wie er nach einem zweiten Glas Montepulciano den jungen Herrn Mager auch gar nicht mehr so schlimm fand. Überhaupt, welcher Theaterkritiker hatte schon einen eigenen Praktikanten? Für einen Theaterignoranten war der Bub ja doch recht aufmerksam. Nicht dass Franz ihm die verpennten Medea-Minuten richtig rekonstruieren konnte. Beck war so schlau wie zuvor, aber immerhin passte sein persönlicher Assistent auf, wenn er nicht gerade sein Handy bearbeitete.

„Übrigens", sagte Franz, als sie die Theaterbar wieder verließen, „Ihr Hemd hängt hinten raus."

Beck nestelte am Gürtel. „Danke, mein Junge, sehr aufmerksam von Dir."

„Sie haben da Schuppen auf der Schulter."

Das ging Beck jetzt fast ein bisschen zu weit. Er brauchte Paula zurück, doch Franz war noch nicht fertig.

„Ihr Reißverschluss steht auch offen."

6 „Morgen, Messerchen! Wie geht's?"

Mit Sigrid Huxhorn hatte er nicht gerechnet. Beck kniff die Augen zusammen, würgte den kühlschrankkalten Bissen Nudelauflauf runter und spülte mit dem Magdalener nach.

„Sigrid, was gibt's so früh am Tag", hustete Beck bröselig in den Hörer.

„Jung will Dich sprechen, irgendwas wegen gestern Abend im Theater. Er dreht gerade wieder voll auf. Ich stell Dich gleich mal zu ihm rüber. Wünsch Dir nen schönen Sonntag."

Mozarts „Kleine Nachtmusik" in einer plärrenden Version für Melodica erklang in der Warteschleife, und Becks Elf-Uhr-früh-am-Morgen-Müdigkeit war mit einem Schlag weg. Die Sache war klar: Franz hatte nicht dichtgehalten. Diese elende Petze hatte Jung brühwarm gesteckt, dass sein Kritiker ganze Akte verschnarcht: Hashtag Theaterpenner! Das war's jetzt. Fast vierzig Jahre fürs Feuilleton geschrieben, und dann ist alles aus wegen einem planlosen Praktikanten und einem profilneurotischen Onlinechef.

Was für ein beschissener Tag. Beck hatte noch schlechter als sonst geschlafen, denn in seinem Notizblock, der ihm sonst ein sanftes Ruhekissen war, stand so gut wie nichts drin. Nur den Anfang und das Ende der „Medea" hatte er mitgekriegt, den Rest konnte er sich nicht mehr zusammenreimen. Vor allem die schräge Kratz-Performance der Hauptdarstellerin Sonja Kramer. Eigentlich eine Schauspielerin, die für solche Regiemätzchen nicht zu haben war. Immer kühl und klar – egal ob Nora oder Maria Stuart. Eigentlich genau die richtige Medea. Und dann diese zunehmend groteske Show zwischen Neurasthenie und Neurodermitis. Beck hatte sich Paulas Abendessen zum Frühstück aus dem Kühlschrank geholt und löffelte den Auflauf aus der Alufolie. Dazu eine halbe Flasche Magdalener. Die Plörre war eigentlich nicht zu trinken. Beck hatte keine Ahnung, warum „i.vive" ihm von diesem dünnen Roten als Sonderangebot gleich sechs Probierkisten geschickt hatte. Mehr als ein halbes Glas wollte davon keiner kosten. Nur Beck ließ eben nichts verkommen. Aber auch am Grunde des dritten Glases erschien ihm keine Einsicht. Ihm fiel nichts ein zu diesem Abend. Und jetzt konnte er es für immer bleiben lassen.

Noch vier Takte wurde Mozart mit der Kinderharmonika verstümmelt, dann sprach Kevin Jung – wie immer ohne Gruß und Anrede: „Aufhören, aufhören. Können Sie alles bleiben lassen. Ich übernehme."

In der kurzen Pause, während Jung Luft holte, sackten Becks zerknautschte Züge schlaff in sich zusammen.

„Wir brauchen keine Kritik über Medea. Das Theater hat gerade die kommenden Vorstellungen abgesagt, die Hauptdarstellerin liegt im Krankenhaus. Irgendeine Allergie. Was immer Sie da also gestern Abend gesehen haben, war so nicht geplant. Herrscht ganz schöne Panik in dem Laden. Schon zwei Pleiten. Und jetzt mach ich mal ein bisschen Feuer vor der Tür. Kritik fällt aus, ich kommentier das Desaster. Ausfallhonorar lass ich Ihnen anweisen. Der junge Herr Mager ist ganz schön auf Zack, hat immer die Augen auf. Können Sie sich mal ein Beispiel dran nehmen." Der Rüffel hatte keinen Unterton. Jung wusste offenbar nichts davon, dass Beck tatsächlich die Augen fest geschlossen hatte. War wohl doch kein schlechter Junge, dieser Franz. Ganz anders als der hyperaktive Mann am anderen Ende der Leitung, der Beck weiter piesackte: „Haben Sie gesehen, was wir twittern?"

Beck wand sich, kam aber nicht drumherum, dem Meister der Digitalpublizistik zu beichten, dass er sich noch nie mit Twitter beschäftigt hatte. Wie ging das nochmal? Und wer will das überhaupt wissen? In seinem Kopf waren diese Fragen sehr laut, aber er kriegte sie nicht über die Lippen. Stattdessen tat er zerknirscht: „Konnte mich noch nicht drum kümmern."

„Herrje, Beck. Ich mail's Ihnen schnell zu. Gibt's doch gar nicht. Sie müssen doch wissen, was abgeht. Lesen Sie das gleich mal, dann wissen Sie auch, was ich mit Cool Tour Beast meine. All the news that's fit to click. Das muss so ein Old-School-Kritiker wie Sie doch verstehen."

Beck kannte nur den Spruch „dumm klickt gut", behielt das aber lieber für sich. Jung machte eh keine Pause. „Wir machen das wie bei der guten alten New York Times, nur schneller. Ist gleich bei Ihnen im Postfach. Da bleiben wir dran."

Und plötzlich Schweigen. Immerhin blieb sich Kevin Jung treu. Kein Gruß, er hatte einfach aufgelegt und offenbar schon vorher die angedrohte Mail abgeschickt, denn nur Sekunden später bimmelte Becks Postfach.

Klickklick machte Beck und las: @kulturpost Die Neue Post berichtet live auf Twitter: Heute Medea-Premiere im Glaspalast des Schauspiels, und das Foyer ist voller Lumpensäcke. #Theaterchecker 19:13

Millionen für die Hochkultur, und jetzt sieht's aus wie in der Altkleiderkammer. #Theaterchecker 19:27

Künstler sammeln hier für die AWO. Warum dann nicht gleich die Kulturmillionen für Sozialprojekte ausgeben? #Theaterchecker 19:55

Spätestens bei diesem Tweet wurde Beck klar, dass das nicht von Franz stammen konnte. Jung hatte dessen Mitteilungen offenbar frei und radikal interpretiert.

Ein Klassiker in Fetzen: Medea watet durch Plunder. #Theaterchecker 20:16

Irre Mörderin Medea kratzt sich wie verrückt. Immerhin findet die Hauptfigur dieses Theater kribbelig. #Theaterchecker 20:27

Erst ein Blutbad mit Terror-Titus, jetzt ein Lumpen-
ball mit Medea als Krätze-Klassiker. #Theaterchecker
20:48

Freundlicher Applaus. Das Städtische Schauspiel
kratzt die Kurve: Aber wen juckt das noch? @kulturpost
hat morgen mehr. #Theaterchecker 21:17

7 Beck hatte genug, fuhr den Rechner runter,
warf seine wertlosen Notizen weg und stapelte
seine Unterlagen zu „Medea". Zwar hatte
Franz ihn nicht verpfiffen, aber offenbar wollte Kevin
Jung statt Theaterkritiken jetzt lieber nur noch Live-
Skandalberichte bringen. Irgendwie war dieses traurige
rote Waschwasser aus Südtirol doch genau das Richtige
an diesem Morgen. Beck leerte den Magdalener, packte
seine Theaterpapiere und stapfte in sein Archivzimmer,
das gleichzeitig seine Abstellkammer für Wein und sein
Andachtsraum für Juliane war. Mehr noch: Sie war dort
drin.

Aus ihrem alten Arbeitszimmer mit all den Akten-
ordnern, Schulbüchern und Weltliteratur hatte Beck so
gut wie nichts herausgenommen. Er konnte sich von
ihren Sachen einfach nicht trennen. Er mochte aber auch
ihre Bibliothek nicht auflösen und in seiner aufgehen
lassen. Juliane war gut sortiert gewesen mit englisch-
und deutschsprachiger Dichtung. Sie hatte die Sprachen
und Literaturen nicht nur unterrichtet, sie hatte sie geliebt und in den Regalen des Altbauzimmers bis zur
Decke angeordnet. Über eine kleine Leiter kam man
links der Tür vom bürgerlichen Trauerspiel zur deutschen Kurzgeschichte, von Hölderlin zu Peter Weiss,

rechts von Poe, Dickens und den Bronte-Schwestern zu Rudyard Kipling und ganz nach oben zu Sinclair Lewis und Anthony Burgess. Alles da. Manchmal kam Beck hierher, um etwas nachzuschlagen, aber ihr altes Zimmer war kein Ort mehr zum Verweilen. Die Lampe war eine verstaubte Funzel, den Rollladen hatte er seit Jahren nicht mehr hochgemacht. Es war nicht zu überriechen. Doch so wie Beck beschlossen hatte, den Schimmelfleck, der am Rollladenkasten blühte, zu ignorieren, so nahm er auch von der muffigen Luft keine Notiz.

Dieses Zimmer war die Gruft der Dinge, die Juliane etwas bedeutet hatten. Alles sollte darin begraben sein. Nur ihre Blumen hatte er rausgeräumt. Mit dem Gießen hatte Beck es nicht so, weshalb Paula Azalee, Begonie, Glücksklee und die anderen Töpfe zu sich genommen hatte. In das Arbeitszimmer aber kamen sie und ihr Wischmopp nicht herein. Manchmal saugte Beck selbst halbherzig über die Laufstraßen des Teppichbodens. Mehr Veränderung ertrug er nicht. Die alten Sachen verschenken oder gar verramschen, den Raum neu gestalten, ja bloß frisch streichen, all das hätte sich wie Verrat angefühlt.

Sie hatten sich ja einst derselben Sache verschrieben, wollten beide Lehrer werden. Es war das einzige Mal, dass er ihr untreu wurde. Damals im Studium, als er zur Zeitung ging. Und sie wurde Lehrerin, eine Pädagogin aus Passion, viel besser, als er den Job je hätte machen können. Auf Lehramt hatte er eigentlich nur studiert, weil es zum Zeitgeist passte: irgendwielinks und irgendwiedagegen. Es war Gesinnung, ohne große Konsequenz, aber es fühlte sich gut an. Dabei hatten Schüler ihn nie wirklich interessiert, gerade die kleineren gingen ihm meistens gehörig auf den Geist. Ganz anders als Juliane, die nicht davon redete, die Welt zu verbessern. Sie tat es einfach, indem sie sich um junge Menschen aus Familien kümmerte, die sich keine teure Nachhilfe leisten konnte. Das war bewundernswert.

Beck wollte das Staatsexamen machen, weil er sich für Julianes Begeisterung begeisterte. Als es drum ging, sie rumzukriegen, schwärmte er von einer inneren Berufung, die er gar nicht spürte. Es war Theater. Glatt geheuchelt, aber ganz gut gespielt, und weil daraus echte Liebe wurde, hatte er ihr diese Inszenierung niemals gestanden. Sie fand es ja auch gar nicht schlimm, dass er schließlich Journalist werden wollte. Sie hatten eben beide ihre Jobs, in denen sie aufgingen. Und die eigenen Kinder, die sie gern gehabt hätte und mit denen er nichts anfangen konnte, holte sich Juliane als Nachhilfeschüler ins Haus. Ihr Arbeitszimmer war noch voll von Zeugnissen dieser Zuneigung. Ihre kleinen Eleven hatten Fotos, selbst gemalte Bilder, Bastelarbeiten hinterlassen, und einer hatte nach Jahren eine Kopie seiner Diplomurkunde geschickt. Zwischen den Büchern, an den Wänden, von überall starrten fröhliche junge Menschen Beck an. Und Beck schaute weg, weil er bei dem Anblick immer einen trockenen Hals und Schluckbeschwerden kriegte.

Ehrenamtlich hatte Juliane ihre Schutzbefohlenen auch nachmittags und am Wochenende noch in der Wohnung. Die kleinen Nervensägen saßen in ihrem Büro, in der Küche, lärmten manchmal sogar im Wohnzimmer und störten Beck beim Denken, was er aber niemanden merken lassen wollte. Es war wohl der Preis dafür, dass er nicht Vater sein musste. Eigentlich ein guter Deal und auch ein vernünftiges Geschäft, denn ohne eigenen Nachwuchs war die gemeinsame Wohnung schneller abbezahlt. Jetzt hatte er die Stille, die er sich damals wünschte, rund um die Uhr, und diese Ruhe signalisierte ihm unüberhörbar, was er unwiederbringlich verloren hatte. Noch als Juliane schwer krank war, nicht mehr in der Schule unterrichtete, hatte sie sich an die Arbeit mit ihren Nachhilfeschülern geklammert. Am Telefon sprachen sie den Stoff durch, und manchmal kamen sie noch zu Besuch, aber nicht um zu lernen, sondern um Abschied zu nehmen.

Beck fühlte zwischen all den Bildern und Büchern, dass er eigentlich nie zu diesem zentralen Teil ihres Lebens gehört hatte, obwohl er es stets eifrig behauptet hatte. Er fand ihren Einsatz so wunderbar, dass er alles andere vor ihr verschwieg und vor sich selbst vertuschte. Ein Theaterkritiker, der sein eigenes Lebenslügentheater nicht mehr sehen mochte. Darum versuchte er seit Jahren, Julianes Andenken langsam unter seinen Sachen zu verschütten.

Vor ihrem Schreibtisch stapelten sich die Wein-Kartons, auf der Arbeitsplatte verstreut lagen Teile seiner Theaterbibliothek und allerhand unsortierter Papierkram. Auch seine alte Olympia-Schreibmaschine hatte er hier aussortiert. Versonnen strich er über die Tasten, ein vergilbter Zettel mit einzeln hingeworfenen Buchstaben klemmte unter der Walze. Beck tippte, aber es erschien nichts, das Farbband war ausgetrocknet. Schon verdammt lange her, dass er zum letzten Mal auf der

Olympia eine Kritik verfasst hatte. So lange es ging, hatte er versucht, den Text-Dateien und E-Mails zu trotzen. Und unverdrossen hatte er gehofft, dass dieses Internet einfach wieder verschwindet: bringt nix, läuft nicht, kann weg. Aber eines Tages hatte Sigrid Huxhorn ihn jovial wie immer, aber sehr bestimmt zur Seite genommen und ihm erklärt, dass keine Sekretärin mehr Zeit dafür habe, die Texte, die er auf seiner Olympia getippt hatte, nochmal für den Redaktionsrechner zu erfassen. Sehr schade, aber noch lange kein Grund, das gute Stück wegzuwerfen. So kam die graue Kiste in Becks Abstellkammer der Erinnerungen.

Der Versuch, die Akte Medea zwischen all den Andenken an eine verlorene Welt so wegzusortieren, dass alles dort landete, wo es hingehörte, führte unweigerlich dazu, dass Beck Sachen fand, die er gar nicht sehen wollte: die Überweisung seines Orthopäden zum Radiologen. Aber wollte er wirklich wissen, wie seine Bandscheiben aussahen? Nein, genauso wenig, wie er wirklich wissen wollte, ob er an Apnoe litt? Er ahnte es, das reichte. Ob im Schlaf Atemaussetzer auftreten, hatte sein Internist ihn gefragt. Keine Ahnung, wo er doch seit zehn Jahren alleine schlief. Als der Doktor ihm dann mit einer Atemmaske kam, ging Beck gar nicht mehr zum Arzt. Was konnte das schon helfen? Seine Müdigkeit ließ sich nicht medizinisch heilen, fand Beck, sie war existenziell. So lag die Überweisung ins Schlaflabor denn auch längst abgelaufen auf dem Stapel. Und drunter diese Karte: „JUSTus MARRIED JULIane 1976" – eine Buchstaben-Collage wie aus einem Erpresserbrief mit Fotos von zwei jungen Menschen auf einem Badetuch an einem gelbstichigen Strand: ein spargeldünner Kerl mit verschmitztem Gesicht und Locken bis über die Schultern neben einer jungen Frau mit strubbeligen braunen Haaren und einem herzlichem Lachen. Beck kamen die beiden ganz entfernt vertraut vor. Und das tat weh.

Er blickte auf. Vorne am Tisch saß das junge Mädchen von damals, hielt den Kopf schief, schaute ihn stumm und fragend an. Dann schmunzelte sie und schüttelte den Kopf, als wolle sie sagen: „Was machst Du denn bloß für ein Zeug?" Das machte das Mädchen immer, wenn er traurig war: Lächelte ihm aus seiner Jugend zu, bis er nicht mehr hinsehen konnte.

Er senkte den Blick wieder, begrub die Erinnerung unter seiner Mappe mit Medea-Material, stierte auf das Konvolut mit Zeitungsausschnitten wie auf einen Grabstein. Erst als drüben das Telefon klingelte, konnte er sich losreißen. Beck ließ das Zimmer hinter sich, zog die Tür zu und schloss ab.

8 Frau Fröhlich stand unter Druck. Das hörte man. Die Pressesprecherin des Stadttheaters machte ihrem Namen normalerweise alle Ehre. Von der Oper hatte sie zwar keine Ahnung, aber sie beherrschte die süßesten Zauberflötentöne, wenn es darum ging, Journalisten für so tolle Projekte wie Scheckübergaben von den Theaterfreunden und die Einweihung neu getünchter Probenräume für den Jugendspielclub zu gewinnen. Dabei wunderte sich Frau Fröhlich stets unverdrossen heiter darüber, dass ihre unwiderstehlichen Ideen nicht unter großem publizistischem Jubel in allen Redaktionen der Region aufgegrif-

fen wurden. Denn so wenig die Pressesprecherin vom Theater verstand, so wenig Plan hatte sie von der Presse.

Frau Fröhlich war aus der Marketingabteilung abgeordnet und hielt Journalismus für eine Unterkategorie der Werbung. Das Ergebnis ihrer Bemühungen war denn auch selten so, wie sie sich das wünschte, doch normalerweise tat das ihrer sonnigen Stimmung keinen Abbruch. Doch heute klang sie anders, ihre Heiterkeit wirkte gepresst. Die Sache war Beck klar, als die junge Dame am anderen Ende der Leitung noch mit der Ouvertüre zu ihrem schwer verstimmt klingenden Flötenkonzert beschäftigt war. Wenn er Tanja Fröhlich an einem Sonntagmittag am Hörer hatte, dann brannte die Hütte. Wahrscheinlich hatte der Intendant sie schon am frühen Sonntagmorgen aufgescheucht.

„Lieber Herr Beck, was soll ich sagen, es ist ja ganz furchtbar", leitete sie das Ende ihrer Fröhlichkeitsfloskeln ein.

Sonja Kramer liege in der Hautklinik, sei – ganz im Vertrauen – violett-fleckig angeschwollen, kriege kaum Luft, die Haut schlage Blasen. Die Ärzte wüssten noch nicht, ob es ein allergischer Schock oder eine schwere Kontaktallergie sei, pumpten sie aber voll mit Cortison. Es könne Wochen, vielleicht Monate dauern, bis sie wieder fit sei. Und ob sie dann jemals wieder Theaterschminke vertragen werde, sei völlig ungewiss. „Wir wissen nicht, ob es an den Kleidern in den Säcken gelegen hat. Irgendwas Giftiges. Unser junger Herr Kornblum hatte auch schon Angst, es könne ein Anschlag von Neonazis sein. Wegen dem Flüchtlingsthema und diesem Aufruf zu Kleiderspenden. Aber vielleicht hat Frau Kramer auch irgendwas gegessen, was sie nicht verträgt. Wir sind hier am Haus ja alle ganz durcheinander."

Jetzt müssten sie diese schöne „Medea" wohl erstmal vom Spielplan nehmen, und der „Titus" laufe ja seltsamerweise auch gar nicht so gut wie gedacht. Dabei werde es bei der Vorstellung künftig kein öffentliches Erbrechen mehr geben, das könne sie versichern, sagte Frau Fröhlich. Das gehöre auch nicht zum Regiekonzept. Die Darstellerin der Tamora habe sich wohl vor der Premiere den Magen verdorben. Die zweite Vorstellung habe die Dame dank ihrer robusten Konstitution mit Zwieback im Magen spielen können, woraufhin die Gotenkönigin post mortem auch nichts mehr von sich gegeben habe. Das muss bestimmt gleich deutlich erquicklicher gewesen sein, dachte sich Beck, der aber schon mitgekriegt hatte, dass in der zweiten Vorstellung nur 70 Besucher gesessen hatten. Für die dritte waren bislang keine zwei Dutzend Karten weg. Das Schauspiel war unglücklich gestartet, und jetzt noch diese Debatte um Verschwendung von Steuergeldern für die Kunst – die schlechte Presse musste nun offenbar die Pressesprecherin ausbaden. Sie klang nun ernsthaft leidend: Nichts gegen Becks Verriss, aber der Kommentar von diesem Herrn Jung und die Twittermeldungen über Theaterskandale – wo kam das jetzt her? Wer war überhaupt dieser Herr Jung, den sie noch nie im Theater gesehen hatte? Das machte Frau Fröhlich alles ganz traurig. Vor allem deshalb, weil es den Intendanten offenbar wütend machte.

Jakob Oswald, ein Theaterpatriarch alter Schule, hatte als Intendant klare Vorstellungen davon, wie sein Haus in der Öffentlichkeit dastehen sollte. Tanja Fröhlich hatte das Talent, aus diesem Diktat ein lustiges Liedchen zu machen, das sie fortwährend zwitscherte. Die Melodie klang offenbar so lieblich, dass die Pressesprecherin auch dann keinen Ärger mit ihrem Chef bekam, wenn seine Kunst nicht auf die angeordnete Begeisterung stieß. Doch jetzt witterte Oswald eine Kampagne der „Neuen Post". Da stellte sich Beck lieber dumm.

„Zu Herrn Jung kann ich Ihnen gar nicht viel sagen. Sie wissen ja, ich bin nur noch freier Mitarbeiter." In dieses Scharmützel wollte er sich nicht hineinziehen lassen. Also sagte er auch lieber nichts über den heimlichen Theaterchecker Franz. „Ich wünschte, ich könnte Ihnen da weiterhelfen", heuchelte Beck, woraufhin Frau Fröhlich gleich wieder viel fröhlicher klang: „Können Sie! Oswald will unbedingt mit Ihnen reden, damit Sie was Schönes über Romeo und Julia schreiben. Das spielen wir doch ausnahmsweise im Opernhaus, da haben wir 800 Plätze, das muss gut laufen, da brauchen wir viele Zuschauer, da müssen Sie uns helfen."

„Liebe Frau Fröhlich, ich weiß nicht, wie ich Ihnen da helfen kann, ich mache doch kein Marketing."

„Jaja, weiß ich doch, aber dann sage ich Oswald, dass Sie ihn gern sprechen wollen." Plötzlich war da wieder die vertraute Melodie des kleinen Flötenkonzerts. „ Das hilft mir schon sehr. Haben Sie vielen lieben Dank, schönen Sonntag noch."

Davon dass Beck den Intendanten gern sehen wollte, konnte nun wirklich keine Rede sein. Aber er verzichtete darauf, die fröhliche Stimmung wieder zu vertreiben. Wenn er als Kritiker im Laufe der Jahre etwas gelernt hatte, dann, Intendanten und ihrer Entourage in den Foyers des Landes aus dem Weg zu gehen.

Dritter Aufzug: Julia

1 Es würde ein ruhiger Tag werden. Und ein gesunder Tag. So viel war gewiss. An diesem Mittwoch stand keine Lieferung zum Abholen im „i.vive" an. Das war ungewöhnlich, und an solchen Tagen hängte Beck gern ein Schild an die Ladentür: „Bitte ums Eck bei Beck klingeln". Dann musste er zwar vier Etagen runterhetzen, aber das kam erfahrungsgemäß selten vor. Da Paula erst am nächsten Tag wieder nach Wohnung und Wäsche sehen wollte und Beck zuletzt sämtliche offenen Flaschen geleert hatte, war heute eigentlich nicht viel mehr zu tun, als die zwei Tüten Altglas zum Container an der Ecke zu bringen. Kein Wein und dann noch so ein Sportprogramm. Das war doch fast schon Wellness, dachte sich Beck, als er frisch rasiert in den Badezimmerspiegel blickte. Er fühlte sich eigentlich ganz munter, aber der Mann, der mit der Zahnbürste in der Hand zurückblickte, spottete dieser Einschätzung. Er sah aus wie gegen die Wand gespuckt. So ein Typ musste sich kein Haustier halten. Er sah ja selbst aus wie ein alter Basset. Beck verzichtete auf die Zahnpflege und wendete sich ab von diesem unerfreulichen Anblick. Es gab erbaulichere Aussichten: Spätsommer, 25 Grad, leicht bewölkt, Herr Beck hatte quasi frei, musste sich aber nicht mit dem Gedanken quälen, dass er doch in den Park oder gar ins Stadtbad gehen sollte. Sowas mit Licht und Frischluft schlug Paula ihm immer wieder vor. Aber allein kriegte er es

nie hin. Und jetzt musste er ja auch die Klingel bewachen, die nicht klingeln würde. Das war ein guter Anlass, es sich in der Wohnung gemütlich zu machen.

Er könnte ja mal lüften. Schon länger kein Fenster mehr offen gewesen. Wahrscheinlich müffelte es wieder etwas säuerlich. „Riecht nach altem Mann", schimpfte Paula immer, wenn er zu lange im eigenen Mief gebrütet hatte. Ihm selbst war das ja schnuppe. Ja, er sollte mal in Julianes altem Büro Durchzug machen. Oder besser noch in der Kammer, dem kleinsten Raum, für den Beck so viele Verwendungen hatte, dass ihm keine bessere Bezeichnung einfiel. Die Kammer war mal seine gut sortierte Bibliothek gewesen, bis Mitte der Neunziger ziemlich aktuell in Sachen Deutscher Prosa und Dramatik. Mittelweile aber waren die Bücher zugeparkt mit den Kisten, in denen Julianes aus der Mode gekommene Kleider darauf warten, einen dankbaren, liebevollen, gerne auch begeisterten und auf jeden Fall angemessen sentimentalen Abnehmer zu finden, der sich bislang seltsamerweise aber nicht einstellen wollte. Die Kleiderkartons wiederum waren auch schon wieder halb verschwunden hinter Weinkisten, die ja fast überall in der Wohnung herumstanden.

In der Kammer an eines seiner Bücher zu kommen, war fast so schwer, wie ans Fenster zu gelangen. Schon der Gedanke daran machte Beck ganz schlapp. Also ließ er sich auf das zerknautschte Ledersofa neben seinem Schreibtisch fallen, sank tief ein, nahm die „Neue Post" in die Hand, blätterte im Sportteil, legte ihn wieder hin, sortierte drei Ausgaben seines Politmagazins auf dem Tisch nach Erscheinungsdatum, legte die aufgeschlagene Theaterzeitschrift ordentlich zurück. Er sollte mal ein Buch lesen, dachte er, blieb aber sitzen, ließ seine Augen über die alten Theaterplakate und den Picasso-Kunstdruck schweifen. In der Ecke saß wieder das junge Mädchen aus den Siebzigern. Seine Juliane trug zu einem Sommerrock ein herzfrischendes Lachen auf dem Gesicht. Sie winkte ihm zu, wollte ihn aufmuntern. Wie damals am Baggersee, wenn er wieder mal nicht ins Wasser wollte. Juliane machte einen energischen Gesichtsausdruck, der unmissverständlich „Jetzt komm aber" heißen sollte. Beck lächelte, doch dann entglitt sie seinem Blick, der durchs Fenster zu den oberen Etagen und den Dächern der Häuser auf der gegenüberliegenden Straßenseite schwebte und dann von einer unscharfen Blase geschluckt wurde. Beck sackte auf dem Sofa in sich zusammen. Es war ein schöner Tag, er hatte frei, er konnte machen, was er wollte. Und so blieb er sitzen, bis sein Atem ruhiger wurde und rasselte.

Die Klingel beendete sein Schnarchen. Wie lange hockte er da schon? „Zu lange", fuhr es ihm durch den Kopf, einen Sekundenbruchteil, nachdem ihm der Schmerz erst stechend in den unteren Rücken geschossen, dann ziehend ins linke Bein geflossen war. Er hielt sich am niedrigen Couchtisch fest, krabbelte, mit einer Hand auf Stühle und eine Kommode gestützt, zum Schreibtisch und zog sich dort empor. Aus dem Fenster ließ sich die Hausecke mit der Ladentür nicht einsehen. Beck röchelte „Ich komme" auf die Straße und humpelte los, im zweiten Stock wurde sein Tritt runder, auf der letzten Stufe streckte er sich, prüfte den Sitz seiner Strickjacke, ohne zu merken, dass sie schief geknöpft war, fuhr sich mit der Rechten durch die dünnen Strähnen, prüfte den Reißverschluss der Hose und trat von hinten in sein Lädchen. Durch die Glastür sah er einen sehr hohen Schatten. Das konnte nur einer sein.

2 Rudolf drehte sich um, als er es drinnen klappern hörte. Seine Einkaufstüten lehnten an der Tür, das Gemüse kam Beck entgegen, als er aufschloss.

„Oh, willst Du mir was kochen?"

„Nee, Gitta hat gerade einen vegetarischen Anfall, ich war über eine Stunde unterwegs, bis ich ihren Einkaufszettel abgearbeitet hatte. Das ganze Grünzeug passt kaum aufs Rad, da dachte ich mir: Kommste auf ein Glas Wein vorbei. Aber Du bist heute gar nicht auf Kundschaft eingestellt."

„Komm rein, komm rein. Heute muss keiner was abholen, da hab ich's mir oben ein bisschen gemütlich gemacht."

„Hast Du's gut. Gitta dreht daheim gerade mächtig auf. Ständig will sie irgendwas unternehmen, die Kocherei ist total aufwendig, und diese Bio-Portionen sind zwar riesig, aber ich hab nach zwei Stunden immer schon wieder Kohldampf."

„Hab zwar keine Wurst für Dich, aber wie wär's damit: Sauvignon Blanc von der Nahe, schmeckt nach Tomatengrün, Paprika und Stachelbeere. Passt doch zu Deinen Einkäufen. Würzig am Gaumen mit zart mineralischer Not."

„Na, solange Dein Wein nicht nach Blumenkohl und Kohlrabi schmeckt… Immer nur her damit."

Beck schenkte ein, die Männer prosteten sich zu. Rudolf versuchte sich an einem kennerischen „Mhmm", Beck ergänzte gönnerisch: „Jaja." Und schon waren die Gläser leer.

„Mehr davon. Muss mir das Gemüse irgendwie schöntrinken. Deine Hinweise zum Mordfall Medea haben mir übrigens nicht weitergeholfen. Ich hab versucht, streng kriminalistisch zu argumentieren, wie Du es mir empfohlen hast, aber Gitta hat sich nur darüber aufgeregt, dass Medea sich immer kratzen musste. Hab ich auch nicht verstanden, war ziemlich blöd. Hab noch gar nicht gelesen, was Du geschrieben hast."

„Gar nichts", sagte Beck und berichtete Rudolf von der Premierenpanne und der Hauptdarstellerin im Krankenhaus. „Hast Du was von Neonazis gehört, die das Theater angreifen wollen?"

„Wieso? Die müssten von auswärts kommen, hier gibt's keine aktive Szene."

„Der Regisseur hatte wohl Angst davor, weil er bei der Vorstellung Kleiderspenden für Flüchtlinge einsammeln wollte."

„Ja, Gitta hat auch einen Beutel voll rosa Hemden von mir abgegeben. Sie meint, die würden mir nicht stehen."

„Okay, wenn ich jetzt am Bahnhof bärtige Männer in Rosa sehe, weiß ich, was los ist." Der Sauvignon wirkte, Becks bodenlos abgesackte Laune hob sich, und er war bereit für eine neue Lektion in Theaternachhilfe: „Und jetzt: Romeo und Julia. Am nächsten Sonntag geht's ja schon wieder weiter. Zum Saisonstart feuern sie aus allen Rohren. Da hat Gitta Dich bestimmt wieder dienstverpflichtet."

„Würde lieber Bundesliga schauen. Köln spielt."

„Nix da. Verona spielt: Montague gegen Capulet."

„Hab ich mal gesehen, glaub ich. Mit ganz viel Backsteinkulissen und gesungen haben sie auch."

„Das war dann wohl die West Side Story. Knapp vorbei ist auch daneben. Also, erst mal noch ein Sauvignon." Beck füllte die Gläser neu. Und obwohl die beiden am Weinfass lehnten, das im „i.vive" den Stehtisch ersetzte, kam sich Rudolf vor, als würde er wieder am Pult seines Deutschlehrers aus der Tertia stehen, der an ihm verzweifelt war.

„Im Prinzip kenn ich's ja. Zwei Königskinder können nicht zusammenkommen, und am Ende sind sie tot und alle traurig. Zum Wohl!" Rudolf hob das Glas, doch sein Versuch, Shakespeare mit dem Sauvignon wegzuspülen, stachelte Beck erst richtig an.

„Netter Versuch. Sind aber Grafenkinder. Julia Capulet und Romeo Montague gehören zu verfeindeten Familien in Verona. Vor allem ihre Diener geben sich immer ordentlich auf die Mütze. Romeo ist eigentlich gerade hinter einer Anderen her, schleicht sich deshalb beim Maskenball der Capulets ein, sieht Julia, und sie verknallen sich aus dem Stand. Geht leider gar nicht. Verbotene Liebe, kennt man ja. In Verona ziehen sie nämlich sehr schnell den Degen, und die Töchter werden noch vom Vater verheiratet. Julia soll einen Graf Paris heiraten, Romeos Kumpel Mercutio gerät mit Julias Cousin Tybalt aneinander, Romeo geht dazwischen, was Mercutio nicht überlebt, und dann ersticht Romeo wiederum den Tybalt, der übrigens jetzt mit ihm verwandt ist, weil er vorher ja seine Julia geheiratet hat. Geht alles ganz schnell. Wahre Liebe wartet nicht."

„Beck, lass es, zu viele Namen, das kann ich mir eh nicht alles merken", sagte Rudolf und wollte gerade das Sauvignon-Etikett lesen.

„Okay, ich langweile dich nicht mit Liebesnächten und anderen Details. Du brauchst ja ohnehin vor allem eine Gesprächsstrategie, mit der du Gitta aushebelst, wenn sie Dich abfragt. Also, Herr Kommissar, aufgepasst: In Verona herrscht eine Art kalter Bürgerkrieg, zwei noble Familien liegen über Kreuz. Der Fürst von Verona appelliert an den Frieden. Kann man heute eigentlich so gar nicht erzählen. Da sagst du Gitta: Sowas mit verfeindeten Clans gibt's heute nur in Parallelgesellschaften. Also, nicht bei uns in der Stadt, aber vielleicht in Neukölln. Muss Fürst Escalus, der Bezirksbürgermeister, also für mehr Polizeipräsenz im Problemviertel sorgen und mehr Sozialarbeiter schicken."

Rudolf hatte die Weinflasche wieder abgestellt, einen Zettel aus der Tasche gezogen und notierte eifrig Stichpunkte.

„Verona ist ja ein rechtsfreier Raum, Straßengangs stechen sich gegenseitig ab. Da braucht es strengere Waffengesetze. Schon ist Ruhe, dann fällt das ganze Trauerspiel aus, wenn Du Mercutio und Tybalt die Degen wegnimmst. Das wird Gitta schön aus dem Konzept bringen."

Rudolf schenkte sich nach, er war dabei, seine schlimmsten Theatersorgen zu vergessen.

„Und dass Graf Capulet seine minderjährige Tochter an diesen Knilch Paris verheiraten will, geht natürlich auch gar nicht. Das Mädchen ist 14, da schickst Du das Jugendamt vorbei. Und bei der Messerstecherei von Romeo und Tybalt gehst Du auch ganz anders dazwischen. Wenn Du in Verona was zu sagen hast, landet der Junge gleich in Untersuchungshaft, dann ist der schon mal runter von der Straße. Gefährliche Köperverletzung mit Todesfolge. Im Affekt. Nach Jugendstrafrecht ist Romeo bei guter Führung mit sauberer Sozialprognose raus, wenn er volljährig ist. Dann kann er seine Julia aus dem Frauenhaus abholen, und sie ziehen nach Mantua oder Marzahn. Wie findest Du das?"

Rudolf hatte gerade den Mund voll Sauvignon, zog eine Genießerschnute und schluckte geräuschvoll. „Klingt gut, es muss nicht zur Tragödie kommen, wenn man einseinsnull wählt."

„Und fast hätte ich's vergessen: Romeos Beichtvater kannst Du auch noch einlochen. Der verheiratet erst zwei Minderjährige, dann gibt er Julia ein derart starkes Schlafmittel, dass ihre Familie sie für tot hält. Und am Ende kriegt er es nicht hin, Romeo im Exil rechtzeitig Bescheid zu geben, dass sie lebt. Okay, er hatte kein Handy, ist aber trotzdem ein Kommunikationsdesaster. Ist doch klar, dass der Junge verzweifelt ist und nicht mehr will. Und dann wacht das Mädchen auf, sieht ihren Lover tot und nimmt sich auch das Leben. Den

Doppelselbstmord hat also dieser Lorenzo auf dem Gewissen, aber dafür wirst Du ihn kaum drankriegen. Aber dafür, dass er verschreibungspflichtige Arzneimittel in überhöhter Dosierung an Jugendliche ausgibt, muss er brummen. Sag Gitta, den Pater hättest Du schon vorher wegen Verstoß gegen das Betäubungsmittelgesetz aus dem Verkehr gezogen."

„Wow, Beck, ich bin beeindruckt." Bernd Rudolf rieb sich die Hände. „Als Polizeipräsident von Verona hätte ich das alles verhindert. Shakespeare müsste einpacken. Hoffentlich kann ich mir das alles merken."

„Du musst es verinnerlichen, Du bist Rodolfo, Hauptmann der Stadtwache!"

„Klingt gut, dann nehm ich doch glatt noch eine Flasche von dem Weißen."

„Kriegst noch zwei Magdalener obendrauf. Das Zeug muss weg."

Rudolf stopfte die Flaschen zwischen das Gemüse, trat vor die Tür, tarierte sie am Lenker und auf dem Fahrradkorb aus, warf sein rechtes Bein im hohen Bogen über den Sattel und rollte schon los. „Gitta wird ganz schön gucken. Hab fast schon Lust aufs Theater."

„Na, nicht übermütig werden."

„Ach, Beck, besser als Zahnarzt ist das schon."

„Nimm Handschellen mit, dann kannst Du Gitta damit drohen, Romeo gleich im dritten Akt zu verhaften", rief Beck noch, als Rudolf gerade hinter der Straßenecke verschwand.

Beck war zufrieden mit sich, sperrte den Laden wieder ab, hängte das Hinweisschild an die Ladentür, nahm den offenen Sauvignon, stapfte zur Hintertür raus und treppauf. Dem Wein würde er oben den Rest geben. Im zweiten Geschoss musste er verschnaufen, setzte den Sauvignon gerade zur Stärkung an, als er aus seiner Wohnung ganz leise die Klingel hörte. Wer wollte denn jetzt schon wieder was? Beck stellte die Flasche ab und machte kehrt.

3 Drei Mann vor der Tür. Was war denn heute los? Vom Hintereingang aus umkreiste Beck das Weinfass in der Mitte des Raumes und strebte zur gläsernen Tür. Doch das Schauspiel, das sich ihm da bot, erfasste er erst, als er die Tür schon aufgezogen hatte: „Herr Oswald, was verschafft mir die Ehre?"

Frau Fröhlich aus der Pressestelle hatte zwar gesagt, dass der Intendant mit ihm sprechen wolle, dass er aber zu ihm in den Laden kommt, hätte sich Beck nicht träumen lassen. Und es sah nicht aus, als wolle er Wein kaufen. Das war offensichtlich ein Staatsbesuch. Oswald, seit elf Jahren in der Stadt, war ein Patriarch, der stets mit Gefolge auftrat, ein absolutistischer Herrscher der darstellenden Künste, der unbeirrt war in seinem Gottesgnadentum und sich normalerweise nicht kümmerte um das ganze Theater zwischen Politik und Presse. Die Kunst war frei, und er war die Kunst. Entsprechend inszenierte er sich als Monarch im Kulturpalast und sah dabei immer aus, als habe er die Kostüme einer Operette geplündert.

Heute trug er Brokatpantoffeln und eine bestickte Pluderhose, dazu einen schweren Mantel, der eher wie ein Morgenrock aussah. Fehlte nur noch ein Fez oder ein Krummsäbel. Wer ihn im Theater einigermaßen ausstehen konnte, nannte ihn Lord Jack, denn je nach Garderobe hätte ihm auch ein Dreispitz gut gestanden. Wer unter ihm litt, sprach von Sultan Osman. Links und rechts, jeweils einen halben Schritt hinter ihm, standen Philipp Mauss und Gerd Wurmser, die mit ihren Nachnamen eigentlich schon genug gestraft waren, in der Theaterkantine aber nur Frau Dallmayr und Frau Jacobs genannt wurden, weil sie ihrem Chef täglich kannenweise Kaffee holen mussten. Nominell waren sie Dramaturgen, was sie mit ihren schwarzen Rollkragenpullis auch zu dokumentieren versuchten. Selbst an einem warmen Tag wie diesem, was ihre geröteten Köpfe verschwitzt glänzen ließ. Doch zum einen war diese Existenzialistenmode nicht nur im Spätsommer nicht mehr zeitgemäß, zum anderen nahm Oswald der Erste die beiden eher als Handlanger und Stiefelknecht. In den künstlerischen Abteilungen des Theater nannte man sie denn auch nach den Dienern im „Besuch der alten Dame". Wenn sie wieder mal im Dienste ihres Chefs für Ärger im Betrieb sorgten, hießen sie Roby und Toby, wie die Schwerverbrecher im Gefolge der Milliardärin Claire Zachanassian. Meist aber spottete man hinter vorgehaltener Hand nur über Koby und Loby, jene geblendeten Männer, die für einen Meineid mit ihrer Männlichkeit büßen mussten. Heute sahen Mauss und Wurmser deutlich mehr nach eunuchischem Gefolge aus, dachte sich Beck und begrub seine sichtliche Überraschung unter einem feinen Schmunzeln. Jetzt galt es, die Initiative zu ergreifen.

„Treten Sie ein, habe da einen schönen Grauburgunder aus Baden für sie. Vollmundiger Körper, angenehmer Schmelz, Aromen von Birne und Kernobst."

König Oswald I. ging nicht darauf ein, eroberte den kleinen Verkaufsraum mit zwei Schritten, warf den Mantel in der Drehung herum, legte die Hand auf das Weinfass, ließ seinen Blick schweifen, bis sein Gefolge hinter ihm Aufstellung genommen hatte und murmelte dann wie zu sich selbst: „Soso, hier steht das Fallbeil des Feuilletons also tagsüber."

Es wurmte Beck, dass sich sein alter Ruf so zäh hielt, obwohl er damit gar nichts mehr anfangen konnte. „Zum Henker mit dem alten Nimbus." Sprach's und wollte drei Gläser füllen.

„Nur für mich, die jungen Herren müssen noch arbeiten."

Koby und Loby bewahrten tadellose Haltung.

„Es hat ja ein wenig holprig begonnen", sagte Oswald, was für Seine Majestät ein gönnerhaftes Zugeständnis war. „Sie wissen ja, wir wollten mit dem Titus auch ein politisches Zeichen setzen. Aber ich habe unserem jungen Herrn Huber immer davon abgeraten, den Wildmoser-Bettencour mit diesem Shakespeare auf die große Bühne zu schicken. Hätte man besser im Studio gemacht. Da gebe ich Ihnen recht. Aber der Huber muss auch seine eigenen Fehler machen. Unter uns, er wollte mit dem Titus eigentlich ins Opernhaus gehen: über 800 Plätze! Das hab ich ihm natürlich ausgeredet. "

Die Strategie war durchsichtig: Der Kritiker wird gebauchpinselt, der unerfahrene Schauspieldirektor Bernd Huber, bis vor zwei Jahren selbst noch einer der besten Koby-und-Loby-Darsteller, die das Theater bislang gesehen hatte, war schuld, und der Intendant, der eigentlich nur seine Oper im Sinn hat, muss nun in die Niederungen des Sprechtheaters hinabsteigen, um für Ruhe und Frieden sorgen. Armer König Oswald, dachte Beck.

„Das mit unserer Medea ist natürlich Pech, kann lange dauern bis Frau Kramer zurückkommt. Schlimme Sache, aber wir finden Ersatz, wir nehmen das bald wieder auf. Und jetzt am Wochenende ist ja schon wieder Premiere. Das wird nicht so wild, wie Sie sich das vielleicht wünschen. Romeo und Julia soll ja der Gegenentwurf zum Titus sein. Wollte ich Ihnen erklären, damit Sie nicht enttäuscht sind."

Oswald hob die Rechte wie ein Dirigent und kommandierte: „Mauss!"

„Romeo und Julia entstand direkt nach dem Titus. Da sieht man sehr schön Shakespeares Entwicklung als Dramatiker."

Oswald hob die Linke, und Wurmser sagte seine Sätzchen:

„Wir erzählen die Liebesgeschichte ganz anders. Wir betonen die Romanze, das Abenteuer mit vielen Fechtszenen und historischen Kostümen. Es ist ja Verona, ein Sehnsuchtsort für alle Freunde der Freilichtoper."

Beck wusste zwar nicht, was das jetzt mit Shakespeare zu tun hatte, doch er ahnte, dass der arme Rudolf mit dem Hinweis auf Romeo und Julia in Neukölln an so einem Theaterabend bei Gitta auf wenig Verständnis stoßen würde. Ja, Beck selbst fing an, sich vor der anstehenden Premiere zu gruseln, denn Wurmser war noch nicht fertig.

„Sie müssen sich das wie geblümtes Papier auf der blutigen Folie von Titus vorstellen. Das wird auch wieder einige irritieren."

Wurmser verstummte, Oswald hob die Rechte, Mauss setzte ein.

„Hildegard Metzendorf hat ja noch viele Freunde im Publikum."

Oswald schob Mauss die flache Hand vors Gesicht wie ein Verkehrspolizist, der einen Wagen stoppt: „Ich weiß, verehrter Herr Beck, Sie gehören nicht dazu." Dann machte Wachtmeister Oswald die Geste für „Weiterfahren", und Mauss fuhr fort.

„Frau Metzendorf soll die Zuschauer versöhnen, die vom Titus irritiert waren. Das haben wir von Anfang an so konzipiert. Ein kontrollierter Eklat und dann eine Provokation durch das Konventionelle."

Etwas Besseres als „aha" fiel Beck dazu nicht ein. Hildegard Metzendorf war Mitte siebzig, inszenierte sommers Goldoni und Tirso de Molina auf Weinfestspielbühnen und war vor gut zwanzig Jahren mal für drei Spielzeiten am Stadttheater Schauspieldirektorin gewesen – ohne Ambition, aber mit einem sehr beliebten Ensemble. Und da sie nie irgendwelchen Unfug angezettelt hatte, verklärte sich ihr ideenloses Wirken zur Erinnerung an eine goldene Zeit. Beck hatte überhaupt keine Lust auf diesen Abend und versuchte abzulenken.

„Noch ein Glas Grauburgunder? Oder wollen Sie lieber einen Roten? Hab hier ein chilenisches Cuvee. Cabernet Sauvignon, Syrah, Carmenère, Tempranillo. Alles, was auf dem Weinberg wächst, wahrscheinlich haben sie noch die Rosen mitgekeltert. Lässt sich aber gut trinken."

Beck schenkte ein, Oswald schnüffelte, ließ ein wenig Wein auf der Zunge zergehen und speuzte sofort in das Spuckgefäß, das hier sonst fast nie zum Einsatz kam. Die meisten Kunden tranken Beck den Wein einfach weg. Der Chilene musste furchtbar schmecken. Aber Oswald war ja offensichtlich gar nicht wegen des Weins gekommen.

„Herr Beck, ich will Ihre Zeit nicht strapazieren, Sie müssen sich ja auch auf die nächste Kritik vorbereiten. Aber ein Wort wollte ich noch mit Ihnen wechseln wegen dieses Herrn Jung. Wer ist das denn? Warum hasst er uns?" Der letzte Satz klang wie von einer zutiefst gekränkten Diva.

Herrje, Hass? Beck versuchte abzuwiegeln, erklärte kurz, wer der Online-Chef der „Neuen Post" war und betonte gleich, dass er leider so gar keinen Einfluss auf ihn habe.

Oswald kam ihm verschwörerisch: „Beck, Sie sind ein alter Theatermann, wir verstehen uns. Aber was dieser Herr Jung da treibt, das finde ich, gelinde gesprochen, seltsam. Diese Twitter-Berichte aus dem Theater. Das ist pure Polemik. Wer macht das denn?"

Beck stellte sich dumm. „Keine Ahnung, ich kann sowas gar nicht."

„Ja, der Herr Jung wollte es mir am Telefon auch nicht erzählen und ist selbst ganz stolz darauf, dass er nicht ins Theater geht. Aber er zettelt eine Kampagne gegen uns an. Erzählt mir, dass das Theater zu viel Geld kriegt, dass in den Kitas der Stadt die Toiletten kaputt sind. Da hab ich ihm gesagt, er kann ja mal in unseren Werkstätten fragen, wie dort die Waschräume aussehen. Dann haben wir uns wegen so einem Klempnerquatsch in die Haare gekriegt. Verstehen Sie, Beck? Wir machen Kunst, und dieser Herr Jung kommt uns mit der Kloake."

„Ja, wenn er sich was in den Kopf gesetzt hat…" Mehr wollte Beck nicht sagen, bloß nicht in dieses Stadtgespräch hineingeraten. „Vielleicht laden Sie ihn zur nächsten Ballettgala ein. Das ist doch was Nettes."

Oswald wurde zunehmend unwirsch. „Ich will auch keinem Banausen hinterherlaufen."

„Ach, Sie wissen doch, was selbst unsere treuesten Leser sagen: In dieser Stadt haben Sie nur die Alternative zwischen Post und Cholera."

„Ich hörte davon." Oswald schaute säuerlich. „Herr Jung verbreitet dann wohl den Posthauch des Todes. Aber, lieber Herr Beck, Sie können ja nichts dafür. Entschuldigen Sie die Störung. Ich nehme zwei Kisten von dem Grauburgunder und zwei von dem Chilenen."

„Wenn Sie noch eine Kiste von dem Roten dazu nehmen, gibt es eine Flasche venezianischen Grappa aus dem Eichenfass obendrauf."

„Gut", sagte der Intendant, Beck schob die fünf Kisten mit dem Fuß zur Kasse. Das Stehen am Fass tat seinem Rücken nicht gut. König Oswald kommandierte seine Lakaien mit dem Finger auf den Boden und zur Kasse deutend: „Mauss! Wurmser!" Die beiden wussten offenbar sofort, was zu tun war. Mauss zahlte, Wurmser griff sich derweil zwei Kisten vom Weißen, Mauss musste drei Kartons vom Roten hochwuchten, er schwankte gefährlich die Stufen hinab aufs Trottoir. Oswald hielt den Grappa in einer Geschenktüte mit Schleife wie ein Zepter vor sich. „Bis bald im Theater, Herr Beck. Meine Herren, gehen wir."

Beck stand noch einen Moment in der Tür und betrachtet den Abgang. Fünf Kisten Wein verkauft und eine Privatvorstellung frei nach Dürrenmatt mit Sultan Osman persönlich. Gar nicht schlecht für einen Nachmittag, an dem er nicht mit Kundschaft gerechnet hatte. Jetzt aber Feierabend!

Mit der angebrochenen Flasche Grauburgunder in der Hand war Beck gerade an jener Stelle des Treppenhauses angekommen, wo er zuvor den Sauvignon abgestellt hatte. Da hört er es von oben erneut leise klingeln. Heute war aber auch der Wurm drin.

4 Diesmal wusste Beck auf den ersten Blick, wer da vor der Ladentür stand. Er sah zwar nur Haare, doch die verrieten alles: karottig die Farbe und koboldhaft zerzaust. Jutta Meiser war ihm eine der liebsten Erscheinungen am Theater, eine treue Kundin und zuverlässige Quelle von Hinterbühnentratsch. Die energische Inspizientin war nach der

Wende ans Haus gekommen und gehörte mit ihrer knurrigen Mütterlichkeit längst zum Inventar. Bei ihr liefen abends alle Fäden zusammen. Techniker, Bühnenarbeiter, Schauspieler, alles hörte auf ihr knallendes Kommando. Beck öffnete die Tür, beugte sich herunter zu einer angedeuteten Umarmung und ließ sich vom kleinen Karottenkobold mit einem Klapps beiseiteschieben.

„Jutta, wie schön. Habt ihr heute Wandertag am Theater? Gerade war der Sultan mit Koby und Loby da."

„Da hab ich ja Glück gehabt, dass ich jetzt erst komme, die braucht kein Mensch."

„Hab heute gar nicht mit so viel Kundschaft gerechnet. Was kann ich für Dich tun? Hier, ein mandelwürziger Chardonnay aus dem Pays Doc. Besticht mit einer saftigen Fülle aus Birnen und Zitrusfrüchten."

Beck wusste, dass Jutta Meiser dieses Kellermeisterlatein hasste. Handfest, wie sie war, machte ein Export am Abend sie glücklich. Und etwas Komplizierteres als ein Beaujolais musste es wirklich nicht sein.

„Ach, Beck, geh mir weg mit dem Fruchtsaft. Verkaufst Du noch Wein oder schon Obstkörbe?"

Man hörte es nicht gleich, aber sie mochte den Kritiker Justus Beck sehr, seit er Abscheu und Entsetzen über das Biedermeiertheater der Schauspieldirektorin Hildegard Metzendorf in seinen Verrissen mit zersetzender Ironie durchtränkt hatte. Das war zwar schon lange her, aber mit seinen genüsslichen Metzendorfmetzeleien hatte er sich unauslöschlich in ihr Theaterherz eingeschrieben.

„Federweißen hast Du wohl nicht zufällig?"

„Hab ich nie, weißt Du doch. Oder siehst Du hier Zwiebelkuchen? Ist ja auch noch ein bisschen zu früh im Jahr. Mal ganz einfach gefragt: Weiß oder Rot?"

„Weiß nicht. Mach mal ne Brause auf."

Beck griff zu einem venezianischen Perlwein.

„Prost, meine Liebe. Wie läuft's?"

„Der Lappen geht hoch. Das ist aber auch schon Beste, was sich sagen lässt."

„Leidest Du sehr unter der Rückkehr von Oma Metzendorf?"

„Das ist das kleinste Problem. Wenn erst mal die 160 Buchsbaumtöpfe da sind, mit der sie Verona pflastern will, ist mir der Rest auch egal. Aber wenn wir Glück haben, frisst der Zünsler das Grünzeug noch vor der Premiere kahl."

„Romeo mit Zierhecke? Mich gruselt es schon vor dem Abend."

„Aber auch sonst... Ich sag Dir, da läuft einiges schief."

Das sagte Jutta Meiser zwar immer, wenn sie zu Beck kam, und wenn es nach ihr gegangen wäre, hätte die Stadt das Theater wegen erwiesener Unfähigkeit der gesamten Leitung längst zumauern müssen, doch diesmal klingelte ihr Alarm besonders schrill.

„Wir haben ja alle erst geglaubt, die Sonja hat auf irgendwas in diesen Lumpensäcken allergisch reagiert.

Aber sie ist am ganzen Körper angelaufen. Normal juckt's Dich ja nur da, wo du was angefasst hast. Deshalb hat's unser Kornblümchen ja gleich mit der Angst zu tun gekriegt, irgendwelche Neonazis würden ihn sabotieren. Hat was von Dioxin und Polonium erzählt und von Oswald gleich Polizeischutz gefordert. Total paranoid, die kleine Memme."

„Und an der Nazisache ist bestimmt nichts dran?"

„Zum einen hat sich auch auf Facebook oder so kein Mensch über diese Medea-Kleiderspende aufgeregt. Sind wir ehrlich, das hat ja auch kaum einer mitgekriegt. Wen interessiert es, wenn ein Regieassistent im Foyer eine Altkleidersammlung aufmacht? Und wenn da was mit Nazis im Busch wäre, würde schon die Antifa vor dem Theater stehen. Nein, wirklich komisch ist, dass sie bei Sonja Kramer jetzt eine Arzneimittelallergie vermuten. Die verträgt nämlich ein paar Sachen überhaupt nicht. Das Ding ist aber: Sie hat keine Medikamente genommen, sagt sie. Jetzt untersuchen die Ärzte ihr Blut und pumpen sie erstmal mit Cortison voll. Ich war bei ihr, sie ist total schlapp und sieht jetzt aus wie ein Streuselkuchen, den man aufgepumpt hat. Die kommt so schnell nicht wieder. Die Kollegen sind echt durch den Wind. Und der alte Ede hat sogar geweint."

Uli Edenberger aus der Requisite war ein großer Verehrer schöner Schauspielkunst. Selbst von kümmerlichem Wuchs und unansehnlicher Erscheinung huldigte er den Damen, die er nicht erreichen konnte mit anhänglicher Zuneigung. Als er es einmal über eine Agentur im Internet mit einer blonden Dame aus Lemberg versucht hatte, war er nach zehn Wochen 7000 Euro los und hatte von ihr nur zwei Fotos, einen Haufen E-Mails und ganz schlimme Migräne. An solchen Leiden ließ er gern alle teilhaben. Seit dem spurlosen Verschwinden seiner ukrainischen Braut brachte Edenberger seinen Theatergöttinnen regelmäßig Opfergaben dar. Manche fanden das aufdringlich. Wer zum Kreis seiner Favoritinnen gehörte, wurde zur Premiere mit liebevollen Bastelarbeiten bedacht, die stets zur Rolle passten. Er war als Faktotum des Stadttheaters eines dieser Originale, die einem großen Laden erst Charme verliehen.

„Mensch, der Arme", sagte Beck. „Er hat die Kramerin ja richtig angebetet. Aber Oswald sagte auch was von einem Ersatz."

„Genau, jetzt kommt's: Veronika Billstedt ist schon im Haus!"

Das war tatsächlich eine faustdicke Überraschung. Frau Billstedt galt unter Sultan Osman nämlich eigentlich als unerwünschte Person. Nicht etwa wegen Majestätsbeleidigung des Intendanten, sondern weil sie die Lebensgefährtin von Generalmusikdirektor Hagen Wolf war, der wegen der musikalischen Ausrichtung der Oper in Dauerfehde mit Jakob Oswald lag und einen Ruf als Hinterzimmer-Intrigant und kommunalpolitischer Strippenzieher hatte. Es gab am Haus opportunistische Oswaldisten und umstürzlerische Wolfianer, die sich spinnefeind waren. Und wer unter den Sängern und Musikern nicht zu einer dieser beiden Fraktionen gehörte, der hatte ohnehin gelitten.

„Billstedt", fragte Beck? „Geht doch gar nicht, dachte ich."

„Ich auch, aber die Dame ist gerade weit und breit die einzige, die aus dem Stand Medea drauf hat und rein zufällig ganz viel Zeit erübrigen kann, um bei uns zu spielen."

„Hätte gedacht, dass Oswald lieber Medea abschreibt, bevor er Wolf diesen Triumph gönnt."

„Ja, aber der Chef scheint zu wackeln. Die Frau vom Kämmerer hetzt ja schon die ganze Zeit. Und Deine Post macht ja jetzt auch mächtig Stunk."

„Und ihr glaubt jetzt, der große böse Wolf hat Medea sabotiert?"

„Ich kann mir auch schwer vorstellen, dass unser GMD die Kollegin Kramer vergiftet, aber die Gerüchteküche brodelt. Übrigens, mein Glas ist leer."

Beck schenkte nach, Jutta Meiser stürzte den Prosecco runter.

„Mein Lieber, ich muss weiter, hab noch ein paar Einkäufe vor. Ich wollte Dir das nur mal sagen. So für den Hinterkopf. Im Prinzip trau ich dem Wolf ja fast alles zu außer Mord. Und jetzt kannst Du mir noch zwei Flaschen von Deinem Birnensaft mit Mandelgeschmack geben."

„Du hast den Chardonnay doch noch gar nicht probiert."

„Ich weiß doch, dass Du mir kein Waschwasser verkaufst. Ist auch nicht für mich, sondern für die Premierenfeier."

„Dann kriegst Du auch zwei Geschenktaschen dazu."

Beck kramte in der Schublade mit dem Verpackungsmaterial. Fast war er ein wenig gespannt auf „Romeo und Julia". War ja richtig was los am Theater. Vielleicht nicht auf der Bühne, aber auf jeden Fall dahinter.

5 Beck hatte sich die Haare gewaschen, was er sonst lieber sein ließ. Die Kopfhaut juckte dann immer so, die Schuppen staubten, und die Frisur ließ sich nicht bändigen. Normalerweise klebte sein graumeliertes Sauerkraut so fettig fest, dass er keinen Kamm brauchte und nicht allzu viele Brösel aufs Jackett fielen. Aber für Paula wollte er heute so schick sein, wie es noch irgendwie ging.

Schon Mitte der Woche war klar gewesen, dass er Franz so schnell nicht loswerden würde. Der Praktikant hatte sich bewährt, und Jung ließ ausrichten, Becks zweite Pressekarte werde am Sonntag wieder gebraucht. Der Theaterzwitscherer der „Neuen Post" müsse auch bei Romeo richtig rangehen. Jung traue dem Theater noch einigen Irrsinn zu. So hatte ihm Sigrid Huxhorn die Strategie des Chefs erklärt und keinen Zweifel daran gelassen, dass Kevin Jung der Twitterchecker war und der Praktikant bloß sein willenloses Werkzeug. Ob Franz das in aller Konsequenz klar war? Beck musste da mal nachbohren.

Doch vorher wollte er Paula entschädigen für die Theaterfreuden, die ihr entgingen. Beck hatte sie für diesen Freitag zum Essen eingeladen, und sie wusste gar nicht, wie ihr geschah. Mehr als ein Pils an der Theaterbar war sonst nicht drin. Und jetzt sollte es das „Don

Bosco" sein. Ausgerechnet das „Don Bosco"! Beck konnte den Laden ja eigentlich nicht mehr leiden. Zu viele Wichtigtuer, teures Mittelmaß und überkandidelte Bedienungen. Aber am In-Italiener hinterm Theater hingen eben auch viele Erinnerungen an die Zeit mit Juliane. Es war die Nostalgie, die Beck zu dieser Einladung trieb. Paula ahnte das, als sie bei ihm klingelte.

Kaum in der Tür, schob sie ihn unter die Lampe der Diele. „Herrje, Beck, was hast Du denn mit Deinen Haaren gemacht?"

„Gewaschen, machen andere Leute auch."

„Aber schau Dir Dein Hemd an, wieso hast Du denn ein schwarzes angezogen?"

Sie fing an, wild auf seinen Schultern zu wedeln, es gab einen kleinen Schuppenschneeschauer.

„Zieh Dir doch was Weißes an. Und hast Du noch irgendwo Brillantine? Olivenöl tut's auch. Deine Haare… das geht so nicht."

Beck starrte verständnislos in den Spiegel. Wo sonst das Sauerkraut klebte, stand sprödes schütteres Gestrüpp in alle Richtungen. Über der Stirn fast nichts mehr, aber am Hinterkopf wackelte sein Schopf bei jeder Bewegung wie ein schmutzig weißer Igel mit ADHS.

„Komm mal mit." Paula zog ihn ins Bad, ließ ihn das schwarze Hemd ausziehen, holte Öl aus der Küche, ein weißes Hemd aus dem Schlafzimmer und begann, Beck zu bearbeiten.

„Was hast Du denn da angestellt. Lass mich mal machen."

Er ließ es geschehen.

„Was treiben wir da eigentlich heute Abend? Du und „Don Bosco" – das geht doch gar nicht."

„Dachte halt an eine kleine Entschädigung für entgangene Lebensfreude."

„Du, so schlimm ist das nicht. Der Dieter freut sich auch mal, wenn er mich am Wochenende sieht. Außerdem kann ich mich noch gut an das letzte Mal Romeo und Julia erinnern. Muss so zehn Jahre her sein. Julia war ein Mann mit strammen wolligen Waden."

„Jaja, ich weiß noch. Er hat was von Gloria Gaynor gesungen."

„I Will Survive! Und Romeo war eine Drag Queen."

„Und kam Pater Lorenzo nicht aus der Lederszene?"

„Ja, er hatte so eine Hose an, wo man den blanken Hintern sieht."

Beck schüttelte den Kopf. „War das schräg!"

„War das schlecht", schimpfte Paula.

„Aber wir erinnern uns noch dran, das meiste hat man doch am nächsten Tag vergessen."

„Jetzt halt mal still!" Paula hatte Becks Haare mit dem Kamm gescheitelt, das weiße Hemd straff gezogen und derart fest in der Hose verankert, dass es sich so schnell nicht wieder selbstständig machen würde. Im „Don Bosco" sollte Beck nicht so zerfleddert rumlaufen wie bisweilen in der Pause im Theater, wenn sie mal nicht aufpasste. Diesen Abend wollte sie sauber über die Bühne bringen. Schon Beck zuliebe, denn dass er sich mit der Einladung auch selber trösten wollte, hatte sie schon verstanden. Seine Zipperlein waren längst keine Zipperlein mehr, mit der Zeitung hatte es keine Zukunft, mit dem Wein trank er sich das Theater schön, und Juliane kam doch nicht wieder. Nichts wie los, auf zum Italiener.

6 Den Vorschlag mit dem Bus hatte Paula nur halbherzig gemacht. Mit der Linie 4 wären sie längst da gewesen, doch Beck musste ja immer mit dem Auto fahren. Dabei war es wegen des Anwohnerparkens so gut wie unmöglich, rund ums „Don Bosco" eine Lücke zu finden. Zumal mit einem dicken alten Saab. Nach 15 Minuten, in denen sie mit lustig zwitscherndem Keilriemen durch jede Straße des Quartiers zwei- bis dreimal gefahren waren, wusste sicher jedermann, dass Herr Beck in der Gegend war. Dann erst schwenkte er grummelnd um Richtung Theaterparkhaus. Dort immerhin waren noch Plätze frei, allerdings war der Weg vom Theater zum Lokal weiter als von Becks Haustür zum Bus. So kam Paula doch noch zu ihrem kleinen Gang ums Eck, während Beck sich auf Schritt und Tritt darüber ärgerte, dass er nicht direkt vor dem „Bosco" parken konnte.

Um dem Namen des Lokals gerecht zu werden, hatte Wirt Tomaso junior haufenweise Holz vor der Hütte gestapelt, was für den „Wald" im Namen seines Ristorante stand, aber mehr nach Skihütte aussah. Drinnen war es keine Frage mehr, dass man beim Italiener war: Wände voller Weinflaschen, riesige Pfeffermühlen, Säulen, die auch beim Gyros-Griechen hätten stehen können, und Gipsabgüsse von Skulpturen. Michelangelos David gleich in drei Ecken. Die Geschmacksverirrung war stilecht und ging zum Teil schon auf Tomasos Vater zurück, der die Geschäfte vor einigen Jahren an den Sohn übergeben hatte.

Aus der Frühzeit des „Don Bosco" stammte auch die Ahnengalerie des Lokals, die teilweise schwarzweiß die großen Gäste aus der kleinen Stadt zeigte: den alten Oberbürgermeister mit seinem legendären Bundesvorsitzenden vor einem Riesenteller Scampi in den Siebzigern. Daneben Linksaußen Hotte Altmann, genannt „Torpedo", der mit der Viktoria in den Achtzigern fast in die Bundesliga aufgestiegen wäre und viermal in der B-Nationalmannschaft auf der Bank saß. Einen Besseren hatten die Fans im städtischen Sportpark nie angefeuert. An der Ehrenwand des Wirts sah man ihn bei seinem Fallrückzieher-Tor im Pokal gegen Röchling Völklingen und mit seiner Frau vor einer halb verputzten Pizza.

Und dann gab es natürlich die Szenenbilder aus den Fünfzigern, als das Theater in Schutt lag und der legendäre Intendant Rudi Gründner alles, was in den tausend Jahren Diktatur nicht gespielt werden durfte, in Scheunen, Turnhallen und Fabrikschuppen nachholte. Das war längst in mythische Dimensionen entrückt. Und wenn sich heute am Theater ein Techniker beschwerte, weil die Sicherungen rausflogen, dann hieß es, Gründner hätte Kerzen angezündet und mit dem Fahrraddynamo für Strom gesorgt. Zu seiner Amtszeit gab es das „Don Bosco" noch nicht, die Italiener kamen später, aber einmal war der große Intendant Ende Siebziger als alter Mann noch mal dagewesen. Das Foto zeigte ihn eng umschlungen vom klapprigen Gründer Tomaso senior und seiner vollschlanken Frau Francesca. Man sah, dass es Gründner zu viel der Zuneigung war. Nur der alte Tomsaso hatte das nie begreifen wollen und das Foto zentral zwischen die Szenen der größten Erfolge aus der Zeit des Trümmertheaters gehängt. Im Prinzip sahen damals alle Stücke gleich aus. Egal ob Euripides, Goethe oder Anouilh, jedes Mal war es wie Beckett am Bahnhof: Menschen mit Hüten, Kopftüchern und Aktentaschen schienen auf einen Zug zu warten, der nicht kommt. Das war Rudi Gründners Markenzeichen und machte damals derart Eindruck, dass selbst aus München und Hamburg Kritiker mit dem Trans-Europa-Express kamen.

Beck schenkte all dem keine Aufmerksamkeit und spähte sofort in den proppenvollen Gastraum. Ein Männlein mit der Statur eines mächtigen Fasses kam mit wedelnden Armen und hochrotem Kopf auf sie zu. Angelo gehörte fast schon zum Inventar, kellnerte seit vielen Jahren im „Bosco", und es sah aus, als habe er sein Kellnerkleid einst zur Einstellung angezogen, nie mehr abgelegt und werde nun bald aus allen Nähten platzen. „Dottore, Sie haben reserviert?" Natürlich wusste Angelo, dass er nicht reserviert hatte. War ja alles voll. Das sah auch Paula und meckerte schon.

„Wie, Du hast nicht reserviert? Am Freitagabend im Bosco kriegt man doch keinen Platz. Das weiß man doch."

Erst kein Parkplatz, jetzt kein Tisch. Beck wand sich. „Ich wollte es nicht so kompliziert machen."

„Na, jetzt ist es kompliziert. Gehen wir jetzt zu McDonald's am Bahnhof?"

Angelo beugte sich über das Buch mit den Reservierungen: „Lasse mal sehen." Beck schaute ihm leicht verzweifelt über die Schulter, da schallte sein Name quer durch den Raum. Er selbst hatte es gar nicht gehört, doch Angelo blickte auf und rief erfreut: „Signore Beck, Ihre Freundin winken, hat Platz an ihre Tisch. Alles kein Problem, ich bringe Karte."

7 Klaudia Martini gestikulierte wild. „Messerchen, Messerchen", rief sie durch den Gastraum, und Beck verfluchte sich für die Idee, ins „Don Bosco" gehen zu wollen. Dort saß immer noch sein altes Leben herum. Und jetzt winkte es ihm zu in Gestalt der größten Schreckschraube des städtischen Kulturbetriebs, die ihn, Juliane und Paula noch aus glücklichen Tagen kannte. Und zu allem Unglück kannte sie auch seine alten Spitznamen. „Das Fallbeil des Feuilletons! Beck wir brauchen Sie hier. Setzen Sie sich zu uns." Paula schaute Beck entgeistert an, da schob er sie schon zu den beiden freien Plätzen, den Kopf gesenkt und flüsterte nur: „Tut mir leid."

Martini sprang auf, breitete die Arme aus, und Beck wusste zunächst nicht, ob es eine Umarmung werden

101

sollte oder ob sie ihr grünes Kostüme mit Schleifen, die sie wie ein Geschenkpaket aussehen ließen, ausschütteln wollte. Neben ihr saß Traudel Kalbfleisch, die Kulturausschuss-Vorsitzende, die Martinis Hang zu provinzieller Extravaganza mit der tantenhaften Biederkeit einer Blümchenbluse mit Brosche flankierte. An der Wand grüßte Generalmusikdirektor Hagen Wolf mit erhobener Gabel über seiner Fettuccine-Vorspeise, daneben eine deutlich jüngere Frau mit wallend kupferroter Mähne, die für Beck wie die Idealbesetzung für eine Lady Macbeth in der L'Oréal-Werbung aussah. Das passte, denn dies hier war offensichtlich ein konspiratives Treffen, um Macwolf an die Macht zu putschen.

„Wie schön, dass ich Sie wieder mit Frau Berlepp sehe, hatte mir schon Sorgen gemacht, als Sie mit diesem Jüngling zur letzten Premiere kamen", zwitscherte Martini mit anzüglichem Schmunzeln. „Traudel, Hagen, kommt, wir rutschen zusammen. Beck, Sie kennen Frau Billstedt?"

„Vom Sehen, ich grüße Sie!" Er hatte die Frau mit der Flammenmähne schon mehrfach im Foyer bei Wolf erspäht. Immer aus sicherer Distanz, denn er hatte wenig Lust, mit ihnen ins Gespräch zu kommen. Wolf hetzte ihm zu sehr über jeden, der gerade nicht im Raum war. „Das ist meine liebe Theaterbegleiterin Paula Berlepp", sprach Beck in die Runde.

„Schon oft gesehen", flötete Traudel Kalbfleisch. Damit war Paula abgemeldet. Mehr als eine Statistenrolle war nicht drin, denn hier führte Frau Martini Regie.

„Wir kriegen die große Fischplatte. Essen Sie mit uns! Angelo bringt noch zwei Teller. Wir haben es gerade von Oswald. Das geht so nicht weiter. Das Theater ist in der Krise, und mein Mann kann den politischen Druck nicht mehr lange abwehren. Dann geht's ans Eingemachte. Das müssen wir verhindern."

„Ich habe gerade schon zu den Damen gesagt, dass ich nicht glaube, dass sich Oswald mit seinen Dramaturgen-Dienern einen Gefallen tut", sagte Wolf, reckte das lange kräftige Kinn mit dem weißgrauen Bartgebüsch nach vorne und ließ sein Profil mit den werwolfartigen Augenbrauen von Veronika Billstedt bewundern, die mit beiden Händen seinen rechten Oberarm umklammerte und ihn andächtig anschaute. „Diesen wild gewordenen Wildmoser hätte unser lieber Operetten-Sultan gar nicht holen dürfen. Den haben ihm Mauss und Wurmser eingeredet, dabei kokst der Mann wie der Teufel."

Wolf schaute Beck verschwörerisch an: „Sie wissen ja, dass er schon als Regiestudent nur der Schneemann hieß." Nun war er Theaterkritiker und nicht der Drogenbeauftragte der Städtischen Bühnen, weshalb er auch noch nichts von den privaten Passionen des Anatol Wildmoser-Bettencour gehört hatte. Und Beck fragte sich, was Wolf so alles über ihn erzählen würde, wenn er jetzt zur Toilette ginge. Aber zunächst war der Schneemann dran

„So aufgeputscht sieht's dann ja auch aus, wenn der Wildmoser zulangt", wetterte Wolf weiter. „Deshalb bleibt der auch nirgends länger. Weil er durchdreht. Total Psycho. Das Großfeuilleton jazzt ihn dafür hoch, und in den Werkstätten machen sie drei Kreuze, wenn er wieder weg ist. Es gibt aber auch keinen mehr am Haus, der Oswald sagt, was alles nicht läuft. Außer mir."

In der Tat war es eine große Schwäche von Sultan Osman, das er sich mit Lakaien umgab, die jede seiner Launen eifrig abnickten, um irgendwann ihre Chance zu kriegen. Auch dieser Benjamin Kornblum war früher einer wie Koby und Loby gewesen, dackelte drei Spielzeiten lang hinter Oswald her, bis er endlich mit „Medea" ins Foyer durfte. Und dann dieses Desaster. Jetzt lagen beim Prinzipal die Nerven blank, sonst wäre er auch niemals mit seinem Hofstaat in Becks Laden einmarschiert.

„Dieser kleine Kornblum macht alle verrückt und erzählt im Theater rum, dass die Nazis seine Medea sabotiert haben", schnaubte Wolf.

„Mich hat er schon ins Parkhaus gezerrt, um mir das neue große Hakenkreuz da unten zu zeigen", rief Martini dazwischen.

„Sie meinen dieses rosa Ding im zweiten Untergeschoss?" Damit kannte Beck sich aus. „Die Haken am Kreuz sind verkehrt rum gemalt. Das ist da schon seit zwei Jahren, ich parke meistens in der Ecke und frage mich jedes Mal, wann der Hausmeister das wegputzt. Nee, das kann Kornblum vergessen. Das ist keine Widmung für seine Medea."

„Ganz Ihrer Meinung, Herr Beck. Ich bin mir ziemlich sicher, dass Frau Kramer einfach überlastet war. Verstehen Sie mich nicht falsch", sagte Wolf. „Ich schätze Frau Kramer sehr, aber sie muss seit zwei Jahren ja alles wegspielen. Sie war ja schon in den Wiederaufnahmen für den Ibsen und den Tschechow. Vor Weihnachten sollte sie noch die Elisabeth spielen. Ich hab Oswald schon vor einem Jahr gesagt, dass er eine zweite Protagonistin an der Spitze des Ensembles braucht. Er wollte nicht hören, aber jetzt kommt er nicht mehr drum rum."

Das war das Stichwort für die neue Schutzheilige des Schauspielhauses: „In Bremerhaven war meine Medea ja ein Riesenerfolg. Auch auf Tour in Aurich und Emden, selbst auf Norderney. Wenn du das Publikum bei der Landesbühne kriegst, dann kriegst du sie überall, sag ich immer." Veronika Billstedt hatte endlich die Hände von Hagen Wolf gelassen und extemporierte mit ausgebreiteten Armen das Solo von der Retterin des Repertoires. „Natürlich müssen wir Kornblums Konzept noch mal überarbeiten. In diesen Altkleidersäcken mag ich nicht rumstiefeln. Und diese Lumpen zieh ich auch nicht. Da kriegt man ja Flöhe. Und außerdem sieht es aus, als würde Medea bei Kik einkaufen. Ich hab da ein paar schöne Stücke im Schrank. Die werden wir mal ausprobieren. Vintage-Style!"

„Steht ihr wirklich gut", sagte Wolf mit gönnerhaftem Unterton. „Und kann ja auch nicht schaden, wenn mal eine wirklich schöne Frau die großen Charakterrollen spielt. Bei aller Liebe zu Frau Kramer."

Autsch, das tat Beck jetzt richtig weh. Er wollte gerade zur Ehrenrettung von Sonja Kramer anheben, aber Veronika Billstedt hatte ihr Stichwort „Charakterrollen" gehört und legte los: „Hedda hab ich letztes Jahr in Moers gemacht, den Kirschgarten hatten wir in Oberhausen, die Ranjewskaja schaffe ich mir in zwei Wochen wieder drauf. Und in dem Schiller bin ich auch schnell drin. Ich hab mal die Maria Stuart gegeben, da atmest du ja die Elisabeth immer gleich mit. Also, ich zumindest." Da die Königinnen bei Schiller nur eine gemeinsame Szene haben, konnte man daraus leicht schließen, dass Veronika Billstedt sich dazu berufen fühlte, beide Rollen gleichzeitig zu verkörpern.

Zeit für eine Kostprobe. Billstedt richtete sich auf, schob den Tisch ein Stück nach vorne, fixierte Traudel Kalbfleisch, die nicht ahnte, dass sie mit einem Mal zur Schottenkönigin erhoben war und donnerte mit stolzer Stimme: „Wer war es denn, der eine Tiefgebeugte mir angekündigt? Eine Stolze find ich, vom Unglück keineswegs geschmeidigt."

An den Nachbartischen drehten sich einige Gäste irritiert um. Kein Applaus. Billstedt ließ den letzten Satz über dem Tisch stehen, schaute in die Runde mit einem majestätischen Blick, der unmissverständlich kundtat: „Ich bin Elisabeth!" Dann setzte sie sich wieder und seufzte: „Das ist wirklich Fügung. Da konnte Herr Oswald gar nicht nein sagen." Und mit einem Lächeln, das ihrer Schauspielkunst ein schlechtes Zeugnis ausstellte, heuchelte sie Anteilnahme: „Ich hab ja auch gehört, Frau Kramer geht es gar nicht gut. Die Haut löst sich in Blasen ab. Schlimm so was."

„Sehen Sie, Beck", unterbrach Martini dieses kurze Schauspiel, „ich sag es ja schon immer: Oswald ist beratungsresistent. Er lenkt erst ein, wenn es gar nicht mehr anders geht. Und jetzt kommt diese abgetakelte Frau Metzendorf. Lässt Romeo und Julia ständig über irgendwelche Blumentöpfe stolpern. Was soll das?"

Die Frage war rhetorisch, Beck antwortet trotzdem: „Soll wohl ein Buchsbaumfestival werden, hab ich mir sagen lassen."

„Und ich hab gehört, dass die Pflanzen von Insekten befallen sind. Die Requisite musste schon für alle Fälle Plastikgrünzeug besorgen. Was da für ein Geld rausgeworfen wird."

„Fast 20000 Euro!" Hoppla, die Kulturausschussvorsitzende war ja auch noch da. Mit Theatertratsch und Kunstverstand hatte es Traudel Kalbfleisch nicht so, aber Zahlen konnte sie sich ganz gut merken. „Frau Metzendorf hat darauf bestanden 200 große Kübel in der Gärtnerei zu bestellen, 160 auf der Bühne, 40 in Reserve. Und dabei ist das Kraut schon nicht mehr zu retten, hab ich gehört. Die Requisiteure sprühen ständig Insektizide."

„Da haben Sie's, Beck", sagte Martini mit Triumph in der Stimme. „Mit Oswald rutscht das Theater immer weiter in die Krise. Ich hab das alles auch schon Ihrem Herrn Jung erzählt. Es muss sich was ändern am Haus."

„Also ich steh bereit, meine Liebe", versicherte Wolf mit der Hand auf der Brust.

„Ich weiß doch, mein Lieber", erwiderte Martini mit gefalteten Händen und blickte den GMD fast schon lüstern an. Beck traute seinen Augen kaum, schaute zu Paula, die genervt mit dem Besteck hantierte. Endlich kam die Fischplatte.

8 Paula war nach dem Abend im „Don Bosco" derart bedient, dass sie sich am ganzen Wochenende nicht mehr bei Beck blicken ließ. Das bedeutete zwar, dass er am Samstag keinen Nudelauflauf kriegte und sich Lasagne vom Bringdienst kommen lassen musste, aber es eröffnete für den Abend der Premiere auch eine ungeahnte Möglichkeit. Endlich kam seine Lieblingsstofftasche wieder mal zum Einsatz: eine Devotionalie aus besseren Zeiten seines Kontors, als es noch nicht zum Probiertresen mit Packstation heruntergekommen war. In schwarzen Lettern stand auf rotem Grund „Wein und Wahrheit". Das gab es vor vielen Jahren bei einer Sommeraktion zu einer Kiste französischer Rosé. Irgendein Verschnitt aus Grenache, Syrah und noch was.

Die Erinnerung an den Wein war verblasst wie der rote Stoff, der nun eher rosa aussah, aber „Wein und Wahrheit", das hatte was. Das war doch eine Arbeitshypothese für den Theaterabend, mehr noch: eine Lebenshaltung. Doch wenn er mit Paula ins Theater ging, musste das gute Stück im Schrank bleiben. Für sie war die Tasche keine unbezahlbare Reliquie, sondern bestenfalls ein Putzlumpen. Mit diesem fleckigen Lappen werde sie nicht mit ihm ins Theater gehen, hatte Paula mehrfach verkündet und Anstalten gemacht, sein Lieblingsstück in den Müll zu befördern. Mit diesem zerzausten Sack sehe er bei der Premiere aus wie ein Obdachloser, der sich verlaufen hat. Das war maßlos übertrieben, fand Beck, aber weil er keinen Ärger wollte, hatte er „Wein und Wahrheit" in eine Ecke des Küchenschranks geknäult. Jetzt war es Zeit, die Trophäe wieder hervorzuholen.

Beck zog den verknitterten Stoff glatt, schenkte sich ein Wasserglas voll mit Magdalener, der einfach nicht zur Neige gehen wollte, und packte sein Notizbuch, Kopfschmerztabletten, Lutschpastillen, Mundspray und eine Dose Energy-Drink hinein. Romeo und Julia konnten kommen, dachte Beck, als er die Haustür hinter sich schloss. Was er nicht bemerkte, waren die ausgehärteten Lasagnesoßen-Spritzer auf seinem schwarzen Pullover und die Wollmausfetzen an seinem Mantel, die ihn zusammen mit dem verwaschenen Lumpen an seinem Arm tatsächlich aussehen ließen, als habe er eine Übernachtung mit Frühstück bei der Bahnhofmission gebucht.

Mit Franz hatte er sich diesmal im „Café Tosca" an der Ringstraße gegenüber der Oper verabredet, damit indiskrete Naturen wie Klaudia Martini ihn nicht beobachten würden. Schließlich wollte er hören, wie der Praktikant denn zu seiner Mission stand – nun, da der Theaterchecker zum ersten Mal gezwitschert hatte. Leider war Franz schon vor ihm da, saß mit einer Cola mitten in der Fensterfront und hob die Hand, als er ihn kommen sah.

Das mit der Diskretion konnte Beck vergessen, ebenso gut hätten sie sich während der laufenden Vorstellung an der Bühnenrampe unterhalten können. Wie Franz da grüßte, sah es aus wie eine Szene aus einem Theaterstück, und das gehörte auch zum Konzept des Operncafés, dessen Schaufenster rechts, links und oben von einem gerafften roten Theatervorhang begrenzt war. Wer dort hinging, sollte mitten drin sein im Theater der Stadt. Und Franz hatte mit der Wahl des Platzes offenbar beschlossen, heute die Hauptrolle spielen zu wollen. Dabei gab es hinter den Kulissen auch nette Plätze. Das Mobiliar bestand aus goldlackierten Stühlen und Sofas unter einer stuckverzierten Decke, von der wuchtige Kronleuchter so tief hinabragten, dass stattlichere Herren leicht an ihnen hängen bleiben konnten. An allen Wänden prangten wiederum Spiegel, die ebenfalls von beiden Seiten von Theatervorhängen umfasst waren. Die ganze Welt ist Bühne, und das ganze „Café Tosca" eine kleine Opernwelt. Ein netter Treff, nur dass Beck sich eben niemals ins Schaufenster gesetzt hätte. Zu spät.

Als er gerade seinen Mantel ausziehen wollte, bemerkte er endlich Flusen und Kleckse, fegte hektisch an sich herum, dass Franz reflexhaft ein Stück nach hinten rutschte. Dann legte er „Wein und Wahrheit" auf den Tisch. Als Statement. Franz jauchzte: „Was ist das denn für ein Schimmelfänger? Ist ja, geil, damit gehen Sie ins Theater!" Diese Form der Begeisterung versetzte Beck einen Stich, doch das ließ er sich nicht anmerken. „Das Schweißtuch der Veronika ist auch nicht frisch gebügelt und wird verehrt", sagte er und merkte im selben Moment, dass Franz mit christlichen Legenden wohl nicht viel anfangen konnte.

„Das mit dem Schweiß sehe ich ja, aber wer ist Veronika?"

„Vergiss es, heute geht's ja auch um Julia. Magst Du noch was trinken?

„Danke, hab schon eine Cola, aber einen Karottenkuchen mit Sahne, einen Schoko-Cookie und eine

Bockwurst mit Senf und Gurke können Sie mir noch holen."

Beck wunderte sich mittlerweile nicht mehr über die selbstverständliche Bestellung des jungen Mannes, tat wie ihm geheißen und holte sich selbst einen Espresso und einen Prosecco. Das sollte ihn zumindest durch den ersten Akt bringen.

„Und, Franz, wie war Deine Woche? Bist Du gut angekommen bei Herrn Jung als sein Theaterchecker?"

„Fragt sich eher, ob er gut bei mir angekommen ist. Der hat ja aus meinen Mitteilungen gemacht, was er wollte. Völlig umgeschrieben. Da war ja nix mehr von mir."

„Hab ich mir gedacht, als ich es gelesen habe. Ja, ist es denn sonst interessant mit ihm?" Beck fürchtete, dass sein geheucheltes Interesse ein wenig dick aufgetragen sein könnte. Aber Franz schien daran nichts zu finden.

„Das ist total bescheuert. Mit mir redet der eigentlich gar nicht, lässt mir immer alles über die Sekretärinnen ausrichten, selbst wenn ich im Raum bin: Herr Mager soll Prospekte wegräumen. Herr Mager soll ein Dossier runterladen und ausdrucken. Herr Mager soll die Pressemappe aus dem Dienstwagen holen. Mit Kaffeemaschine und Kopierer kenn ich mich jetzt auch bestens aus."

Beck hatte nichts anderes erwartet und bohrte weiter.

„Ja, bringt Dir das denn was? Welche Perspektive hast Du denn bei der Post?"

Es wurde schnell klar, dass Franz eigentlich nicht wusste, was er wollte. Außer Geld, dass er bei der „Neuen Post" nicht kriegte. Das war der Punkt, an dem Beck ihn haben wollte. Zwischen Karottenkuchen mit Senf und Bockwurst mit Sahne machte er dem Jungen das Weingeschäft schmackhaft. Und als Franz zusagte, sie müssten halt in den nächsten Tagen mal ausprobieren, wie er Beck zur Hand gehen könne, gab's noch ein Piffchen Riesling mit Karamell-Cookie obendrauf. Gleich am Montagnachmittag sollte Franz mal bei ihm im Laden vorbeischauen, drängte Beck und stieß mit einem Glas Merlot an: „Und? Romeo und Julia kennste von der Schule?"

„Ich kenn den Film von dem Australier."

„Bin mir eigentlich sicher, Shakespeare war Engländer. Wen meinst du?"

„Luhrmann hieß der, glaub ich."

„Meinst du Niklas Luhmann, den Soziologen? Der hat nichts mit Shakespeare zu tun. Da bringst du was durcheinander."

„Jedenfalls hat DiCaprio mitgespielt."

„Okay, ich geh nicht so oft ins Kino. Ist ja auch egal. Aber weißt Du was? Du kannst mir heute einen Gefallen tun." Beck beugte sich verschwörerisch über den Tisch. „Wenn Du den Eindruck hast, dass ich die Augen zu hab, stupst Du mich einfach mal an. Und wenn ich mich trotzdem nicht rühre, dann notierst Du Dir einfach, was passiert. Bist ja eh die ganze Zeit am Tippen."

„Kein Problem, versteh ich total. Ich hab im Physik-unterricht immer am besten geschlafen."

9 An Theaterschlaf war gar nicht zu denken. Selbst, wenn er gewollt hätte. Das, was Hilde-gard Metzendorf da auf die große Bühne stell-te, war so scheußlich, dass es Beck die Ruhe raubte: „Romeo und Julia" als Seelenoper für zwei verliebte Tränchen in einem Ziergarten aus Blumentopfreihen zwischen abgebrochenen Säulen, Maskenball mit Musi-kanten, die im Parkett schief lärmen, und Fechtszenen, die kein Ende nehmen. Shakespeare sei ja nie in Verona gewesen, hatte die Regisseurin im Programmheft ge-schrieben, weswegen die Stadt im Stück insgeheim wohl ein Sehnsuchtsort für Liebende sein müsse, die ihre hässliche Welt im Tod überwinden. Also wolle Frau Metzendorf gleich das liebliche Reich auf die Bühne bringen, von dem die Liebenden nur träumen können.

So viel Plunder war selten in diesem Theatersaal, der mit seinen Alabasterputten an der Decke massiv zum Kitsch einlud, und es dauert lange, bis Beck sich von diesem Anblick erholt hatte und sein Kopf im zweiten Akt aufs Kinn klappte. Franz merkte davon nichts. Und als Beck wieder aufwachte, hatte nicht mal er selbst gemerkt, dass er für zehn Minuten die Augen zu hatte, denn noch immer sah alles gleich aus. Immerhin machte Eva Abt – frisch von der Schauspielschule – als Julia eine derart backfischhaft knusprige Figur, dass man sie vom Parkett aus glatt für 14 halten konnte. Und Jonas Zwick war als Romeo ein Hänfling, dem man an der

Supermarktkasse nicht mal Brandweinbohnen verkauft hätte. Das große Opernhaus war wenig mehr als halbvoll. In der Mitte viel Silbergrau, an den Rändern das schwarze Nichts. Jene aber, die gekommen waren, liebten die jungen Leute. Zur Pause gab's viel Beifall.

Kein Theaterskandal in Sicht. Franz, der nur lustlos auf seinem Display herumgefingert hatte, war sterbenslangweilig. Beck, der diesen Abend längst abgeschrieben hatte und sich seit dem Ende des zweiten Aktes keine Notizen mehr machte, hielt sich damit wach, dass er beobachtete, wie bei den Buchsbäumen immer mehr trockene Blättchen abfielen, wenn Schauspieler um die Pflanzen herumtanzten. Der Zünsler war in Verona.

Beck spickte auf die Uhr. Noch mindestens eine Stunde. In ihm wuchs die Schwere, er blinzelte auf das Knie von Franz, wo das Smartphone seit einiger Zeit unberührt lag. Sein Blick ging nach oben, und er traute seinen Augen nicht: Der Mund des Praktikanten stand sperrangelweit offen, die Augen waren zu. Beck rempelte ihn so unsanft an, dass Franz zuckte und das Telefon unter den Vordersitz fiel. Nur gut, dass vor ihnen niemand saß. So konnten die beiden Herren auf den Presseplätzen unter dem freien Sitz tastend abtauchen. Beck zischte Franz direkt ins Gesicht: „Du sollst mich wecken und nicht pennen."

Als sie wieder oben angekommen waren, schleppte sich Shakespeare immer noch durch Julias Kammer. Eva Abt quälte sich durch einen langen Monolog, der sonst gern gekürzt wird, heute Abend aber in voller Länge gesprochen sein wollte. Und dann endlich der entscheidende Satz: „Ich komme, Romeo! Dies trink ich

Dir." Na denn, Prost, dachte Beck und sah erleichtert, dass Julia endlich das Schlafmittel getrunken hatte, das sie wie tot erscheinen lassen würde. So ging es schleppend voran, bis Graf und Gräfin mit viel „Hülfe, Hülfe" und „Wehe, wehe" vor Julias Bett standen. Graf Capulet fasste Julia an die Stirn, tremolierte „Gott helf uns! Sie ist kalt, ihr Blut steht still." Da bäumte sich die Scheintote auf, als wäre es eine Szene aus einem Exorzismusfilm. Ein kehliges Röcheln drang aus ihrem offenen Mund, dann ergoss sich ein galliger grüngelber Schwall gegen ihren Vater, der versteinert stehen blieb.

„Geiler Zombiescheiß", stammelte Franz mit ungläubigem Lächeln und begann sofort auf seinem Smartphone herumzutasten. Julia war wieder zusammengesackt, die Szene stand still, als hätte es einen Filmriss gegeben. Hildegard Metzendorf macht jetzt Ekel-Theater, schoss es Beck durch den Kopf. Klar, der Vater kotzt Julia an, da wird dem Kind halt übel. Doch der Gedanke wollte bei diesem Zierheckenklassiker so gar keinen Sinn ergeben. Da hörte er eine Stimme nach dem Theaterarzt rufen. Es kam hektische Bewegung in das Gruppenbild. Mit orangefarbenem Blinklicht und quengelndem Warnton senkte sich der Eiserne Vorhang.

Vierter Aufzug: Luise

1 Noch ein Schluck, dann war das Zeug weg. Beck stürzte den letzten Rest Magdalener mit Todesverachtung herunter. Schon am Vorabend hatte er noch mehr als eine Flasche von dem Vernatsch entsorgt und nun zum Frühstück noch drei Gläser. Dazu ein Rest kalter Auflauf von Paula, eine Ecke Lasagne mit Zimmertemperatur und zwei Scheiben Lindenberger aus dem Kühlschrank. Der Rand schon ein wenig hart, aber mit dem Südtiroler Spüli ging's irgendwie. Fast eine vollwertige Mahlzeit. Beck schaute zufrieden auf das verschmierte Geschirr, dann schob er Teller und Glas beiseite, um besser in die Tastatur greifen zu können.

Mal sehen, was Franz und Kevin Jung gestern so getwittert hatten. Klickklick machte Beck und las @kulturpost

Die Neue Post berichtet live auf Twitter: Heute Romeo-und-Julia-Premiere im Großen Haus. So viele Plätze, da muss es endlich gut werden. #Theaterchecker 19:07

Droht heute der nächste Theaterskandal? @kulturpost passt auf. #Theaterchecker 19:25

Im Vorfeld wird klar: Intendanz verschleudert Etat für Topfpflanzen. #Theaterchecker 19:31

Romeo und Julia spielt in einer Gärtnerei, Verona ist ein großer Buchsbaumpark. #Theaterchecker 19:45

Leider wird das Grünzeug schon gelb. Herbststimmung bei Shakespeare, der Zünsler geht um. #Theaterchecker 20:01

Die Aufführung ist so spannend, dass man interessiert den Blättern beim Abfallen zuschaut. #Theaterchecker 20:17

Wenn das so weitergeht, ist bald alles kahl, dann kann das Stadttheater Shakespeares Wintermärchen spielen. #Theaterchecker 20:21

Statt mit dem Florett sollte man in Romeo und Julia mal mit der Giftspritze rangehen. #Theaterchecker 20:35

Pause im Stadttheater, das Publikum klatscht artig, @kulturpost aber warnt vor Buchsbaum-Gate! #Theaterchecker 20:48

Regisseurin Metzendorf verplempert 20000 Euro für Topfpflanzen. Schädlinge fressen den Etat des Theaters auf. @kulturpost bleibt dran. #Theaterchecker 20:59

Im Parkett macht sich gediegene Langeweile breit. Julia nimmt Schlafmittel. Wozu? Die Aufführung ist doch schon zum Gähnen. #Theaterchecker 21:14

Einfall oder Anfall? Julia erwacht aus Todesschlaf und erbricht sich über ihre Mitspieler. Erst müde Romanze, dann wüster Horror. #Theaterchecker 21:22

Dieses Theater ist ein Irrenhaus. Schräger Regieeinfall entpuppt sich als Notfall: Theaterarzt muss kom-

men, Eiserner Vorhang geht runter. #Theaterchecker
21:27

Premiere endet vorzeitig. Statt in die Gruft kommt
Julia ins Krankenhaus. Die nächste Großpleite im Stadttheater. Wackelt der Intendant? @kulturpost hat morgen
mehr! #Theaterchecker 21:46

Beck war mit der Computermaus am Ende des Ge-
zwitschers angelangt und spielte jetzt mit dem Kuli in
der Hand. Von Franz war da nicht viel zu lesen, von
Kevin Jung schon deutlich mehr und auch eine ganze
Menge Klaudia Martini, die offenbar gezielte Indiskre-
tion betrieb.

Was sollte er jetzt machen? Beck blätterte in seinen
Notizen. Die Premiere war ja unvollendet geblieben. Ob
sie formal als gespielt gelten würde, wusste er nicht zu
sagen. Dass er sich keine Mühe machen brauchte mit
einer Mischung aus Kritik und Unfallbericht, konnte er
sich denken. Gewiss übernahm Kevin Jung gleich wieder das publizistische Kommando. Es war kurz nach
Neun, und Beck wunderte sich, dass der entsprechende
Anruf noch nicht eingegangen war.

Am Abend zuvor hatten Franz und er im Foyer noch
gehört, wie Schauspieldirektor Bernd Huber den Zuschauern im Foyer versicherte, sie könnten ihre Karten
gegen Tickets für eine folgende Vorstellung eintauschen
oder das Geld zurückerhalten. Alles sei nicht so
schlimm, eine leichte Unpässlichkeit der Hauptdarstellerin. Während unter Künstlern und Abonnenten im Foyer
schon die Runde machte, Eva Abt sei wahlweise
schwanger, vergiftet oder von Satan besessen, fuhr
draußen mit Blaulicht ein Notarztwagen vor, der die

118

Schauspielerin ins Krankenhaus transportierte. Franz huschte raus vor die Tür und berichtete danach, es habe gar nicht nach einer leichten Unpässlichkeit ausgesehen, ein Arzt und zwei Sanitäter seien hektisch um die Bahre herumgesprungen. Als Bernd Huber, der solchen öffentlichen Ansagen sonst lieber aus dem Weg ging, mit einer etwas umständlich vorgetragenen Bitte um Verständnis die Premierenfeier in der Kantine abgesagt hatte, war der Einsatz für die „Neue Post" beendet gewesen. Franz hatte den Bus genommen, Beck seinen Wagen aus dem Parkhaus geholt.

Zwei Schauspielerinnen aus dem Ensemble lagen jetzt im Krankenhaus, zwei Aufführungen waren derzeit nicht zu gebrauchen, eine war derart wüst gefloppt, dass kaum einer sie sehen wollte. Soviel war klar. Als Beck sich gerade ins Gegrübel über den tieferen Sinn dieser Pleiten und Pannen fallen lassen wollte, meldete sich sein E-Mail-Postfach mit einem Pling:

presse@stadttheater.de schrieb mit dem Betreff „Pressekonferenz":

„Liebe Medienvertreter, aufgrund der aktuellen Lage wird Ihnen Schauspieldirektor Bernd Huber kurzfristig heute (Montag) um 14 Uhr im Glasfoyer des Schauspielhauses bei einer Pressekonferenz Auskunft über aktuelle Entwicklungen am Stadttheater geben. Bitte melden Sie sich telefonisch oder per Mail an bei Tanja Fröhlich, Presse & PR."

Das wollte sich Beck nicht entgehen lassen. Hoffentlich konnte Paula ihm im „i.vive" aushelfen. Er tippte nur „ich komme", drückte auf „senden", da klingelte das

Telefon. Beck sah die Nummer. Es war der Apparat von Sigrid Huxhorn. Er ahnte, was jetzt kommen würde.

„Messerchen, Messerchen, was machst Du denn da im Theater? Bringst ja den ganzen Laden durcheinander?" Sigrid Huxhorn war offenkundig guter Stimmung. Montagmorgen, da ließ sich der ganz normale Wahnsinn der Redaktion noch gut vertragen.

„Bin mir keiner Schuld bewusst", flötete Beck zurück.

„Jahrelang interessiert keinen hier im Laden, was in Deinem Theater gespielt wird, und jetzt kennt Kevin Jung kein anderes Thema mehr."

„Kann's mir schon denken: Der junge Herr übernimmt das Kommando, brauche mir gar keine Mühe zu machen, Ausfallhonorar wird angewiesen."

„Fast, mein Lieber. Nur von Ausfallhonorar hat er nichts gesagt. Aber er bläst jetzt zur Jagd auf den Intendanten. Erst hat er heute früh mit der Martini telefoniert, jetzt hat er seit zehn Minuten den armen Praktikanten in der Mangel. Und heute Nachmittag ist dann die PK."

„Hab die Einladung gerade gekriegt, wollte ich auch mal vorbeischauen."

„Sehr gut, komm früher. Jung will Dich vor dem Termin auch noch unbedingt verhören. Er redet wieder den ganzen Morgen von Cool Tour Boost und Cool Tour Beast."

Das fehlte noch. Dem Jung-Dynamiker würde er weiträumig aus dem Weg gehen. Aufs Stichwort gewann der leichte Kopfschmerz nach dem üppigen

Magdalener-Frühstück Kraft. Beck kniff die Augen zusammen und zischte: „Dieser Quatsch! Stoppt ihn denn da niemand? Was macht denn der alte Schlapp, wenn er so aufdreht?"

Lothar Schlapp war seit 20 Jahren Chefredakteur der „Neue Post", er hatte Beck damals noch unter großem Bedauern gehen lassen, sich lange Zeit zum Geburtstag und zu Weihnachten noch bei ihm gemeldet. Doch seit einigen Jahren war Funkstille. Beck hatte sich ja auch nie gerührt.

„Du weißt doch, Schlapp hat resigniert", sagte Sigrid Huxhorn und klang schon nicht mehr ganz so Montagmorgenfrisch. „Er hat keine zwei Jahre mehr, dann ist Schicht. Dass ihn unser Herr Jung beerbt ist wohl ausgemacht, so wie er hier jeden Tag die Zukunft des Journalismus verkündet. Da geht Schlapp nur noch in Deckung. Dabei müsste er ihm wirklich mal den Kopf zurechtrücken. Was der uns Nerven kostet..."

„Ach, Sigrid, heute Morgen bedauere ich es mal wieder gar nicht, dass ich gegangen bin."

„Aber mich vermisst Du schon!"

„Klar. Und sprich Jung noch mal auf das Honorar an. Das war gestern mal wieder kein Vergnügen, ich will mein Schmerzensgeld!"

2 Der Saab rollte röchelnd ins zweite Untergeschoss, da sah Beck schon von weitem die
beiden Maler. Das Eck, in dem er seinen Wagen sonst am liebsten abstellte, war mit Flatterband
abgesperrt, über fünf Parkplätze hinweg war Abdeck-
vlies ausgelegt. Während einer der beiden Männer ge-
mächlich in einem großen Farbeimer rührte, strich der
andere wie traumversunken mit der Walze an einer Te-
leskopstange über das Camouflage-Muster von Abgasen
und Geschmiere. Zehn, zwölf Quadratmeter leuchteten
schon blütenweiß. Man sah nur noch eine Ecke von
jenem rosafarbenen Hakenkreuz auf der Flucht, vor dem
sich der junge Regisseur Kornblum seit der „Medea"-
Premiere so sehr gruselte. Nur noch wenige beherzte
Schwünge mit der Walze, dann wäre von der unmiss-
verständlichen Botschaft „Nazis sind zu doof, Haken-
kreuze zu malen" nichts mehr übrig. Dafür würde man
schon aus der Ferne sehen, dass hier etwas Unerhörtes
vertuscht werden musste, denn nirgends in diesem tüch-
tig mit Graffiti durchsignierten Parkhaus gab es eine
andere Wand, die derart klinisch strahlte. Beck parkte
seinen Saab eine Reihe weiter. Nicht dass die antifa-
schistischen Weißbinder auch noch seinen immerhin
braunen Wagen weltanschaulich neutral umlackierten.

Auf dem Weg zur Treppe schaute er noch einmal zu
den gemütlichen Malern und ahnte, dass die Stimmung
im Theater eher ungemütlich sein musste, wenn die
Verwaltung Spuren beseitigen ließ, die seit Jahren keinen interessiert hatten.

Etwas steif in der Hüfte hatte er die Treppen ins Foyer genommen. Der Aufzug war wie eigentlich immer

„wegen dringender Wartungsarbeiten derzeit leider nicht in Betrieb". Beck drückte die feuerhemmende Tür zum Foyer auf, tat einen Schritt und stützte die Hände auf die Knie. Wer ihn so sah, musste denken, er wäre gerade auf Hochgebirgsexkursion ohne Sauerstoffgerät in die Todeszone gekommen. Dabei waren es keine vierzig Stufen. Beck starrte auf den Boden, ihm war leicht schwindlig, doch ihm wurde rasch wohler, und als er wieder aufblickte, sah er durch die Glasscheiben draußen im kleinen Park am Schauspielhaus schon ein Kamerateam. Was machten die denn dort? Beck ging vor die Tür, hielt die Linke über die Stirn, um die Sonne abzuschirmen und sah einen Mann auf einer Parkbank, neben ihm eine Reporterin, vor ihm einen Kameramann und einen Helfer, der ein Mikro über sie hielt. Dann erblickte er weiter hinten, auf der Treppe des Opernhauses weitere Kameraleute, die aufgeregt um einen undefinierbaren Haufen mit einem Transparent darin kreisten. Beck konnte nicht erkennen, was vor sich ging und wurde im nächsten Moment schon von Tanja Fröhlich abgefangen. „Hallo, Herr Beck, wir sind hier drinnen", rief sie übereifrig. Als hätte er die Pressekonferenz im Gebüsch vermutet.

Im Foyer, wo vor zehn Tagen noch Medeas Altkleiderkammer ausgekippt war, standen nun vier weiße Tische, davor gut drei Dutzend Stühle. Auch hier drinnen hatte schon ein Kamerateam vom lokalen Privatsender und eine Eine-Frau-Einheit des Offenen Kanals Position bezogen. Dazu kamen der Kollege von der Presseagentur, mehrere Journalisten aus den Nachbarstädten, Mitarbeiter aus den Werkstätten und der Dramaturgie. Kevin Jung stand bei Klaudia Martini, die in

einem deutsche-post-gelben Kostüm mit Schulterpols-
tern wie aus den Achtzigern angetreten war und ihrem
gelehrigen Nachrichtenchef offenbar letzte Instruktio-
nen gab. Ein wenig abseits hatte sich Hagen Wolf platziert und sondierte das Terrain, Veronika Billstedt hielt
sich zwei Schritte neben ihm, damit sein grimmiges
Revierverhalten nicht den seidigen Glanz ihrer Locken
verschattete.

Beck war noch nicht ganz orientiert, da rammte ihn
von links eine Karotte. Kaum hatte er aus dem Augen-
winkel das orangerote Koboldhaar erkannt, da schob
Jutta Meiser ihn auch schon zur Seite, hinüber zu den
Garderobenständern.

„Gut, dass Du da bist", zischelte sie verschwörerisch.
„Hier geht's ab, sag ich Dir."

„Das seh ich, was ist denn da auf der Treppe los?

„Die Tierschützer waren wieder da: Haben gammlige
Schlachtabfälle ausgekippt. Titus Tier Terror ist die
Parole, steht auf dem Plakat, das sie in die Fleischlap-
pen gesteckt haben. Ich sag Dir: Das stinkt! Ekelhaft!"
Jutta Meiser kniff die Augen zusammen und steckte die
Zunge raus.

Beck verstand nicht: „Tierschützer demonstrieren
gegen die Verwendung von Schlachtabfällen im Theater, indem sie Schlachtabfälle vor dem Theater auskip-
pen. Spinnen die?"

„Darfst Du mich nicht fragen. Weder für die Kunst
noch aus Protest würde ich Fleisch wegschmeißen, dafür esse ich viel zu gern Steaks."

„Und was drehen die da draußen im Park?" Beck deutete zu der Reporterin vor dem Mann auf der Parkbank.

„Das ist der Uli, der sollte sich lieber zurückhalten, heult schon die ganze Zeit rum, wegen der kranken Kramerin. Und seit auch noch die Eva Abt im Krankenhaus liegt, ist er ganz durch den Wind. Muss echt aufpassen, der Alte. Wenn er so drauf ist, merkt man leider deutlich, dass er zu viel trinkt. Klappinger stänkert schon die ganze Zeit. Er hat aber auch recht."

Der kleine dicke Uli Edenberger hatte auch bei „i.vive" eine Kundenkarte, war aber zuletzt nicht mehr oft in Becks Laden gewesen. Wenn er aber kam, neigte er dazu, spätestens nach dem vierten Probiergläschen weinerlich zu werden. So sehr verehrte er die schönen Damen auf der Bühne, und so einsam war er. Rudi Klappinger war zwar auch dick und alleinstehend, aber damit hatten die beiden ihre Gemeinsamkeiten auch schon ausgeschöpft. Klappinger war stets auf brummelige Weise nüchtern, eine eher unangenehme Erscheinung mit Fünftagebart, in dem noch mittags das Frühstück hing. Im Sommer zeigte er gern sein haariges Maurerdekoletee, das modisch zu seinen berüchtigten Schlechtwettergrimassen passte. Eine kurze Ehe war schon vor zwanzig Jahren in die Brüche gegangen, doch schimpfen konnte er noch heute über diese Frau, und es klang immer, als meinte er damit alle Frauen.

Als „Ede & Klapp" führten die beiden seit über zwanzig Jahren die Requisite des Stadttheaters, die eine Räuberhöhle voller Beutestücke vom Flohmarkt war. In dieser Resterampenrumpelkammer ließ sich alles finden, wenn man denn eine Idee gehabt hätte, wo es versteckt war. Das hatte was von Künstlerromantik. Allerdings sah es zumindest bei Edenberger daheim ähnlich verheerend aus, seit seine Mutter vor fünf Jahren gestorben war. Das war dann nicht mehr so romantisch. Bei Klappinger war noch kein Kollege daheim gewesen.

Aber was hieß hier auch daheim? Die beiden waren ja wie ein altes Ehepaar, die Requisite war ihr Wohnzimmer, und keiner hätte sich gewundert, wenn es auch ihr Schlafzimmer gewesen wäre. Sie waren ein so seltsames Paar, dass es im Theater nicht lange dauern konnte, bis Kollegen sie Oscar und Felix nannten wie das verschrobene „Odd Couple" aus der Wohngemeinschaft des Boulevardkomödienautors Neil Simon. Wobei Edenberger eindeutig der neurotische Felix, Klappinger eher der rumpelige Oscar war, aber keiner von beiden auch nur ansatzweise so komisch rüberkam wie einst Jack Lemmon und Walter Matthau in ihren Paraderollen.

„Ede muss schauen, dass sie ihm jetzt nicht noch mit Stalking kommen", flüsterte Jutta Meiser, den Kopf in verschwörerischer Absicht neben Becks Schulter gedreht. Brauchte ja nicht jeder mitkriegen, dass die Inspizientin dem Kritiker Hinweise steckte. „Seit Jahr und Tag rennt der allen Schauspielerinnen hinterher, die nicht aussehen wie ein rostiger Kühlergrill. Ich fand das ja immer schon übergriffig."

„Aber der Edenberger ist doch harmlos - oder?"

„Jedenfalls heult er sich jetzt draußen beim Regionalfernsehen aus. Kommt bei der Intendanz bestimmt sehr gut an. Und der Klappinger erzählt mir auch immer

Geschichten, wie der Uli seine Göttinnen anbetet, bis alle weglaufen. Ich sag Dir, normal find ich das nicht."

„Ach, Jutta, ich weiß nicht, der Klapp ist doch ein alter Miesling. Ich red nachher mal mit Edenberger. Vielleicht braucht er einfach nur einen schönen Chardonnay. Hab einen aus der Pfalz reingekriegt, würde Dir auch schmecken"

„Hör auf, Uli säuft doch eh zu viel."

3 „Meine Damen und Herren", schallte es durchs Foyer. Tanja Fröhlich begrüßte die Presse, Beck trippelte von den Garderoben in die letzte Reihe und setzte sich an den Rand. Ganz vorne hatte sich Kevin Jung platziert, um zu demonstrieren, dass er auf Konfrontation aus war, doch ruckelte er dabei so unruhig hin und her, dass man sehen konnte, wie wacklig es um seine Souveränität bestellt war. Verständlich, denn weiter als ins Foyer war er ja noch nie in ein Theater vorgedrungen. Man merkte Jung selbst von hinten an, dass er fast platzte, weil er sich so viel vorgenommen hatte.

In der Mitte des Podiums ließ sich Schauspieldirektor Bernd Huber nieder, ein bleicher Mann, Anfang fünfzig, mit dünner knittriger Haut und raspelkurzen Resthaarstreifen am Hinterkopf, der sich dort oben erkennbar unwohl fühlte. Huber war Oswaldist der ersten Stunde, mit dem Intendanten in die Stadt gekommen, zunächst als Produktionsdramaturg angestellt und dann wegen guter Führung zum Schauspieldirektor befördert. Wie er aber in seinem karierten Hemd so da saß, Hornbrille auf der Nase und eine abgegriffene Ledermappe vor sich, hätte man ihn auch für einen Studienrat in der Schulbibliothek halten können. Dabei war es sicher nicht an Huber, auf diesem Podium Zensuren zu verteilen. Im Gegenteil, seine Arbeit sollte heute streng examiniert werden.

Jakob Oswald, der sich eigentlich nur für seine Oper interessierte, hatte ihn machen lassen, so lange der Laden lief. Huber blieb in seinem Büro bei den Dramaturgen, steckte die Nase in postdramatische und poststrukturalistische Schriften, ließ dann aber zumeist ganz und gar konventionelle Aufführungen produzieren. Und wenn es gut lief, nahm sein Chef dafür die Komplimente entgegen. Lange hatte das unaufgeregt geklappt. Oswald gängelte Huber nicht, und Huber blieb bescheiden unsichtbar. Nun aber hatte der Intendant seinen Schauspieldirektor in die erste Reihe geschoben, um als Hauptangeklagter vor dem journalistischen Strafgericht zu sitzen.

Oswald stand streng und mit Sicherheitsabstand hinter ihm. Heute war er mal wieder als Lord Jack zu bewundern: einen roten Schal um den Hals, eine schwarzblaue Bauchbinde übers weiße Hemd geschwungen. Darüber eine dunkelgrüne Samtjacke mit zwei Reihen goldener Zierknöpfe, in der Oswalds Rechte napoleonisch ruhte, als wäre er der Bonaparte der Bohème. Seine Dramaturgendiener Mauss und Wurmser standen einen halben Schritt rechts und links von ihm und sahen wieder aus wie zwei stolzgeschwellte Streber, die ihrem Lehrer das Klassenbuch hinterhertragen. Diesmal hatten sie keine Rollkragenpullover an, sondern schwarze

Hemden mit langem Arm, schwarze Hosen, schwarze Schuhe und schwarze Socken. Beck erkannte einen Button auf ihren Hemden. Was er von hinten nicht sehen konnte, war die Aufschrift. Mit glänzenden Lettern auf mattem Grund stand darauf „WEISS".

Über den Kopf seines Spartenleiters hinweg rief der Intendant in die Pressekonferenz hinein: „Vielen Dank, dass Sie heute gekommen sind. Zunächst möchte ich mich bei Ihnen und unseren Zuschauern bedanken, dass Sie das Musiktheater in dieser und den vergangenen Spielzeiten mit so viel Interesse begleitet haben. Wir sind mit der Zauberflöte sehr erfolgreich gestartet, auch die Redaktion der Opernwelt hat uns höchstes sängerisches Niveau attestiert. Die Proben für Aida laufen vielversprechend, das wird prachtvoll, und vor Weihnachten können Sie sich noch auf Zar und Zimmermann freuen. Die Oper steht also stark da, sie ist die Stütze unseres Theaters. Lassen Sie mich also vorweg sagen: Unser Haus ist so stabil aufgestellt, dass die Herausforderungen, die wir gerade im Schauspiel meistern müssen, dieses erfreuliche Gesamtbild nicht beeinträchtigen können. Dennoch wollen wir Ihnen heute natürlich gerne Rede und Antwort stehen. Schauspieldirektor Huber stellt sich all Ihren Fragen. Horst, bitte..."

Der Schauspieldirektor räusperte sich. Links neben ihm saß Tanja Fröhlich, rechts in einem anthrazitfarbenen Maßanzug mit einem schneidigen Stahlgestell auf der Nase Verwaltungsdirektor Kornmeier, der Herr der Zahlen und Verträge. Kevin Jung meldete sich wie ein Grundschüler, winkte mit der Linken und schnippte dabei mit den Fingern. Aber kein Lehrer nahm ihn dran.

Jung musste weiter zuhören, was ihm offensichtlich schwerfiel.

Huber war sehr nervös, sprang in seinem Vortrag hin und her, von „Romeo und Julia" zu „Titus Andronicus" und „Medea", von sabotierenden Neonazis, die es gar nicht geben kann, zu Sonja Kramers Hautausschlag und Eva Abts öffentlichem Erbrechen, zu dem er leider, leider wegen des Persönlichkeitsrechts der Schauspielerinnen nichts sagen könne. Als Huber sich gerade damit retten wollte, das Interesse auf die kommende Produktion „Kabale und Liebe" zu lenken, die besonders für Schüler der Oberstufe interessant sei, ging Kevin Jung dazwischen. Als Primus der Oberprima fühlte er sich wohl zur Wortmeldung ermuntert.

„Stimmt es, dass Titus Andronicus abgesetzt wird? Geben Sie damit dem Protest militanter Tierschützer nach? Haben Sie Angst, dass Ihnen als nächstes Kadaver ins Parkett gekippt werden?"

Huber schaute sich hilfesuchend um, sein Blick blieb beim Direktor hängen. Kornmeier, der als strenger Verwaltungsjurist immer so aussah, als wolle er einem gleich eine Unterlassungserklärung oder zumindest einen Mahnbescheid unter die Nase halten, blätterte kurz in einer Mappe und antwortete dann ungerührt:

„Seien Sie versichert, dass wir nie die Absicht hatten, Tierfreunde mit dieser Aufführung zu verärgern oder zu verletzen. Wir bedauern das sehr, aber wir können das Konzept jetzt auch nicht mehr ändern. Wir wollten das Stück ursprünglich neun Mal zeigen, vier Aufführungen davon sind gespielt. Im freien Verkauf wurden insgesamt nur 126 Karten abgesetzt, viele Zuschauer sind schon in der Pause gegangen. Wir haben von einigen Abonnenten Rückmeldung erhalten, dass sie das Stück nicht sehen wollen, daher haben wir ihnen schriftlich Karten für Vorstellungen ihrer Wahl angeboten."

„Wir haben großartige Opernabende im Angebot", rief Oswald über Hubers Kopf hinweg. „Bei uns soll sich kein Zuschauer Stücke zumuten müssen, die er nicht sehen will. Teilen Sie das bitte Ihren Lesern mit."

Huber hatte sich geduckt, setzte aber mit dem Mute der Verzweiflung zur Ehrenrettung des „Titus" an: „Ich glaube, die Inszenierung von Anatol Wildmoser-Bettencour war eine ungewöhnliche Herausforderung für unser Publikum. Uns ging es darum, Sehgewohnheiten aufzubrechen."

Kornmeier schnitt ihm das Wort ab. „Es wird noch eine Aufführung am Mittwoch geben, danach setzen wir das Stück ab. Mit einer Auslastungsquote von 36 Prozent liegt diese Spielplanposition deutlich unter unserem Ansatz. Da sind wir ganz klar und wollen nicht drumrum reden. Und an die Adresse der Tierschützer, die ihre Botschaft vor unserem Haus abgeladen haben, sage ich ausdrücklich: Für Titus Andronicus musste keine Kreatur leiden. In der Inszenierung wird nur Schweinefleisch verwendet, das ohnehin hätte entsorgt werden müssen."

Huber versuchte, sich aufrecht zu halten und schrumpfte doch merklich zusammen.

„Stimmt es, dass sowohl Frau Kramer als auch Frau Abt Monate ausfallen", rief Jung in Hubers betretenes Schweigen hinein.

„Wir werden exzellenten Ersatz bieten. Veronika Billstedt, die in Bremerhaven eine gefeierte Medea war, wird bei uns einspringen."

„Das hat aber ein Geschmäckle", stichelte Jung, „Frau Billstedt ist doch die Lebensgefährtin Ihres GMD."

„Frau Billstedt ist eine im ganzen Land angesehen Charakterdarstellerin. Ich freue mich sehr, mit ihr zusammenzuarbeiten", antwortete Huber, dem man jetzt anmerkte, dass ihm dieses Lob für Hagen Wolfs Frau als kleiner Affront gegen König Oswald guttat.

„Stimmt es, dass Sie das Inszenierungskonzept umwerfen, weil Frau Billstedt sich zu fein ist, in Lumpen zu spielen?" Klaudia Martini hatte Kevin Jung offenbar Sachen gesagt, die gar nicht im verschwörerischen Sinne von Hagen Wolf sein konnten. Beck blickte sich um. Der Generalmusikdirektor stand hinter der letzten Sitzreihe der Journalisten und fixierte den Intendanten auf der gegenüberliegenden Seite.

„Wir werden das Konzept überarbeiten, weil wir nicht wollen, dass die Schauspieler durch Kontakt mit verunreinigten Altkleidern allergische Probleme kriegen. Wir können immer noch nicht ausschließen, dass Frau Kramer dadurch so schwer erkrankt ist."

Kevin Jung ließ nicht locker: „Trifft es denn zu, dass Frau Abt durch Pflanzenschutzmittel vergiftet wurde, weil die Ausstatter versucht haben, die absterbenden Buchsbäume für die Premiere zu retten."

Huber wusste sich offensichtlich nicht zu helfen, Kornmeier sprang ein: „Davon ist uns nichts bekannt. Ich gehe davon aus, dass Frau Abt schlecht gegessen hat, sie wird derzeit über eine Magensonde versorgt." Das mit den Persönlichkeitsrechten von Schauspielern war dem Verwaltungsdirektor nun offenbar nicht mehr so wichtig. Immerhin lebte Eva Abt noch, die grünen Requisiten aber waren tot, weshalb Kornmeier auch hierzu ein kurzes Bulletin folgen ließ: „Die Buchsbäume haben wir mittlerweile entsorgt. Das künstlerische Konzept funktioniert auch mit Plastikpflanzen."

„Das heißt: 20000 Euro landen jetzt auf dem Biomüll", stichelte Kevin Jung, der als bekennender Theaterignorant beim Thema Abfall so richtig in Fahrt kam. „Das ist aber ein krasser Fall von Verschwendung", rief der Nachrichtenchef. Erst jetzt sah Beck von hinten, dass Jung sein Smartphone in der Hand hielt und offenbar die ganze Zeit twitterte: das Cool Tour Beast bei der Arbeit. Beck war tatsächlich ein bisschen beeindruckt.

Und Jung legte munter nach. Vielleicht verstand er ja von Pflanzen mehr als vom Theater. „Wie ich gehört habe, wurden die Töpfe vor der Premiere unsachgemäß im Malersaal ohne Tageslicht bei Lacken und Lösungsmitteln gelagert. Da würden ja selbst Plastikblätter welk. Wer trägt hierfür die Verantwortung?"

Sowas ließ sich Kornmeier nicht bieten. „Das muss ich zurückweisen. Die Pflanzen hatten jederzeit genug Wasser und Licht. Wir gehen davon aus, dass die Buchsbäume schon vor der Lieferung geschädigt waren.

Ich behalte mir rechtliche Schritte gegen die Gärtnerei Holzbock vor. Im Übrigen war es der ausdrückliche Wunsch der Schauspielleitung, diese Grünpflanzen anzuschaffen. Die Verwaltung hat frühzeitig Bedenken erhoben. Wir werden das Geld an anderer Stelle einsparen." Es entstand eine kurze Pause, die Kornmeier nun autoritär schweigend kontrollierte, bis der Intendant merkte, dass sein Stichwort gefallen war.

„Die Zuschauer der Oper müssen selbstverständlich keinerlei Abstriche erwarten, bei der Opulenz, die sie seit jeher von uns gewohnt sind", verkündete Lord Jack, der nun einen Schritt näher an seinen Schauspieldirektor herangerückt war. Huber duckte sich, und Beck stellte sich schon vor, wie die nächsten Premieren des Schauspiels wohl auf leeren Bühnen wirken würden.

4 Wie ein Delinquent war der Schauspieldirektor abgegangen, gefolgt von seinem Scharfrichter Oswald und seinen beiden Wachmännern Wurmser und Mauss. Wolf hielt vis-à-vis eisern die Stellung. Klarer Fall von Revierverhalten. Wenn der Intendant schon weg war, würde er noch immer dastehen und das Kinn mächtig nach vorne recken. Beck hatte genug von diesem Schauspiel, drückte sich aus der letzten Reihe raus, um schnell zu verschwinden und stand unversehens vor Veronika Billstedt.

„Mein lieber Herr Beck, ich muss es Ihnen ja noch sagen. Nicht dass ein falscher Eindruck entsteht. Ihr Herr Jung hat mich ja schon im Verdacht, ich wolle mich hier am Haus über Hagen ins Ensemble zwängen. Glauben Sie mir, nichts liegt mir ferner, ich will nur helfen. Das mit Medea, das machen wir ganz schön ohne all diese Altkleidersäcke. In zwei Wochen ist die Aufführung dann soweit, dann müssen Sie sich das noch mal anschauen."

Beck versicherte ihr sein Interesse und wollte weiter, doch Billstedt war noch nicht fertig.

„Ich hab dem Herrn Huber auch schon angeboten, als Julia einzuspringen."

„Mit Verlaub…" Weiter kam Beck nicht.

„Ich weiß", Billstedt lachte kapriziös eine halbe Tonleiter hoch. „Ich könnte auch Julias Mutter sein, aber es ist noch gar nicht so lange her, da hab ich die Julia in Dinslaken gespielt. Wir sind durch den ganzen Südwesten damit gereist, mein Romeo war damals auch schon 29, aber das ging alles. Wir hatten so eine reife Unschuld. Und glauben Sie mir, ich kann 20 Jahre hoch und bestimmt 15 Jahre runter spielen. In mir drin bin ich doch auch noch ein kleines Mädchen." Billstedt kicherte mit hoher Stimme. Wollte sie damit backfischhaft wirken? Sollte es vielleicht selbstironisch klingen? Auf jeden Fall hatte es etwas leicht Irres. Beck konnte sie sich in diesem Moment jedenfalls gut als Hexe von Verona und Julias böse Schwiegermutter vorstellen.

„Liebe gnädige Frau, da bin ich sehr, sehr gespannt, das würde ich wirklich gerne sehen." Das klang vielleicht wie schlechte Schmeichelei, entsprang aber einer abgründigen Neugier für die Schrecken des Theaters. Billstedt ahnte davon nichts und entließ Beck mit dem Ausdruck größter Freude.

Endlich konnte er schauen, ob Edenberger immer noch draußen war. Das Fernsehteam war abgezogen, doch eine Gestalt saß auf der Bank, soviel erkannte Beck durch die Scheiben des Glaskastens, in dem das Schauspielhaus untergebracht war. Als er sich zur Tür wenden wollte, bemerkte er, dass nur wenige Meter von ihm entfernt ein beleibter Mann in gleicher Haltung auf dieselbe Stelle starrte. Es war Rudi Klappinger, der die Hände auf dem Rücken gekreuzt hatte, was seinen Bacchus-Bauch unter dem karierten Flanellhemd betonte. Klappinger drehte sich abrupt um, kam mit finsterem Blick und scharfem Antritt auf Beck zu, dass der einen Schreck kriegte, doch Edenbergers Kollege aus der Requisite schien ihn gar nicht zu sehen, er walzte schräg an Beck vorbei, als wäre er Luft und murmelte nur mit gepresster Verachtung „Dummes Arschloch". Ein beißender Geruch wehte hinter ihm her. Beck war kurz eingeschüchtert, redete sich dann aber ein, dass er nicht gemeint sein konnte. Die Beschimpfung galt dem Mann draußen auf der Parkbank. „Ede & Klapp" gaben wirklich ein seltsames Paar ab. Und dieser Klappinger war von den beiden allemal der unangenehmere Typ, dem eine wuchernde Flechte Arme, Hals und Backen fleckig rot und weiß färbte. Beck durchzuckte ein Ekel, und er kontrollierte unwillkürlich sein eigenes Hemd, wedelte Schuppenschnee, den er dort vermutete, weg und trollte sich vor das Theater. Beim Näherkommen erkannte er Uli Edenberger und neben ihm eine Pappschachtel.

„Hallo Ede, was war denn bei Ihnen los? Haben Sie eine eigene Pressekonferenz gegeben", rief er, setzte sich ungefragt neben ihn, deutete auf die Kiste und fragte: „Was haben Sie denn da?"

Uli Edenberger sah übermüdet aus. Vielleicht hatte er auch getrunken, jedenfalls waren seine Augen gerötet.

„Ach, Herr Beck, ich hab's eben schon der netten Dame vom Fernsehen gesagt. Es ist alles so schrecklich. Ich hatte für Frau Kramer und Frau Abt Premierengeschenke vorbereitet, und beide liegen jetzt im Krankenhaus. Schauen Sie…"

Edenberger hob ein Diorama in die Höhe, das man auf den ersten Blick für eine Playmobilburg halten konnte. Das Modell eines Türmchens mit Balkon war mit allerlei Büschen aus dem Modellbahnhandel umgeben, unten stand ein kleiner Ritter, oben ein blondes Fräulein, dessen langes Haar über die Brüstung hing. Dieses liebevoll eingerichtete Bühnenbild hätte man zwar auch für die Darstellung eines grimmschen Märchens halten können, doch es zeigte unzweifelhaft die Balkonszene aus dem zweiten Akt von „Romeo und Julia" mit dem jungen Montague, der im Schutz der Nacht in Capulets Garten sein Mädchen anschmachtet.

Edenberger legte auch sofort los: „Horch! Sie spricht. O sprich noch einmal, holder Engel! Denn über meinem Haupt erscheinest Du der Nacht so glorreich, wie ein Flügelbote."

Beck unterbrach die pathoszittrige Rezitation. „Ist gut, ich kenn das Stück. Das war also das Premierengeschenk für Frau Abt?"

„So ein goldiges Mädchen und so talentiert, ich hab sie in der Probe gesehen, wirklich ein Engel."

Dass Edenberger zu haltloser Schwärmerei neigte, war notorisch. Generationen von Schauspielerinnen hatte er schon mit seiner Zuneigung verfolgt. Und nicht jede konnte gut damit umgehen. Es hatte deswegen zwar schon Gespräche mit dem Personalrat gegeben, doch waren Edenbergers Bastelarbeiten und sein flötengleicher Lobpreis disziplinarisch kaum als Belästigung zu werten, wobei er schon mächtig nerven konnte. Jetzt etwa.

„Ich bin kein Steuermann, doch wärst Du fern wie Ufer, von dem fernsten Meer bespült, ich wagte mich nach solchem Kleinod hin."

Romeo Edenberger war nicht zu stoppen. Und weil Beck nach Jahrzehnten in deutschen Stadttheatern manche Szene in- und auswendig kannte, fügte er sich in die Rolle der Julia: „Du weißt, die Nacht verschleiert mein Gesicht. Sonst färbte Mädchenröte meine Wangen. Mensch, Ede, an Ihnen ist ja ein Burgschauspieler verloren gegangen."

„Ach, das ist lieb. Aber ich bin wirklich ganz verzweifelt, dass die Eva jetzt auch im Krankenhaus liegt. Wo es doch der Frau Kramer schon so schlecht geht. Es ist ja auch nicht das erste Mal. Schauen Sie her."

Beck wollte nachfragen, was sonst noch gewesen wäre, doch Edenberger holte schon das nächste Premierengeschenk aus der Schachtel: ein Zwillingskinderwagen wie für eine Barbiepuppenmutter, in dessen Bettchen links ein Teddy, rechts ein Hackebeilchen lag.

„Sehen Sie, ich habe mir gedacht, Medea hat ja die Wahl, was sie mit ihren Kindern tut, sie kann sich entscheiden, und vielleicht würde sie ihre Kinder nicht umbringen, wenn ich…, also, wenn man ihr hilft. Deshalb hab ich auf der einen Seite das Bärchen reingelegt, so als Symbol ihrer Mutterliebe, auf der anderen das Beil. Das wollte ich Frau Kramer nach der Premiere schenken, weil ich glaube, dass sie beides fühlt. Sie ist ja so eine empfindsame Frau, so eine ausdrucksstarke Charakterdarstellerin. Sie würde nie bloß ein mörderisches Monster zeigen."

„Gewiss, gewiss", ging Beck dazwischen, weil er Edenbergers Herzensergießungen umleiten wollte. Aber das war gar nicht so einfach.

„Ach, die arme Frau. Liegt jetzt im Krankenhaus, ihre Haut löst sich ab, das Fleisch hängt in Fetzen."

„Na, was wird denn das für ein Horrorstück?"

„Ach, Herr Beck, meine Fantasie quält mich so. Warum muss sie immer so leiden?"

„Was heißt denn immer? Was war denn noch?"

„Ihr ging's ja letzte Saison auch schon so schlecht nach den Premieren. Bei Stella hatte sie ganz schlimmes Kopfweh, und bei diesem Labiche zu Weihnachten, da war ihr noch Tage später ganz Elend. Sie hat ja nie ein großes Aufhebens darum gemacht, aber über meine Geschenke konnte sie sich gar nicht richtig freuen. Und dann haben sie ihr auch noch das Auto verkratzt und einen Reifen kaputtgestochen. Ich wollte sie ja trösten, aber sie hat mich nicht gelassen."

Beck kam das alles sehr seltsam vor. Drehte der Trauerkloß vor ihm langsam völlig ab?

„Lieber Herr Edenberger, ich muss Sie ganz inständig bitten, erzählen Sie sowas lieber nicht rum. Schon gar nicht der Presse. Gut, Sie reden gerade mit der Presse, aber ich erzähl es auch nicht weiter. Ich hoffe, Sie haben das nicht dem Fernsehen berichtet."

Edenberger schaute erschrocken. „Nein, nein, ich hab denen nur meine Geschenke gezeigt und gesagt, wie mir das alles leid tut. Ich will doch keinen Ärger."

„Ich will Ihnen ja auch keine Angst machen, aber bei der Post ist der Unterchef gerade sehr auf Skandal und Sensation aus. Also…" Beck legte den rechten Zeigefinger auf die Lippen. „Von mir erfährt jedenfalls keiner was. Gehen Sie doch jetzt heim, Sie können ja nicht den ganzen Tag hier auf der Bank hocken. Und kommen Sie mal wieder bei mir im Laden vorbei, ich habe einen schönen Chardonnay da, der würde Ihnen schmecken."

Beck grüßte und dachte im Fortgehen: „Das muss ich sofort Jutta erzählen", doch statt auf die Inspizientin zu treffen, lief Beck an der Tür zum Parkhaus ausgerechnet Kevin Jung in die Arme. Einmal nicht aufgepasst, schon war es passiert. Der Nachrichtenchef der „Neuen Post" hatte nach der Pressekonferenz offenbar weiter Gespräche geführt und war noch immer im Jagdmodus. Die braun-lila Flecken in seinem Gesicht waren ein untrügliches Zeichen. Der Mann stand unter Hochdruck, das Hemd spannte über dem Bauch, als wolle er aus seiner Hose rausplatzen

„Gut, dass Sie auch da waren, da sehen Sie mal, wie hier am Haus der Wurm drin ist. Wollte eigentlich noch vor der Hinrichtung des Schauspieldirektors von Ihnen wissen, wie das gestern Abend im Theater gelaufen ist.

Aber auch egal. Der Praktikant hat mir das Wichtigste erzählt. Da wird jetzt richtig aufs Holz geklopft. So geht Kultur heute, da muss ich mich gar nicht stundenlang ins Theater setzen."

„Tja, da wird der Intendant einen ganz schönen Kulturschock kriegen."

„Wie?" Jung schaute irritiert.

„Einen Kulturschock."

„Ha, Beck, Sie sind gut. Kulturschock! Cool Tour Shock! Die Rubrik hat mir noch gefehlt. Danke für den Hinweis. Sehen Sie, ich mein es ja nur gut mit Ihrem Feuilleton, wir machen das richtig heiß. Das muss hier brodeln am Haus. Lesen Sie nachher mal, was ich bei der PK getwittert habe." Jung stieß die Tür zum Treppenhaus auf. „Da geht's lang", sagte er, aber es war klar, dass er nicht den Weg ins Parkhaus meinte.

5 Diese Stadt machte ihn verrückt. Beck rumpelte schon die fünfte Runde durchs Viertel, alle hundert Meter eine Fahrbahnschwelle. Aber nirgends eine Parklücke, in die sein Saab gepasst hätte. Die Gehsteige, so kam es ihm vor, waren allesamt vollgeparkt mit Geländelimousinen, zwischen die nur noch Eier auf Rädern passten, die sich für Kleinstwagen hielten. Die besten Parkplätze aber waren seit einigen Monaten versperrt, um auf den Gehsteigen die Austragung von Radrennen zu ermöglichen. Und das alles nur, weil Oberbürgermeister Rudi Lichtlein vor einem Jahr zwei Stents am Herzen eingesetzt wurden. Hatte man ihn zuvor noch bis spät in die Nacht bei jedem Bankett ge-

sichtet, war er bei Empfängen nun meist schnell weg. Premieren und Premierenfeiern schwänzte er mittlerweile ganz, denn seine Frau hatte ihm neben einer strengen Diät auch Bewegung verordnet. Seither radelte der OB und hatte auch seinen Dezernenten Diensträder verordnet. Als kommunalpolitischer Kollateraleffekt bekam der Verkehrsdezernent vom Koalitionspartner grünes Licht für Einbahnstraßen, Anwohnerparkzonen, Tempokiller, Parkraumwirtschaftswucher und Park-and-Ride-Plätze an Stellen, wo niemand halten wollte. Auch Beck durfte sich einen Parkausweis für seine Straße kaufen, der ihm aber nichts brachte, weil zwischen all den Blumenkübeln, Granitbrocken, Geländern und ausgreifenden Sperrflächen vor Einfahrten kaum noch Parkplätze vorhanden waren. So wie heute. Schön dass es Lichtleins Herz jetzt besser ging, aber Becks Nerven waren zusehends angegriffen.

Jetzt langte es ihm, er kurvte auf dem Fußgängerstreifen vors „i.vive", stellte sich auf den Kundenparkplatz zum schnellen Beladen und drückte sich mit einem stimmlosen Ächzen mühsam aus den Kissen, die seinen ausgeleierten Fahrersitz zu einem Plüschsofa machten. Paula, die für ihn die Stellung gehalten hatte, öffnete die Ladentür.

„Was machst Du denn da? Wo sollen denn Deine Kunden parken?"

„Ist mir egal, ich hab keine Lust mehr auf die Gurkerei."

„Ich sag ja nur… Würdest Du eben laufen, würde Dir guttun."

„Ach!" Beck winkte ab und stapfte die Stufen zur Tür hoch. „Viel los?"

„Drei Kunden hab ich versorgt. Und die Spedition war da. Im Hof steht wieder eine Palette mit Kisten, oben bei Dir ist noch alles voll, im Schuppen ist auch Durcheinander."

„Na, dann kommt mein Praktikant ja heute genau richtig."

„Du hast den Jungen also gefragt."

„Ja, die Begeisterung für Jungs Twitter-Sperenzchen hat deutlich nachgelassen. Hier kann er mal was Handfestes machen."

„Und Du zahlst auch handfest? Du kannst ihn ja schlecht mit Theaterkarten und Weinflaschen abspeisen."

„Ich dachte, Du magst den Wein." Beck war es peinlich, dass er Paula nicht immer zahlen konnte, was sie mal verabredet hatten. Deshalb hatte er irgendwann für sich beschlossen, dass ihre Dienste sowieso unbezahlbar wertvoll waren, was aber wiederum auf seine Zahlungsmoral keinen guten Einfluss hatte. Ja, er bildete sich gern ein, dass es Paula eigentlich unangenehm war, von ihm Geld zu kriegen. Offenbar ein Irrtum. Aber das wollte er sich jetzt nicht anmerken lassen. „Der Junge ist ja Praktikant, die sind heute gewöhnt, dass sie nix kriegen. Und ich weiß ja auch gar nicht, ob ich was mit ihm anfangen kann."

Paula wollte sich gerade ein wenig aufregen, da kam Beck ihr zuvor. „Was ist das denn?" Er deutete auf fünf Kisten vor der Kasse.

„Die neuen Probierpakete, stand doch im letzten Lieferschein drin, dass die heute kommen."

„Aber das ist Trollinger! Erst der Magdalener, jetzt dieser Traubensaft. Was denken die sich denn beim Einkauf, wer soll das ganze Waschwasser denn trinken?"

„Ach, Beck, es ist noch warm. Da stellen die Leute sich so ein Fläschchen mal kühl, dann ist es doch ganz lecker. Muss ja nicht immer Dein spanisches Stierblut sein. Und Du musst das ja auch nicht trinken."

„Doch!" Beck popelte einen Karton auf, als wäre es Strandgut, und zerrte eine Flasche raus. „Bleibt wieder an mir hängen. Ich muss noch mal an den Computer, klingel mich an, wenn der Junge kommt."

Paula stemmte die Hände in die Hüften, atmete tief durch und sah zu wie Beck mit dem Trollinger zur Hintertür hinausstapfte.

6 Er verzog das Gesicht, als hätte er zu viel Magenbitter geschluckt. Natürlich schmeckte der Wein nicht, war ja auch viel zu warm. Aber Beck wollte es so, denn es passte zu dem, was er sich jetzt ansah. Den ungenießbaren Roten hatte er neben die Tastatur gestellt und wackelte nun mit der Maus, bis er gefunden hatte, was er suchte. Klickklick machte Beck und las @kulturpost

Die Post berichtet live auf Twitter: Heute Pressekonferenz im Stadttheater. Nach der Horrorshow mit Romeo: Kann sich der Pannen-Patriarch Oswald noch halten? #Theaterchecker 13:37

Intendant steht hinter seinem Schauspieldirektor. Sieht aber nicht aus, als würde er ihm den Rücken stärken. Ist Bernd Huber zum Abschuss freigegeben? #Theaterchecker 14:06

Zwei Schauspielerinnen im Krankenhaus: Sind Nazis schuld? Ist das Theater vergiftet? Viele Fragen, aber Schauspieldirektor weiß von nichts. #Theaterchecker 14:11

Nach dem Shakespeare-Massaker: Keine Zuschauer - Titus Andronicus wird abgesetzt. Boykott der Abonnenten hat Erfolg. #Theaterchecker 14:19

Schauspielchef lobt sein Konzept, Intendant lobt seine Oper, eigentlich müsste das Publikum Schlange stehen. #Theaterchecker 14:24

Trübt dem Leitungsteam giftiges Pflanzenschutzmittel die Sinne? Abgestorbene Buchsbäume bei Romeo und Julia waren kontaminiert. Kam die Hauptdarstellerin deshalb ins Krankenhaus? #Theaterchecker 14:32

Generalmusikdirektor bringt seine Frau als Retterin in Stellung: Veronika Billstedt soll die neue Medea werden. #Theaterchecker 14:35

Also alles bestens? Zumindest in der Oper, sagt Intendant Oswald. Schauspieldirektor geht ab wie zur eigenen Beerdigung. #Theaterchecker 14:37

Stadttheater spielt groß auf: Auf der Bühne Pleiten, Pech und Pannen, hinter der Bühne Komödie und Farce. Morgen mehr @kulturpost. #Theaterchecker 14:41

Morgen mehr! Und übermorgen ohne ihn. Hinter dem Gezwitscher hörte Beck die Nachtigall trapsen, und sie sang kein schönes Lied. Jung war gerade dabei, nicht nur den Theaterkritiker, sondern die ganze Theaterkritik, ja wahrscheinlich den ganzen Cool-Tour-Teil überflüssig zu machen. Wenn der Nachrichtenchef ohne jede Laune, Lust oder gar Liebe für die Künste die Kulturberichterstattung übernahm, dann hatte einer wie Beck bei der „Neuen Post" keine Zukunft mehr. Wenn denn die „Post" eine Zukunft hatte.

Er spürte, wie die Zeit langsam und schwer über ihn hinwegwalzte und sackte unter der Last in sich zusammen. Mit müder Mühe schaltete er den Computer ab und drehte sich um. Juliane saß auf dem Sofa, hatte die Arme verschränkt, den Kopf zur Seite geneigt, die linke Augenbraue hochgezogen. Sie sah sie ihn missbilligend an. „Was soll ich denn machen? Ich mag einfach nicht mehr", jammerte er mit glasigem Blick. Er hätte sich ja ein Tränchen abpressen können, wenn die Mattigkeit nicht schon wieder so groß gewesen wäre. Erst fielen ihm die Lider zu, dann schloss sich auch sein inneres Auge, und Julianes Bild verschwand.

Krabimmelimmel. Beck schreckte hoch. Dieser Klingelton war eine Zumutung. Wie lange war er weggedöst? Krabimmelimmel. Sein Herz pochte, die Schultern schmerzten. Wie schief er wohl im Stuhl gehangen hatte? Blick zur Uhr: Herrje, fast eine Stunde gepennt!

Krabimmelimmel. Beck ruckte zum Telefon, räumte dabei ein Glas mit Stiften ab.

„Äh, ja?"

„Der junge Herr Mager ist da. Kommst Du runter?" Paula klang ziemlich aufgekratzt. „Wir haben uns bereits bekannt gemacht. Wirklich netter Junge. Er ist gerade schon im Hof an der Palette dran. Verpflegt habe ich ihn auch schon. Wusste ja nicht, dass der Bub so ausgehungert ist. Was für ein Glück, dass ich vom Grillen am Wochenende ordentlich was mitgebracht habe. Offenbar ist bei ihm daheim der Kühlschrank leer. Den kann ich Dir ganz leicht anfüttern, falls es das braucht. Aber ich fürchte, er hat nicht mehr viel für Dich übrig gelassen."

Dass beim Grillen am Samstag ihr Sohn und ihre Tochter zu Besuch gewesen waren, verschwieg Paula lieber, obwohl beide Grüße ausgerichtet hatten – an Beck, aber eigentlich meinten sie Juliane. Jens, der Ältere, war Tiermediziner geworden, seine Schwester Jana hatte mit ihrem Mann ein Steuerbüro. Und beide betonten immer wieder, wie wichtig es doch gewesen sei, dass Frau Beck sich als Lehrerin auch nach der Schule um sie gekümmert hatte. War lieb gemeint, aber Paula wusste, dass diese Schwärmerei dem Witwer nicht guttat. Juliane war ein heikles Thema. Gerade jetzt, da Beck einen recht freudlosen Eindruck auf sie machte. Wie um ihr Gefühl zu bekräftigen, seufzte er: „Hab eh keinen Hunger."

„Ach, komm erst mal runter. Kannst ja heute Abend was essen. Bratwurstschnecke, Schweinenackensteak, Kartoffelsalat, Kürbissuppe – Dein Praktikant ist zwar ein Allesfresser, aber ein bisschen was hat er schon noch übrig gelassen."

7 Er hatte einen blauen Kapuzenpulli und eine graue Jogginghose an. Die Ärmel hochgekrempelt, bildete er Stapel von Kartons im Hof. Nicht alle Kisten hatte der schlaksige Junge von der Palette geholt. Einige stammten aus dem Laden, das sah Beck sofort. Die Tür zum Schuppen im Hof stand auf, und auch im Keller hatte sich Franz offenbar zu schaffen gemacht. Was war das für ein Chaos? So ging es ja nicht. Er wollte gerade zu einer freundlichen Zurechtweisung ansetzen, da kam ihm Franz zuvor.

„Hallo Herr Beck, hab schon mal angefangen. Ganz schönes Chaos bei Ihnen. Aber das krieg ich hin. Ich sortier Ihnen die Bestellungen alphabetisch, die kommen in den Schuppen, dann haben Sie im Laden mehr Platz für die Probierpakete. Und Sie können auch mal was dekorieren. Was nicht so dringlich ist, kommt in den Keller. Und wenn wir abends schauen, was am nächsten Tag mit Sicherheit geholt wird, dann können wir das noch in die kleine Abstellkammer im Laden parken."

Beck war so verdutzt, dass er der freundlichen Übernahme zunächst nichts entgegensetzen konnte, und so sprudelte es weiter aus Franz heraus.

„Die nette Frau Berlepp hat mir gesagt, dass bei Ihnen oben auch noch ganz viele Kisten rumstehen. Da guck ich gleich mal nach. Das kriegen wir doch bestimmt auch noch hier unten einsortiert."

Wie? Jugendlicher Aktionismus in Julianes Zimmer? Nein, das würde er verhindern. „Halt, stopp, Moment!" Beck hatte seine Stimme wiedergefunden. „So geht das nicht. Ich finde hier ja nichts mehr. Das ist ein ausgeklügeltes System, das..."

„Justus Beck, jetzt lass den Jungen mal machen." Paula kam durch die Hintertür aus dem Laden, stellte sich direkt vor Beck und tippte ihm auf die knochige Brust, erspähte Schuppen auf seiner Schulter, begann ganz automatisch, an ihm mütterlich herumzuwischen und ihm das Hemd straff zu ziehen, was Beck wiederum völlig aus dem Konzept brachte.

„Ich hab Franz gezeigt, wo was steht, und er hat mir aus dem Stand erklärt, wie er das sortiert kriegt. Ein junger Mann mit Plan und Elan." Paula klang nicht so, als wolle sie Widerspruch dulden. Und Franz nahm das als Steilvorlage.

„Mit Mindestlohn bin ich ihr Mann. Zu den Öffnungszeiten kann ich wegen dem Praktikum meistens nicht gut, aber am frühen Abend komme ich gern vorbei und richte Ihnen alles. Läuft hier in zwei Wochen. Dann reden wir über eine erfolgsabhängige Provision. Was sagen Sie?"

Was sollte er dazu sagen? Er hatte einen Kistenschlepper gesucht, und jetzt meldete sich ein selbsternannter Logistikfachmann, der ihm mit allgemeinen Geschäftsbedingungen kam. Beck schüttelte unmerklich den Kopf, zog die Schultern hoch, winkelte die Arme an, drehte die Handflächen nach außen, als habe er gerade gar nichts verstanden. Franz grinste ihn an und imitierte seine Geste.

Paula ging dazwischen, schaute erst den alten Eremiten, dann seinen jungen Lageristen an und übersetzte aus der Gebärdensprache: „Herr Beck sagt: Prima, so machen wir das!"

8 Es war Zeit, dass der Junge wieder was zu essen bekam. „Ich mach Dir mal die Suppe warm. Baguette nimmst Du Dir", rief Paula aus der Küche. „Magst Du sonst noch was?"

„Ich nehm noch eins von den eingelegten Steaks und so eine dicke grobe Bratwurst mit Senf. Gibt's auch Kuchen?" Franz ging die Bestellung locker von den Lippen, er hatte ja auch redlich angepackt. „Und haben Sie Cola, oder gibt's in diesem Haus nur Wein?"

„Sehe schon, dass ich hier bald mal die Grundausstattung aufstocken muss", schallte es aus der Küche zurück.

Beck folgte dem Dialog immer noch leicht konsterniert. Was er in der letzten Stunde in seiner Wohnung erlebt hatte, war mehr, als sich im vergangenen Jahr dort getan hatte. Mit Mühe konnte er Franz aus Julianes Zimmer heraushalten. So arbeitete sich der Junge zunächst am Weinlager neben der Küche ab, das früher Becks Bibliothek gewesen war, verschob Kisten durch den Flur, ins Wohnzimmer und ins Treppenhaus, malte Organigramme auf Schmierzettel und schleppte immer mehr Wein aus der Wohnung in Keller, Schuppen und den Laden. Ganz frei von Kartons, wie er vorher verkündet hatte, kriegte Franz die Räume zwar nicht, doch gut vier Dutzend Kisten hatte er rausgeräumt. Fast die

Hälfte. Und weil er Julianes Zimmer partout nicht betreten durfte, löcherte er Beck so lange, bis der selbst einige der dort lagernden Kartons und einen stattlichen Stapel von Pappboxen mit Weinschläuchen vor die Tür schob. Beck schaute sich im Zimmer um. Juliane saß an ihrem Schreibtisch, blickte ihn über die Schulter an und zeigte ihm ein befreites Lachen. Er wusste nicht, wie lang ihn dieser Anblick in seinen Bann geschlagen hatte, aber als er sich wieder umdrehte und aus dem Zimmer trat, waren all die Weinpakete verschwunden.

Beck schloss die Tür zu Julianes Zimmer, straffte und räusperte sich, um möglichen Widerspruch im Keim zu ersticken: „Nun ist aber gut." Sein Versuch, den Elan seines Praktikanten abzuwürgen, klang nicht sehr überzeugend, fand er selbst, aber Franz kam ohnehin gerade zur Ruhe.

„Wir machen hier die Tage weiter. Ich schreib Ihnen heute noch einen Orgaplan, wo Sie alles finden. Mail ich Ihnen als pdf. Können Sie öffnen – oder?"

Beck murmelte nur zustimmend und nickte.

„Wir kriegen das hier frei, dann haben Sie im Allerheiligsten Ihrer Frau endlich Platz. Vielleicht können Sie dann ja auch mal irgendwo einen Esstisch aufstellen."

„Gut gesprochen, Junge", echote es aus der Küche. Paula hatte schon immer geklagt, dass Beck sein Essen unter großem Gekleckere hockliegend auf dem Sofa einnahm. So lagerten er und Franz nun auch am niedrigen Wohnzimmertisch, auf dem neben Suppe, Fleisch, und Würstchen jetzt auch Chips und Orangensaft standen.

Beck knabberte an einer Scheibe Weißbrot herum, Franz mampfte. Paula kam aus der Küche. „Deine Mutter kocht wohl nicht so viel, mein Junge? Unser Herr Beck hat mir ja noch gar nichts davon erzählt, was Du so machst und wie Du lebst."

Die Antwort kam mit vollem Mund, war akustisch kaum zu verstehen und lief darauf hinaus, dass die beiden Herren sich noch nicht viel Privates mitgeteilt hatten.

„Meine Mutter ist in Hamburg. Ich wohn bei meinem Vater."

„Ach, sind Deine Eltern getrennt?"

„Ja, schon lange."

„Das tut mir leid."

„Nicht so schlimm. Mein Vater hat unser Haus gebaut, er ist Architekt. Läuft, glaub ich, ganz gut. Er ist viel auf Kongressen. Und meine Mutter macht Kulturmanagement. Ist ständig mit Musikern unterwegs. Ich glaub, sie brauchte gar nicht arbeiten, mein Vater stöhnt immer, was er ihr immer zahlen muss."

In Paula regte sich die besorgte Mutter. „Bist Du denn viel allein?"

„Alles okay, ich hab viel sturmfreie Bude. War schon schlimmer."

Beck hatte anfangs noch ein wenig apathisch zugehört, kam aber schnell wieder zu sich und im Gespräch an: „Da wird sich Deine Mutter aber freuen, dass Du jetzt aus dem Theater berichtest."

„Meine Mutter hätte es lieber gehabt, dass ich in einem Theater auftrete. Im Orchester. Oder als Pianist. Aber ich hab noch weniger Talent als sie. Und das mit dem Redaktionspraktikum ist irgendwie auch nix. Die meiste Zeit sortier ich Kataloge, steh am Kopierer oder hock in irgendwelchen Konferenzen, wo sich alle furchtbar langweilen. Außer dem Herrn Jung, der ständig Vorträge hält."

„Ja, so hab ich es mir vorgestellt", sagte Beck und schmunzelte mitleidig. „Aber Herr Jung hält doch große Stücke auf Dich."

„Also, meine Notizen dichtet er sich zurecht, wie er es braucht. Und mit meinen Videos kann er auch nix anfangen."

Beck war plötzlich hellwach angeknipst. „Was für Videos?"

„Ich hab bei den Vorstellungen gefilmt."

„Was? Das darf man doch gar nicht."

„Hat Herr Jung auch gesagt. Sowas mit Drehgenehmigung, Hausrecht, Recht am eigenen Bild. So ein Quatsch, das ganze Netz ist voll von solchen Aufnahmen. Aber, bitte, wenn er meint."

„Ich hab gar nicht mitgekriegt, dass Du filmst", sagte Beck und klang dabei fast ein wenig verzweifelt.

„Na, wenn Sie immer schlafen."

Paula, die neben Franz Platz genommen hatte, verschluckte sich an einem Bissen Bratwurst und hustete ihr Gelächter mit tränenden Augen heraus. Beck fand das gar nicht komisch, ging in die Küche, holte Wasser und klopfte Paula auf den Rücken, bis sie ruhiger atmete, dabei leise gluckste und wieder Worte fand: „Du musst ihn auch immer mal anstoßen, sonst schnarcht er."

Das klang weniger nach einem Tadel, als nach einer Gebrauchsanweisung, und Franz antwortete so lässig, als würde er Gebrauchsanweisungen grundsätzlich nie lesen. „Mach ich doch, wenn's mir zu laut wird."

Da half Beck nur Ironie. „Schön, dass Ihr Euch so gut versteht. Und was sieht man so auf Deinen Theaterfilmen. Wenn die Qualität gut ist, kann ich ja demnächst durchschlafen und dann alles bei Dir im Schnelldurchlauf anschauen."

„Gute Idee, leider muss ich ja immer auch noch meine Meldungen an die Post absetzen. Tippen und filmen gleichzeitig geht nicht. Und die anderen Zuschauer im Theater gucken auch immer so streng, wenn ich denen zu viel Wirbel mache. Julias große Kotzerei hab ich auch leider nicht drauf. Kam zu überraschend. Das wäre im Netz abgegangen, garantier ich Ihnen. Aber das darf ich ja alles nicht reinstellen. Na, und den Rest will ja wohl keiner sehen."

„Ach, würde mich schon interessieren", sagte Beck. „Hast Du es auf Deinem Handy?"

„Nee, hab ich auf Festplatte gezogen. Sieht man bei mir auf dem Bildschirm aber auch besser. Kommen Sie mal vorbei, dann kann ich es Ihnen zeigen."

Und so kam es, dass Franz Mager und Justus Beck sich zu einem Heimkinoabend verabredeten, um ihre Theatererlebnisse zu vertiefen.

9 Er fühlte sich nutzlos. Am Wochenende hatte Beck einen Kabarettabend im Kleinkunstkeller unterm Schloss besucht, über den er gerade Mal 60 Zeilen schreiben durfte. Eigentlich völlig sinnlos bei fast drei Stunden Programm. Da verbot sich jeder zweite Gedanke, jede sprachliche Blüte, jede Betrachtung eines Details. Beck war dennoch hingegangen. Es drohte selbst einem anfallsartig müden Mann wie ihm bei dieser Kleinkunst kein Theaterschlaf, denn man saß hier so dicht und unbequem, dass an Entspannung nicht zu denken war. Der Steißschmerz war stets größer als jede Mattigkeit. Beck hatte einen bayerischen Spaßvogel gesehen, der mit Leinenhemd, Lederhose, und Gamsbart am Hut Schifferklavier und Maultrommel spielte, jodelte, schuhplattelte und vor allem christsoziale Amigos aus der zweiten Reihe nachmachte, was fern der Isar aber nur eine überschaubare Schar von Freunden der politischen Satire angelockt hatte. Einer von 27 Zuschauern war der Theaterkritiker der „Neuen Post". Früher hätte er sich solch einen Termin verbeten, aber Beck war froh, wenn er von der Redaktion überhaupt noch irgendeine Beschäftigungstherapie kriegte. Aber das war auch schon wieder vier Tage her.

Mittlerweile war es Mittwoch, und die Premiere von „Kabale und Liebe" im Schauspielhaus noch drei Tage entfernt. Franz war bislang zweimal gekommen, und Beck blickte in seinem „i.vive"-Depot, dessen Organisation ihn ohnehin latent überfordert hatte, mittlerweile gar nicht mehr durch. Franz hatte grafisch gestaltete Lagerlisten erstellt. Das sah eindrucksvoll aus, doch immer wenn Beck mit den Zetteln in der Hand nach einer Bestellung kramte, fand er nichts. Sein Aushilfsgeschäftsführer aber holte die betreffende Kiste im Handumdrehen. Kein Wunder, war ja auch sein System. Nach etwas mehr als einer Woche hatte Beck das Kommando im Kontor verloren. Zum Glück stellte der Junge ihm die wichtigsten Auftragsposten immer so zusammen, dass es idiotensicher war. Beck musste sich an der Kasse meist nur noch umdrehen, und schon hatte der Kunde, was er wollte. Aber wehe, Franz würde eines Tages nicht mehr kommen. Für den Fall hatte Beck keinen Plan B. Er sah sich schon auf der Suche nach einer Bestellung Hunderte Flaschen dekantieren und degustieren. Ein Prosit auf seine junge Fachkraft für Lagerlogistik.

Von Kevin Jung hatte Franz den Auftrag erhalten, sich bei einer offiziellen Theaterführung hinter den Kulissen umzusehen, die Ohren aufzusperren, die Handykamera aus der Hüfte unauffällig mitlaufen zu lassen und alles, was nach Skandal aussah, dem Chef zu melden. Die Sache war so geheim, dass er Beck sofort davon erzählen musste. Morgen war es so weit. Da ging es zur Mission Undercover Backstage. Aber heute hatte Franz bei der „Post" frei, seit einer Stunde war er im Laden. Von der Verkostung der Weine im Angebot hatte er zwar keine Ahnung, denn die einzigen Cuvees, die er kannte, waren Diesel und Radler. Aber zumeist langte es, wenn der Junge flott die richtige Lieferung raussuchte. Wollte doch mal ein Kunde etwas probieren, sollte Franz oben anrufen. Doch das war bislang noch nicht geschehen, weshalb Beck im frühherbstlichen Licht trübsinnig vor sich hin dusselte. Bis er dann doch hochschreckte. Krrrrabimmelimmel! Endlich Kundschaft, dachte Beck. Krrrrabimmelimmel! Er stemmte sich vom Sofa hoch und erreichte das Telefon. Krrrrabimm…! „Hallo Herr Beck, hier ist ein Herr Rudolf. Er will nichts kaufen, er will mit Ihnen sprechen."

„Schick ihn rauf, er kennt den Weg." Beck schlurfte in seinen ausgelatschten Filz-Hausschuhen, die seinen Fußschweiß seit Jahren gierig aufsogen, in die Küche. Wo war denn die gute Flasche? Beck schob Olivenöl und Waschmaschinen-Entkalker, Tafelwasser und Spülmittel hin und her. Paula hatte schon länger nicht mehr aufgeräumt, und Beck hatte seine liebsten Tropfen vor Franz so gut versteckt, dass er sie jetzt selbst nicht mehr fand. Teppichschaum, Geschirrspülsalz, Duftspray. Beck räumte Flaschen und Schachteln hin und her. Ah, da hatte sich der Wachauer versteckt! Leider nicht gekühlt. Egal jetzt. Beck rückte dem Grünen Veltliner mit dem Korkenzieher zu Leibe, der Korken ploppte, als der Polizeipräsident gerade zur offenen Tür hereinkam.

„Hallo, Bernd, gerade mache ich uns einen Frühschoppen auf." Er schenkte ein. „Riech mal: Zitronenschale, gelber Apfel, Orange. Und auf der Zunge: Dezent süß mit einem feinen Säurespiel."

Rudolf runzelte die Stirn, Beck nippte, reichte seinem Besucher das Glas. Der leerte es mit einem Zug, griff sich die Flasche, schüttete bis knapp vor den Rand ein und zog drei Schluck ab.

„Ah, warm draußen. Nehm ich zwei Flaschen, aber deswegen bin ich nicht gekommen. Du ahnst es ja. Am Samstag ist schon wieder Premiere. Ich muss mir meine Seminare und Konferenzen wirklich mal auf die Theatertermine legen. Jetzt brauch ich irgendwas Schlaues für die Kabale. Mit Romeo hat das ja schon wieder nicht geklappt. Erst hat Gitta die ganze Zeit darüber geredet, dass diese magenkranke Julia sicher einen Norovirus eingefangen hat und jetzt das ganze Ensemble krank wird. Dann hat sie mir einen Vortrag über Handhygiene gehalten. Ich muss jetzt immer Desinfektionstücher mit ins Büro nehmen. Und auf dem Heimweg ging es dann nur noch um Buchsbäume. Dass die doch viel zu anfällig sind und ihr nicht in den Garten kommen, dass wir aber dringend die vielen Lorbeerbüsche bei uns loswerden müssen. Die Glycinie wuchert ihr zu heftig, und das Efeu soll ich auch rausreißen. Wegen Shakespeare war ich jetzt schon dreimal im Gartencenter. Meine ganze kriminologische Vorbereitung auf Verona war für den Komposthaufen. Und was mach ich jetzt mit Schiller?"

„Also", sagte Beck, schenkte nach und hielt kurz inne. „Das Stück kennst Du ja sicher noch aus der Schule."

„Naja." Rudolf schaute tief in seinen Veltliner. „Also, in meinem Kopf sieht es aus wie in meinem Glas."

„Halbvoll oder halbleer? Egal. Im Grunde geht es ja wieder um verbotene Liebe. Wie bei Romeo und Julia.

Das Theater will eben unbedingt Schüler ins Haus kriegen. Deshalb zeigen sie gleich noch mal sowas: Junge Romantiker gegen das böse System. Ich weiß auch nicht, ob das mit den alten Schinken klappt. Aber egal. Luise Miller ist die Tochter des Stadtmusikanten, Ferdinand ist der Sohn des Ministerpräsidenten von Walter. Bürgermädchen und Adel, das passt nicht zusammen. Aber die beiden beschwören die Liebe, die alles überwindet, was auch daran liegt, dass sie zu viele Romane gelesen haben. Ich hab ja meine Zweifel, wie weit das bei den beiden her ist mit den großen Gefühlen. Ferdinands Vater will jedenfalls, dass sein Junior die Mätresse des Herzogs heiratet, um den Einfluss bei Hofe zu vergrößern. Und Luise will eigentlich ihrem Herrn Papa gehorchen, der sich auf seine Bürgermoral viel zugutehält. Für den Präsidenten ist es jedenfalls nicht schwer, mit einer fadenscheinigen Intrige und einer halbseidenen Hofschranze das junge Glück total zu verunsichern. Am Ende bringt Ferdinand Luise und sich selbst mit Arsen-Limo um. Selbsttötung und Mord, erweiterter Suizid, wie Du's nennen willst. Aber das ist nicht der Punkt, wo Du ansetzen musst. Apropos ansetzen: Trink aus!"

Beck schenkte nach.

„Es ist ja eine Verzweiflungstat von Ferdinand, sicher auch aus gekränktem Stolz. Aber als Polizeipräsident kannst Du vorher Kante zeigen: Mal abgesehen davon, dass der Ministerpräsident Vater und Mutter Miller ohne Anlass einsperrt, hat er es auch sonst nicht so mit dem Rechtsstaat. Kein Wunder, den gab es Siebzehnachtzigirgendwas ja auch nicht. Aber genau hier hakst Du ein, erklärst Gitta, wie wichtig Gewaltenteilung ist, dass Du längst den Staatsschutz informiert hättest, weil der Verdacht besteht, dass der Ministerpräsident seinen Vorgänger ermordet hat. Mit einem Verfahren am Hals hätte sich dieser Walter mit Sicherheit zurückgehalten. Entweder er wäre schon in Untersuchungshaft gewesen, oder er würde seinen Sohn machen lassen. Also, einen Veltliner auf die Liebe!"

Beck griff wieder zur Flasche.

„Wenn Gitta mit Dir diskutieren will, hebelst Du das Stück einfach von hinten aus. Schiller war als junger Dramatiker ja voll im Sturm und Drang, fünf Jahre später gab es die Französische Revolution, das Fundament des Verfassungsstaates. Gut, den Jakobinerterror lässt Du besser weg. Du setzt selbst auf Sturm und Drang, machst Gitta den Schiller und sagst ihr, dass unsere demokratische Grundordnung von Beamten wie Dir so entschlossen verteidigt wird, dass man Kabale und Liebe heute nicht mehr schreiben müsste und auch nicht mehr spielen braucht. Ich sage Dir, da fällt Deiner Holden nichts mehr ein, beim Sportstudio hast Du Deine Ruhe."

„Wäre zu schön, mein Lieber. Ist noch Wein da?"

Beck stellte die Flasche auf den Kopf, es kam kein Tropfen mehr.

„Hab ich mir den Ausblick auf die Premiere jetzt schöngetrunken", fragte Rudolf. „Egal, der Veltliner ist noch überzeugender als Dein Vortrag. Mach mir gleich eine Kiste fertig. Ich hol sie morgen ab."

160

Rudolf verabschiedete sich, Beck leerte sein Glas und mit dem Pfützchen, das sein Gast übrig gelassen hatte, spülte er zwei Kopfschmerztabletten runter. Wenn das mit den Theaterkritiken nicht mehr lief – und es lief ja schon längst nicht mehr – dann könnte er vielleicht Theaterkritik als Lebenshilfe anbieten. Der Gedanke hob Becks Stimmung merklich, während er am Fenster stand und nach unten spähte, wo Rudolf soeben mit dem Rad um die Ecke bog. Kunstfreunden raten, auf was sie sich im Schauspiel oder in der Oper einstellen mussten, worüber sich reden ließe, worüber lieber nicht und welche geistreichen Anmerkungen man anbringen sollte – solche Hinweise konnten allemal den Abend retten oder gar die Ehe, wenn sie nicht sogar dazu angetan waren, Ehen zu stiften. So richtig geklappt hatte das in Becks Bühnenbeziehungsberatungsstelle mit dem Polizeipräsidenten zwar noch nicht. Doch das lag ja wohl an den widrigen Umständen. Im Prinzip fand Beck, machte er die ideale Therapie zum Theater. Statt mit lumpigem Zeilenhonorar sollte man ihn nach Krankenkassensatz vergüten. Er würde auch Privatpatienten nehmen. Er sah schon das Schild an seiner Tür hängen: „Dr. rer. cult. Justus Beck, Psychoanalyse von Theaterfiguren und Verhaltenstherapie für Theaterbesucher. Termine nur nach Vereinbarung."

Beck blinzelte zufrieden in die Vormittagssonne. Der frühe Oktober war golden. Geblendet schloss er die Augen. Doch nur Sekunden später rasselte ihn das Telefon wieder aus seiner Entspannung. Krrrabimmelimmelimmel! Herrje, ja doch. Beck, noch halb sonnenblind, tastete nach dem Hörer. „Ja?" Es war Franz, unten wartete Jutta Meiser, die auch keinen Wein kaufen wollte.

„Ich komm runter", sagte Beck. „Wenn ich dann fertig bin, machen wir zu, und ich bring Dich nach Hause. Dauert nicht lang."

10

„Ein Sangiovese aus der Toskana, runder Körper, samtige Tannine. Eine gute Wahl", jubelte Beck, als er sie sah. Jutta Meiser – braunes Totenkopf-Tuch um das Karottengestrüpp auf ihrem Kopf gewickelt – hörte augenblicklich auf, mit der Flasche in ihrer Hand zu spielen. „Geh mir weg mit Deinem Norma Nordhang. Hast Du ein Export kalt stehen?" Beck faltete bedauernd die Hände, neigte den Kopf und schickte mit hängenden Mundwinkeln und schlaffen Tränensäcken einen Marienblick gen Himmel: „Da sind wir leider ganz schlecht sortiert." Mit der hemdsärmeligen Wucht eines Maurers, der Brotzeit macht, knallte die Inspizientin den Sangiovese aufs Weinfass in der Mitte des Ladens. „Aber so eine Puffbrause wirst Du doch haben. Irgendwas, das zischt!" Franz machte hinter der Kasse ungläubig einen langen Hals. „Hol doch mal den Schaumsprudel aus dem Kühlschrank, Franz. Da ist noch ein Spumante offen", sagte Beck. „Dann setz ich mich mit Jutta raus."

Mit gefüllten Gläsern ließen sich die beiden schließlich auf dem Mäuerchen des kleinen Vorgartens neben dem Laden in der Nachmittagssonne nieder. „Wie steht's im Theaterlazarett", fragte Beck und hob seine Sekttulpe.

„Eva Abt geht's schon wieder besser. Ich hab sie im Krankenhaus besucht. Dachte ja, sie sei schwanger, aber das haben die Ärzte ausgeschlossen. Was ihr den Magen derart umgedreht hat, wissen sie leider auch nicht. Sie soll sich noch schonen, aber ich denke mal, nächste Woche rückt sie wieder ein, dann darf Julia doch noch richtig sterben. Bei Sonja sieht es nicht so gut aus."

„Herrje." Beck war aufrichtig entsetzt. „Sie ist doch schon fast drei Wochen im Krankenhaus."

„Die Haut hat sich in Blasen abgelöst. Irgend so ein fieses Syndrom, kenne mich damit ja nicht aus, aber sie hätte sterben können. Liegt jetzt in einer Spezialklinik. Wir konnten sie gar nicht besuchen, haben Blumen geschickt. Das kann dauern."

„Also, geht das mit rechten Dingen zu?" Beck wurde ganz kriminalistisch zumute, was Jutta Meiser sofort zu verstärken wusste.

„Ich sag ja schon die ganze Zeit, dass mit Wolf und seiner Veronika Billstedt etwas nicht stimmt. Er will Oswald ausheben, und sie ist sowas von stutenbissig. Wenn es nach der ginge, würde sie in Bernarda Albas Haus die Mutter, die Oma, die fünf Töchter und die Magd alle selbst spielen. Bei Medea hat sie jetzt so lange am Konzept rumgezickt, dass unser Kornblum, die Memme, in der Kantine einen Heulkrampf gekriegt hat. Erst haben es die Nazis auf seine Inszenierung abgesehen, und jetzt kommt diese Furie aus dem Gard-Haarstudio. Bin mal gespannt. Entweder er schmeißt hin, oder er schmeißt für sie alles um. Zwischen Altkleidersäcken kann Madame jedenfalls nicht auftreten. Das hat sie dem Intendanten schon erklärt. Und Oswald schiebt jetzt seinen Schauspieldirektor als Prellbock zwischen sich selbst, Wolf und seine große böse Wölfin. Oswald will jetzt nur noch seine Ruhe für Aida. Er blo-

ckiert mit den Proben ständig das Große Haus, das Bühnenbild ist so aufwendig, dass es stehen bleiben muss.
Da geht dann wochenlang nur Verdi. Aber Sultan Osman ist das ja egal, der wird bei Aida eben zum Pharao.
Ich sag Dir, das nervt. Und entweder Huber wird nach
der Saison in die Klappsmühle eingeliefert, oder Oswald
hat ihn als Schutzschild so sehr durchlöchert, dass er ihn
entsorgen muss."

„Was für Zustände, meine Liebe."

„Was glaubst Du, warum ich um diese Zeit schon
dieses Bitzelwasser brauche?" Beck schenkte ihr nach,
sie zog in einem Zug ab und streckte das leere Glas
erneut hin.

„Juttajutta", murmelte Beck leicht ungläubig, schüttete aber anstandslos randvoll.

„Jutta braucht das jetzt. Hab manchmal das Gefühl,
ich arbeite in einem Irrenhaus. Dass Uli aus der Requisite völlig neben der Spur ist, hast Du ja gesehen. Aber
jetzt haben Sie Edenberger auch noch abgemahnt, weil
er sich fürs Fernsehen hat interviewen lassen, ohne das
Placet der Pressestelle."

„Hab den Beitrag gar nicht gesehen", sagte Beck.

„Sah auch nicht gut aus. Erst Bernd Huber, der keine
Ahnung von nix hat, und dann ein liebeskranker Stalker
auf der Parkbank, der sein Leid klagt. Da musste die
Reporterin gar nicht mehr viel kommentieren." Jutta
Meiser ließ den Kopf hängen und stierte auf ihr halblee-
res Glas.

Um sie aufzumuntern ergriff Beck die Flasche und das Wort: „Aber wenn Pharao Oswald der Herrliche mit Aida triumphiert, wird doch alles gut." Sprach's und schenkte nach.

Jutta Meiser schielte ihn über den perlenden Spumante hinweg an. „Bei Kabale und Liebe muss jetzt wirklich alles klappen, das Haus braucht dringend einen Erfolg. Die Theaterpädagogik soll die Oberstufen aus der Stadt und den Landkreisen möglichst vollständig in den Schiller reinschleusen. Hast Du mal auf dem Spielplan gesehen, wie oft das gespielt werden soll? Luise Miller muss die Besucherstatistik retten. Wehe, wenn das nicht klappt. Aber es sieht auch nicht so schlecht aus, muss ich Dir sagen. War mal in einer Probe drin, der Regisseur macht viel mit Video und Games. Kenn mich da nicht so aus, aber ich glaube, die jungen Leute könnten da drauf stehen."

„Na, dann bin ich ja mal gespannt, was mein neuer Wein-Praktikant dazu sagt."

„Hab gesehen, dass der Junge Dich jetzt immer begleitet", sagte sie und frotzelte ihn schief an: „Läuft da was? Hast Du Paula abserviert?"

„Ist nur ein unbezahlter Praktikant von der Post, der bei mir auch mal was verdienen soll." Dass Franz der V-Mann für die Theater-Twittereien des Nachrichtenchefs war, behielt Beck bei aller Liebe zu Jutta Meiser dann doch lieber für sich. Was man ihr sagte, konnte man im Stadttheater schließlich auch ans Schwarze Brett pinnen. Deswegen hörte er ihr ja auch so gerne zu.

11

„Du hast was?" Beck hätte beim Anfahren fast den Saab abgewürgt. „Fünf Kisten verkauft? Ich hab doch gesagt, wenn Kunden, außer ihre Bestellung zu holen, noch was probieren wollen, ruf mich."

„War doch kein Problem." Zumindest nicht so ein großes Problem, wie den ausgeleierten Gurt, der sich in der Beifahrertür verfangen hatte, freizumachen und das Ende des schlabbrigen Gewurstels in das Gurtschloss zu frickeln. Das ließ Franz hektisch werden, nicht die Sache mit dem Wein. „Die Hymnen auf den Traubensaft kann ich doch im Prospekt nachlesen: Kompakter Cortese mit mineralischer Note, Pinot Noir aus dem amerikanischen Barriquefass mit komplexen Karamellstrukturen. Kann ich schon auswendig. Jedenfalls hab ich die Kisten eben auch noch verkauft, das Geld ist in der Kasse. Und wir müssen ja auch noch über meine Provision reden."

Um das Thema gleich wieder vom Tisch zu kriegen, hätte Beck dringend weiter mosern müssen, aber er dachte eben auch, was er jetzt sagte: „Ganz schön selbstständig." Um vom leidigen Honorar dennoch abzulenken, wechselte er einfach das Thema: „Wo muss ich hin? Waldenserweg? Kenn ich gar nicht."

„Seh schon, Sie haben kein Navi. Die Hauptstraße raus, über die Umgehung, und dann rechts bei den Hochhäusern über den Hugenottenring zum Waldrand. Ich lotse Sie."

Hugenottenring war nun keine besonders gute Adresse. Eine Trabantenstadt war dort in den Siebzigern hochgezogen worden. Den See und die Grünanlagen inmitten der brüchigen Betonburgen nannte der Volksmund „Loch Neff", weil mancher Anwohner seine alte Einrichtung dort versenkte, darunter besonders viele Küchengeräte, die in Ufernähe kieloben lagen. Beck mied die Gegend, und er hätte sich nicht gewundert, wenn bei ihrer Ankunft die Ghettojugend mit Baseballschlägern vor brennenden Fässern gewartet hätte. Aber die Straßen waren leer. Nur eine kleine alte Dame mit einem offenbar ebenfalls schon sehr betagten American Staffordshire Terrier tat Beck den Gefallen, seine Vorstellung vom Hugenottenring zu erfüllen. Wahrscheinlich waren alle anderen gerade dabei, ihre Kettensägen zu ölen, bevor sie zum Feierabend-Massaker wieder auf die Gehsteige traten.

„Nicht gerade anheimelnd hier", sagte Beck, als sie durch den Schatten der größten Hochhäuser rollten. Er wollte den Jungen nicht vor den Kopf stoßen, doch der rückte die Verhältnisse gleich gerade: „Wir wohnen doch nicht auf dieser Müllhalde, noch hundert Meter weiter rechts, da ist der Walserweg." Und tatsächlich tat sich hinter einem verwilderten Gebüsch eine kleine Bungalowsiedlung auf, vier fünf Sträßchen direkt am Waldrand. Mit dem Hugenottenring im Rücken sah es geradezu idyllisch aus, aber wehe, man drehte sich um.

„Diese Ecke kannte ich gar nicht", staunte Beck, und es klang wie eine Entschuldigung.

„Muss man auch nicht kennen. Ich wollte hier nicht wohnen, aber mein Vater hat das Haus gebaut, und weil er heute nur noch Kitas und Supermärkte entwirft, kann er sich von unserem Bungalow nicht trennen. Ist ja auch ganz schön, aber mir haben sie hier schon drei Räder geklaut. Beim Kicken und beim Basketball hab ich immer Ärger gekriegt. Mal war die Jacke weg, mal war die Lippe dick. Eigentlich müsste ich dringend mal den Führerschein machen, dann wär ich hier schneller weg."

„Bist Du spät dran."

„Ach, ich müsste so viel." Franz unterbrach sich, deutete auf einen Pflasterpfad, in dem der Fahrweg keinen Parkraum ließ. „Da rein! Sie können in der Einfahrt halten. Mein Vater ist in Paris auf einer Tagung. Hab sturmfreie Bude." Graue Schieferschindeln ragten vom Flachdach halbtief die weiß getünchten Steinmauern des Bungalows herab. Das Gebäude war blickdicht eingefasst mit eng stehenden Nadelbüschen. Es sah aus, als habe der Wald, der hinterm Haus aufragte, das Gebäude mit grünem Griff umfasst. „Kommen Sie, kommen Sie", Franz sprang die Stufen zur Eingangstür voran, sperrte auf, entsicherte mit flinken Fingern die Alarmanlage und rief schon aus der Küche „Was wollen Sie trinken", als Beck gerade mal den Wagen abgeschlossen hatte.

„Ein Glas Wasser!"

„Mein Vater hat auch immer Wein offen. Hier im Kühlschrank." Franz las vor: „Casanova di Neri Brunello di Montalcino Tenuta Nova von 2010. Wie wär's?"

„Zu teuer. Und auch zu kalt. Den trinken wir Deinem Vater nicht weg", befand Beck, der gerade die Diele erreicht hatte und die Schuhe ausziehen wollte.

„Lassen Sie an, kommen Sie rein, gibt's halt nur Wasser. Ich hab oben aber auch noch Smoothies und Energydrinks." Franz war schon die Treppe hochgestürmt, während Beck noch die Eingangstür schloss und mit einem halben Blick einen Kamin, einen Flügel und hinter den Panoramafenstern eine weitflächig gekieste Steingartenlandschaft voller Findlinge erspähte, die aussahen, als wären es Leihgaben aus dem Steinbruch des Galliers Obelix.

„Schick hier", rief er nach oben und machte sich mit einem Schnaufen an die Besteigung des Treppenhauses. Vierzehn steile, enge Stufen, die ihm viel abverlangten. Schlapp hielt er sich an der Türzarge fest. „Das ist also Dein Reich."

„Kommen Sie rein, machen Sie es sich gemütlich."

Franz wippte auf seiner Matratze, die auf Europaletten gelagert war. Auf einer Art Tapeziertisch stand der Computer, daneben ein kleiner Kühlschrank mit Glastür, innen leuchteten Dosen in neongrellen Farben, die im Tierreich Gift signalisierten, aber im Nachtleben galten sicher andere Naturgesetze. Seine Klamotten hatte Franz an mehreren Rollkleiderständern im Raum verteilt, mittendrin ein mannshoher Spiegel. Auch auf Rollen. In offenen Regalen thronten Turnschuhe in allen Farben, dazwischen ein Darth-Vader-Kopf, den Beck sogleich erkannte, und ein blauer Superheld, der aber wohl nicht Superman war, weil er ein Schild mit einer rot-weißen Kokarde trug. Und überall an den Wänden Filmplakate mit futuristischen Kriegern.

„Großer Kinofan", sagte Beck, was ein Lob werden sollte.

„Nee, das sind doch alles Games. Call of Duty und so. Hab ich aber irgendwie über."

„Ach so." Beck fiel dazu gar nichts ein, und er rettete sich zu einem lauwarmen „gemütlich hier." Das war knapp daneben, denn diese Bude war vor allem völlig durcheinander. Als dies noch ein Kinderzimmer war, hatte der Hausherr offenbar mit großem Aufwand eine ganze Wand mit Regalen hinter Schiebetüren eingebaut. Einige standen offen, man sah stapelweise Brettspiele, Legokartons, Wäschestapel, etwa zwei Festmeter Elektroschrott, dessen Zweck Beck nicht zu ergründen wusste, und dazwischen – halb versteckt – einige abgeliebte Plüschtiere, die verzweifelt aus einer Pappkiste heraus winkten, als ahnten sie, dass ihr nächstes Zuhause eine große graue Tonne sein würde.

Offenbar war die Kindheit in die Schränke gestopft, das Jugendzimmer aus den Fugen geraten und noch kein Plan vorhanden für die Einrichtung der großen Freiheit, die nun drohte. Franz musste hier raus. Das sah man auf den ersten Blick. Auf den zweiten Blick war Beck dann wieder so abgelenkt von all dem Krempel, dass er den Gedanken aus dem Sinn verlor.

„Machen Sie es sich doch da drüben gemütlich." Franz deutete auf ein gewaltiges Sitzkissen, das einen Elefantenhintern hätte polstern können. Es stand neben einem ausrangierten Turnbock mit speckigem Lederbezug, der offenbar als Ablage diente. „Ich hol mir nur schnell was zu essen". Raus war er. Beck ließ sich in die Polster sinken und merkte sogleich, dass sein Rücken ihm das übel nehmen würde. Während er eine halbwegs stabile Haltung suchte, entdeckte er immer mehr Details: ein gutes Dutzend Baseballmützen und drei schwarze Hüte an einem Ständer, eine Klarinette und ein Akkordeon in und auf einem Papierkorb, kleine Pokale, die nach überschaubarem sportlichen Erfolgen aussahen. Auf einem Schrank ein Snowboard, das stark an eine Banane erinnerte, an die Seite gelehnt ein Tretroller und ein Skateboard.

„Bist ein großer Sportler", sagte Beck, als er Franz die Treppe raufkommen hörte. Das wiederum war aufmunternd gemeint, denn für ihn war der Junge vor allem ein langes Elend mit schlaffer Haltung. Beck deutete anerkennend auf das Ruhmesregal mit den Trophäen. „Ach, nein. Das war alles nichts. Genau wie das mit der Musik." Franz stellte eine Pappschachtel mit Pizzaresten und zwei Joghurts vor sich hin. „Meine Eltern haben da immer schon total an mir rumgenervt. Meine Mutter hat mich zum Ballett geschickt, als ich klein war. Mein Alter wollte, dass ich Judo mache." Franz schob sich ein mächtiges Pizzadreieck so tief in den Schlund, als könne er seinen Unterkiefer aushängen und murmelmampfte: „Heute schleppt er mich immer zum Golfen mit. Mögen Sie Pizza?"

„Nein, lass es Dir schmecken."

„Bis meine Mutter ausgezogen ist, musste ich immer Instrumente lernen. Was meinen Sie, warum ich Franz heiße. Wer heißt schon Franz?"

Jetzt nur nichts Falsches sagen. „Ist doch ein schöner Name", meinte Beck, dem aber gerade nur Franz Josef Strauß einfiel.

„Wegen Schubert! Verstehen Sie? Franz Schubert. Wegen dem Idioten musste ich Klavier spielen. Sonaten hoch und runter. Meine Mutter war ganz besessen davon, dabei kann sie es selbst nicht richtig, und ich kann's gar nicht. Null Talent. Angeblich ganz mein Vater. Wenn's für irgendwas gut war, dass meine Eltern sich getrennt haben, dann, dass ich nicht mehr ans Klavier ranmuss."

„Unten steht aber noch ein Flügel."

„Gehört meiner Mutter."

„Sie ist doch in Hamburg, hast Du erzählt."

Franz hatte sich mittlerweile das Joghurt geschnappt und schlabberte los. „Betreut so ein großes Orchester. Ist auch ständig unterwegs. Deswegen hat sie auch nur eine kleine Wohnung, wo der Flügel nicht reinpasst. Vater will das Ding auch loswerden, ich würde es ja zerhacken und verfeuern, aber dann gäb's noch mehr Stress mit den beiden."

„Klingt ja sehr schwierig."

„Seit klar war, dass ich hier bleibe, ging's. Vor ein paar Jahren bin ich am Wochenende immer gependelt. Das hat so genervt. Da machst Du es auch keinem Recht."

„Verstehe", sagte Beck und ahnte, dass dies maßlos übertrieben war.

„Ich muss zusehen, dass ich bald hier rauskomme", blubberte es aus Franz heraus, als hätte Beck eine Frust-Blase angestochen. „Alle meine Kumpel sind nach der Schule weg, studieren sonstwo, machen irgendwo FSJ oder Weltreise. Würde ich auch gern machen, aber meine Eltern sind ständig an mir dran wegen Beruf und so. Ich hab schon ein Praktikum bei einem Freund von meinem Vater im Bauplanungsbüro gemacht, meine Mutter hat mir acht Wochen in einer Künstleragentur vermittelt. Jetzt die Neue Post, dann soll ich noch in eine Anwaltskanzlei gehen. Das ist total der Terror."

„Was wird das denn, wenn's fertig ist?

„Weiß ich eben auch nicht. Keine Ahnung, ob ich überhaupt studieren will. Ich will erst mal meine Ruhe haben."

„Mein Gott, Du bist noch keine 19. Zu meiner Zeit wussten viele mit Anfang dreißig nicht, was sie werden wollen. Schau mich an, ich wollte mal Lehrer werden. Und was mach ich jetzt, hab eine Paketstation für Wein."

„Sagen Sie das lieber nicht meinem Vater."

„Ach, es kommt doch eh alles anders im Leben. Da kannst Du noch so sehr planen. Glaub mir. Also, lass Dir Zeit. Du musst ja auch arbeiten bis 85, um meine Rente zahlen zu können. Also, bloß nicht hetzen. Du hast doch was drauf, das seh ich doch." Beck wurde fast schon väterlich zumute. Das kannte er gar nicht an sich und wunderte sich fast so sehr über sich selbst wie Franz.

„Nett gesagt. Hätte ich gar nicht von Ihnen erwartet."

„Ach, komm." Jetzt wurde es Beck aber zu sentimental. „Lass uns mal auf Deine Filme gucken." Franz klappte den Rechner auf, rückte einen zweiten Stuhl an den Tapeziertisch. Franz startete mit der einen Hand den Computer und kramte mit der anderen in seinem kleinen Kühlschrank. Das Betriebssystem meldete sich mit einer kurzen Melodie, die Dose zischte, und ein süßlicher Geruch nach Gummibärchen verbreitete sich, als Franz nach dem zweiten Schluck herzhaft aufgestoßen hatte. Jetzt klickte er durch seine Wackelvideos.

„Da, Medea kommt." Viel sah man nicht, Schultern, Köpfe, ein Scheinwerfer blendete, dann wieder sah es zappenduster aus. Sonja Kramer watete durch blaue Säcke voller Altkleider. Die Aufnahmen sprangen hin und her. Immer mal wieder 15, 20 Sekunden. Dann kam eine Stelle, an der Beck etwas mehr erkennen konnte. „Halt", sagte er, „zeig mir das noch mal. Siehst Du das?" Er fingerte auf dem Bildschirm rum. „Da, der Fleck!" Franz reckte die Nase nach vorne, als wolle er an der Aufnahme schnüffeln. „Stimmt, war da vorhin auch schon." Ein roter Punkt am Hals. Sie ließen den Film zurückspringen: erster Auftritt. Da sah man den Fleck bereits. „Geh mal mitten rein." Franz zog den Film mit dem Cursor vor. Medea wühlte sich gerade ganz vorne durch die Säcke und kam an der ersten Stuhlreihe heraus. Jetzt erkannte man es ganz deutlich: Der Fleck war größer geworden, am Arm machte sich auch eine Rötung bemerkbar. Und die letzten kurzen Szenen zeigten weitere Veränderungen ihrer Haut, Beck glaubte sogar, Pusteln zu erkennen. Dann die letzten Bilder: Sonja Kramer begann, immer hektischer zu werden und sich zu kratzen, wenn sie gerade keinen Text hatte. „Das ist mir gar nicht aufgefallen", staunte Beck, erst dann merkte er, dass er im Fettnapf stand: „Sag nichts. Ich hab geschlafen, ich weiß ja. Aber hast Du das gesehen?" Franz zog die Schultern hoch. „Weiß nicht. Dachte wahrscheinlich, das muss so sein. Ist halt Theater."

„Du weißt, was das bedeutet?"

„Sagen Sie es mir."

„Na, Sonja Kramer hat sich offensichtlich nicht durch irgendeinen Kontakt mit den alten Klamotten und den Säcken ihre Erkrankung zugezogen. Konnte man sich ja auch fast schon denken, so heftig, wie das ausgebrochen ist. Aber hier sieht man es jetzt richtig gut. Zeig doch mal, was Du von Romeo und Julia hast."

Franz klickte sich auf dem Bildschirm durch zwei Ordner und startete eine Datei namens „Roju". Die Perspektive war besser als bei „Medea", dafür war es durchweg dunkler. Und es waren weniger Szenen. Man sah, dass dem Kameramann langweilig gewesen sein musste. Dann der vierte Akt, dritte Szene. „Siehst Du das?" Beck stupste den Bildschirm an. „Da, das ist auffällig."

Franz schaute ihn an und runzelte die Stirn „Das Glas? Julia muss doch ein Glas haben, wenn Sie das Schlafmittel trinken soll."

„Ja, aber siehst Du irgendwo sonst noch Gläser? Kannst gerne noch mal zurückgehen. Da sind immer nur Kelche im Spiel. Auf dem Tischchen mit der Karaffe hinter ihr. Siehst Du das? Noch zwei Kelche. Und am Ende vom ersten Akt, beim Maskenball. Da haben sie ganz viele Kelche spazieren getragen. Überall Kelche. Und ausgerechnet hier trinkt Julia aus einem Glas."

„Und dann kotzt sie."

„Allerdings. So richtig kann ich mir da zwar noch keinen Reim drauf machen", sagte Beck. „Aber ich hab doch langsam den leisen Verdacht, dass irgendwer Medea und Julia übel mitgespielt haben könnte. Jetzt bin ich doch gespannt, ob Dir morgen bei der Theaterführung irgendwas auffällt."

„Und ich bin gespannt, was bei Kabale und Liebe abgeht."

„Muss ja auch alles nichts sein. Das Theater ist derzeit einfach auch ziemlich hysterisch."

„Ach, ich find das Stück ja auch nicht schlecht."

„Erstaunlich", sagte Beck. „Schiller-Pathos findest Du gut. Da hat sich Dein Deutschlehrer an Dir aber Verdienste für die deutsche Klassik erworben."

„Nein, nicht die Sprache. Mehr so der Ferdinand".

„Ist doch ein ziemlicher Idiot. Oder hast Du auch ein Mädchen aus der Musikalienhandlung im Auge?"

„Nein, keine Zeit für sowas", druckste Franz. „Die Mädchen aus meiner Jahrgangsstufe sind nach dem Abi auch irgendwie alle weg." Man hörte, dass es Franz unangenehm war. „Nein, es ist wegen dem Präsident Walter. Wie der Druck macht, was Ferdinand alles tun und werden soll. Das erinnert mich schon an meine Eltern. Ständig soll ich irgendwas wollen, immer muss ich irgendwas können. Eigentlich darf ich ja alles, aber irgendwie will ich bald gar nichts mehr. Verstehen Sie das? "

„Ach, Junge." Beck schaute drein, als würde er auf einer Zitrone herumbeißen. „Du hast es auch nicht leicht. Na, immerhin sollst Du nicht die Kurtisane des Baudezernenten heiraten, oder was man sich als Architektenvater sonst so ausdenken könnte, wenn man zu viel Schiller gelesen hat."

12

Franz war stinksauer. „Was macht der denn? Hier schauen Sie mal, was Herr Jung twittert." Beck nahm das Smartphone und las die Tweets:

Kabale mit Joystick: Stadttheater schickt deutschen Klassiker in die Arkade. Ferdinand und Luise spielen Schiller mit Avataren. #Theaterchecker 19:49

Kennen Sie das neue Stück von Friedrich Schiller: „Die durch die Spielhölle gehen"! #Theaterchecker 20:18

So biedert sich das Theater an die Jugend an. Als würde daheim nicht genug gezockt. Jetzt aber Pause, nix wie raus aus der virtuellen Theaterwelt! #Theaterckecker 20:47

„Das gibt's doch gar nicht, davon hab ich nix geschrieben. Herr Jung macht sich selbstständig, schreibt nur noch, was er will. Ich hab keinen Bock mehr." Das konnte Beck nur zu gut verstehen. Eben noch hatten sich die beiden an der Theaterbar darauf verständigt, dass dies doch wirklich kein übler Abend sei, soweit man das nach drei Akten sagen konnte. Hubert Kantholz, ein Regisseur, der bislang vor allem im Kinder- und Jugendtheater inszeniert hatte, ließ „Kabale und

Liebe" auf drei Ebenen spielen. Oben auf voller Bühnenbreite der Betonbungalow einer schick-sterilen Villa, wo der Präsident als Vorstandvorsitzender der eigenen Karriere seine kalte Macht eingerichtet hatte. Unten – nur sechs, sieben Meter breit und halb verschluckt vom Bühnenboden – die Stube des Musikus Miller, ein bildungsbürgerliches Kulturverließ, vollgestopft mit den Instrumenten des Vaters, den Büchern der Tochter und Plakaten, die auf sozialökologische Gesinnung schließen ließen. Die Enge unten quetschte die Menschen, die Leere oben würgte sie, weshalb sich Ferdinand und Luise von heute sehr sinnfällig an die Rampe verzogen hatten, um dort Schiller auf Playstation zu daddeln: mit spätbarocken Avataren, die in Uniform und Rock durch endlose digitale Paläste wandeln. Über der Bühne auf einer breiten Leinwand sah man als Projektion einen Ferdinand mit Dreispitz und eine Luise mit Korsett, die so eckig daherkamen wie Videospielhelden aus den Neunzigern. Klarer Fall: Da war nichts echt, auch die Gefühle nur ein Game. Die Botschaft kam an, viele junge Zuschauer im Publikum hatten gejubelt, als es in die Pause ging, und das hatte Franz auch an die Redaktion geschrieben. Passte aber offenbar nicht zu Kevin Jungs Kampagne.

„Komm, ärger Dich nicht", sagte Beck, den das selbst gewaltig ärgerte. „Wenn es so weiter geht, haben wir hier einen richtig guten Theaterabend. Und das Ensemble steht auch noch ohne Ausfälle auf der Bühne. Was will man mehr?" So gingen sie zurück zu ihren Plätzen. Franz war voll bei der Sache, schrieb noch enthusiastischere Mitteilungen an die „Post". Beck nickte im vierten Akt auch nur in der vierten und achten Szene kurz ein, schnaubte und blubberte dabei vor sich hin, doch Franz war zu gebannt vom Theater, als dass er davon Notiz genommen hätte.

Schließlich ging's auf der Bühne ans Sterben, und das war dann nicht mehr virtuell. Schluss mit Games, der Tod war analog. Oben, in der Bunkervilla des Präsidenten. Ferdinand streute Gift ins Glas, es wogte noch hin und her, wie es bei Schiller eben geschrieben steht, dann trank der Major und forderte seine Luise auf: „Die Limonade ist matt wie Deine Seele – Versuch!" Alles ganz konventionell, als Gegenentwurf zur virtuellen Welt. Das fand Beck eigentlich sehr stimmig, doch unversehens änderte die Inszenierung ihren Ton.

Katharina Maibaum, frisch von der Schauspielschule, die bislang ihrer Luise eine luftige Lieblichkeit verpasst hatte, klang plötzlich, als wäre sie bei Frank Castorf in die Dekonstruktionsmaschine gefallen, wo es gilt, möglichst authentisch aus der Rolle auszusteigen.

„Die Metze ist gutherzig, doch, das sind alle", ätzte Ferdinand.

„Das Deiner Luise", antwortete sie und ließ der empfindsamen Klage ein vernehmliches Rülpsen folgen. So ging das immer weiter, jeder Satz kippte ihr hinten weg.

„Dass es soweit kommen musste... Oah, ist mir übel"

„Das anzuhören... Ich muss mich setzen"

„O des frevelhaften Eigensinns... Mir ist echt elend."

„Weinen Sie, weinen Sie... Ich kann nicht mehr, mir ist schwindlig."

Luise war voll von der Rolle, geradezu beängstigend virtuos, und man spürte, dass Niklas Tanner, ihr Ferdinand, der als Gast von der Schauspielschule selbst noch im letzten Studienjahr steckte, aus dem Konzept kam, weil Katharina Maibaum ganze Einsätze ausließ, stattdessen den langsamen Gifttod mit Schweißperlen auf der Stirn als improvisierte Performance anlegte. Luise hielt sich fest, wurde kreidebleich, würgte, sabberte sogar. Wie konnte sie ihren Körper nur zu solchen Ausbrüchen zwingen? Das war unheimlich stark, fand Beck, aber es sprengte leider das schöne Konzept. Bedauerlich, dachte er sich. Warum musste die Regie am Schluss noch auf solche Effekthascherei verfallen. Er wollte sich schon ärgern, dass nun ein Schatten auf die Hymne fiel, die er verfassen wollte, da gurgelte Luise mit letzter Kraft „Gift, Gift!"

Ferdinand, bemüht, auf den letzten Zeilen nicht zu straucheln, gab nochmal Gas und donnerte mit etwas zu viel Tremolo: „Deine Limonade war in der Hölle gewürzt. Du hast Sie dem Tod zu getrunken." Luise kriegte nur noch „Sterben! Sterben!" über die Lippen, dann kam Schaum hinterher. Und dann nichts mehr. Sieben Einsätze ließ sie einfach aus, man hörte die Souffleuse, man sah die Unruhe auf der Bühne. Luise stand da wie ein hypnotisierter Zombie. Ein wirklich erschreckender Effekt. Kaum hatte Ferdinand seinen Fehler erkannt, den Vater beschuldigt, klappte Luise aufs Stichwort zusammen. Und danach ging die Aufführung im alten Tonfall weiter, als hätte es dieses gespenstische Zwischenspiel nie gegeben: auch Ferdinand vergiftet, aber versöhnt mit dem Vater, der sich dem Gericht überantwortet. Dann Dunkelheit.

Man spürte, wie der Saal durchatmete, verwirrt von den unheimlichen Stimmungswechseln am Schluss. Ergab zwar keinen Sinn, war aber doch atemberaubend, dachte sich Beck und schaute zu Franz, der gerade heftig auf dem Display seines Telefons herumtippte. Dann wurde es hell, Jubel brandete auf, neun Schauspieler hatten an der Rampe Aufstellung genommen, verneigten sich. Doch die zehnte fehlte. Wo war Katharina Maibaum? Jetzt merkten es auch ihre Kollegen, sahen sich um. Ihre Luise lag noch immer unter einem Tisch. Alle drängten sie nun um die junge Frau herum, winkten hektisch. „Ein Arzt, schnell, wo ist der Theaterarzt", schrie einer. „Vorhang, Vorhang", hallt es durch den Saal, dann senkte sich das schwere Eisentor des Stadttheaters unter Alarmgetöse. Beck saß mit offenem Mund da und dachte nur: „Was war denn in der Limo drin?"

Fünfter Aufzug: Alkmene

1 Der Spätsommer war schlagartig zu Ende gegangen. Von einem Tag auf den anderen stürzte die Temperatur um über 15 Grad. Immer wieder trieben regenschwere Wolken tiefhängend von Nordwesten übers Land. Es hatte einige Tage gedauert, bis die Stadt sich sortiert hatte. Anfangs liefen die sonnensatten Menschen noch goldherbstgestimmt mit leichten Jacken, kurzen Ärmeln und Röcken in die triefende Kälte. Und als der erste Schneeschauer durch die Straßen zog, war der Verkehr völlig zusammengebrochen, weil der Asphalt gefährlich glatt im Scheinwerferlicht glänzte und sich hinter den Lenkrädern Sommerreifenpanik breitmachte.

Beck nahm diesen Wetterumschwung als sehr persönliche Zumutung. Seit den Tagen von Juliane hatte sich in seinem Kleiderschrank nicht mehr viel getan. Als sie gehen musste, war er modisch noch nicht im 21. Jahrhundert angekommen. Und das, was seine Ankleide hergab, war nicht nur von gestern, sondern auch stark ausgedünnt. Ein paar Mal hatte Paula versucht, ihn neu einzukleiden, was aber stets nach einem Satz Socken und zwei Unterhemden an seiner lustlosen Ungeduld scheitern musste. Während Beck für grimmige Wintertage noch zwei Daunenjacken mit asymmetrischen Mustern besaß, war es um seine Garderobe für die Saison zwischen Hitze und Frost schlecht bestellt. Paula tat sich denn auch schon seit Jahren schwer damit, ihm etwas Passendes rauszulegen. Diesmal war sie in den Keller gestiegen und hatte hinter einem Stapel mit Weinkartons noch einen eingemotteten Trenchcoat gefunden. Sie fand, das sei nur noch ein grauer Lappen, er fand ihn fabelhaft. Das war mehr, als Beck zu hoffen gewagt hatte. Und weil er generell und jetzt schon gar keine Lust verspürte, seinem Herbstmodenotstand zu begegnen, zog er den Lappen nur noch aus, wenn er zu Bett ging. Paula hätte dem bald Einhalt geboten, doch er hatte ihr zu verstehen gegeben, dass er sie jetzt nicht brauchen konnte. Er würde in den nächsten Tagen Essen gehen und sich bei ihr melden. Sie nahm es etwas verschnupft zur Kenntnis und fühlte sich nicht zum ersten Mal, als sei sie sein Dienstmädchen in Rufbereitschaft. Aber davon ahnte Beck nichts.

Seit Tagen fühlte er sich unbegreiflich abenteuerlich gestimmt. Ein wenig wie Alain Delon, Lino Ventura oder zumindest Eddie Constantine. Und das lag nicht nur an dem Trenchcoat, der in der besten Zeit dieser Helden sehr schick gewesen sein mochte. Es lag vor allem daran, dass der alte Kritiker es sich in den Kopf gesetzt hatte, Theaterdetektiv zu sein. Seit Tagen schon lauerte er auf seinem Spähposten vor dem Opernhaus – seit von einer Anschlagsserie die Rede war, die Polizei Zeugen befragte und einen unbekannten Täter suchte.

So sehr das Schaufenster des „Café Tosca" seine Gäste wie in einem Bühnenportal präsentierte, so bühnenbildartig sah man von dort über die Ringstraße hinweg auf die neobarocke Oper und den Glaskubus des Schauspielhauses im Park, als wäre die Stadt selbst eine Theaterszene. Die ganze Welt eine Bühne, und der Kritiker der „Neuen Post" wartete auf den Auftritt des Schurken. Die Dramaturgie war stets dieselbe: Beck kam ins „Tosca", setzte sich an den linken Rand der Schaufensterfront auf einen dick gepolsterten roten Ohrensessel mit goldlackierter Lehne, faltete seine „Post" auseinander, die er vorher daheim mit der Schere präpariert hatte. In jeden Teil der Zeitung hatte er jeweils zwei briefmarkengroße Gucklöcher geschnitten, die es ihm ermöglichen sollten, zwischen Börsenkursen und Handball-Regionalliga, Leitartikel und Terminkalender unauffällig den Verwaltungseingang der Städtischen Bühnen im Auge zu behalten. Er hätte es wahrscheinlich sein gelassen, wenn er gewusst hätte, wie seltsam diese Gestalt im Trenchcoat aussah, die hinter ihrer Zeitung merkwürdige Verrenkungen machte, mal mit der Nase in die Artikel hineinzustoßen schien, um dann wieder kurz und ruckartig an der ausgebreiteten Tagespresse vorbei nach draußen zu peilen. Aber Beck war viel zu sehr damit beschäftigt, sich darüber zu ärgern, dass seine mühevoll ausgeschnittenen Gucklöcher die Lektüre von Kommentaren und Hintergründen wie auch das Studium von Kursen und Tabellen mühsam machten, weil an den wichtigsten Stellen immer wieder eine Lücke klaffte.

Jeden Tag hatte er ab dem frühen Nachmittag Stellung bezogen, denn dann musste es irgendwann passieren. Um sich die Zeit zu vertreiben, arbeitete sich Beck die Häppchen-Karte des Cafés herunter. Irgendwas musste er ja essen, nun, da er Paulas Aufläufe und Salate abbestellt hatte. Viel hatten sie im „Tosca" nicht zu bieten, die Spezialität des Hauses waren Paninis, die sie „Toscaninis" nannten. Beck hatte sich schon durch die

Kombinationen Ziegenkäse-Oliven, Hähnchen-Pesto, Pute-Feigenmarmelade, Birne-Schinken gefuttert, jetzt war Schoko-Banane dran, was er mit einem sizilianischem Nero d'Avola wegzuspülen gedachte. Als die Kellnerin das geröstete Sandwich brachte, musste er seinen weiträumig ausgebreiteten Sichtschutz aufgeben, was ihm unter lautem Rascheln und leisem Fluchen nicht recht gelingen wollte. Die Löcher in der „Post" sorgten dafür, dass sich das Blatt nicht mehr ordentlich falten ließ, weshalb es rund um das Panini aussah, als habe jemand einen Papierkorb auf dem Bistrotisch ausgeleert. Die Kellnerin wollte helfen, Beck verscheuchte sie, indem er noch wilder an Wirtschafts- und Sportteil zerrte, bis einzelne Seiten einrissen. Erschöpft ließ er ab, als schon Schokoladenflecken und Bananenstreifen an der Zeitung klebten. Erst mal was essen.

Der Verdächtige war noch nicht fällig. All die Tage war er gegen Fünf erschienen. Beck hatte stets rechtzeitig seine Rechnung beglichen, den Trenchcoat umgelegt, den Kragen hochgeschlagen. Gegen die Regenschauer, die nicht ablassen wollten von der Stadt, hatte er einen kleinen Schirm aufgespannt, den er sich vor die Stirn drückte, damit man ihn ja nicht erkennen konnte. Lieber hätte er einen Borsalino gehabt, der den Kinodetektiven seiner Jugend so gut stand. Aber mit Hut wäre dieses hagere Männlein, das sich seinen Schirm wie eine Scheuklappe vors Gesicht drückte und durch die Straßen hastete, eher noch auffälliger gewesen. Wobei Beck keinen Zweifel hatte, dass sein Beschattungseinsatz unbemerkt geblieben war.

Jeden Tag war er aufs Neue vom Theater mit zwanzig Schritten Sicherheitsabstand durchs Viertel gelaufen. Einmal Zwischenstopp am Kiosk, einmal beim türkischen Änderungsschneider. Mehr war nicht passiert, und stets war Endstation am Altbau Karlsruher Straße 27. So sicher sich Beck gewesen war, dass er einem Geheimnis auf der Spur war, so wenig wusste er, was er hier eigentlich tat. Und ein Außenstehender hätte schnell gemerkt, dass er all dies unternahm, weil er eben nichts mit sich anzufangen wusste. Wie er so an seinem schon etwas durchgeweichten Schoko-Bananen-Panini lutschte, dämmerte dieser Gedanke bitter vor ihm auf, doch bevor er den pappsüßen Geschmack in seinem Mund überlagern konnte, schreckte Beck hoch und hustete Bananenbrösel auf seine Hose. Er hatte nicht aufgepasst, und jetzt war es passiert.

Mit grimmigem Blick kam der Mann, dem er doch heimlich folgen wollte, über die Ringstraße direkt auf ihn zu. Beck ließ das Panini auf den Teller fallen, wühlte verzweifelt in dem Altpapierhaufen, den er auf dem Tisch verteilt hatte, versuchte irgendwie noch, den Lokalsport oder wenigstens den Anzeigenteil vors Gesicht zu reißen. Zu spät, das Papier zerfiel ihm zu Fetzen, und der Mann, der ihn nicht sehen sollte, stapfte bullig zur Tür herein. Detektiv Beck war enttarnt.

2 Katharina Maibaum lag im Koma, und das einzige, was Verwaltungsdirektor Kornmeier einfiel, war, das Hantieren mit dem Smartphone während der Vorstellung zu untersagen. Das lag natürlich daran, dass Kevin Jung die Nachrichten seines

Praktikanten aus der Premiere sehr frei interpretiert hatte. So frei, dass er die Tweets später löschen und sich beim Intendanten entschuldigen musste. So kam Kevin Jung immerhin mal wieder ins Theater, zu einer peinlichen Privatvorstellung bei Jakob Oswald, die ihm zeigte, warum Schiller einst über die „Schaubühne als moralische Anstalt" philosophiert hatte. Der Theatertwitterer hatte es aber auch übel übertrieben.

Sie können es nicht lassen: Luise lallt. In der Sterbeszene zieht das Regietheater wieder voll vom Leder. #Theaterchecker 21:55

Kabale und Liebe als Mordsspaß. Die Tochter des Musikus verträgt die giftige Limo nicht und macht den Todeskampf zur Farce. #Theaterchecker. 22:02

Was für eine Räuberpistole! Das Ensemble verneigt sich, nur Luise liegt noch immer tot auf der Bühne. Die Regie weiß einfach nicht, wann es genug ist. #Theaterchecker 22:06

Alarm im Theater, schnell ein Arzt! Ist das noch Kunst oder schon Krankheit? #Theaterchecker 22:14

Erst am nächsten Morgen hatte Kevin Jung erfahren, dass diese Limonade ihm selbst schlecht bekommen war. Katharina Maibaum war noch auf der Bühne in eine tiefe Bewusstlosigkeit gefallen. Eine junge Frau, vermeintlich kerngesund, die Badminton spielte, für einen Halbmarathon trainierte, sich vegetarisch ernährte und noch am Vormittag putzmunter beim Aufwärmtraining der Balletttänzer mitgemacht hatte. Ihre Kollegen standen unter Schock, und die Polizei stand vor der Tür.

Schon gleich am Sonntagmorgen nach der Premiere hatte Bernd Rudolf bei Beck angerufen, um sich ganz im Vertrauen nach Katharina Maibaum zu erkundigen. Ob er was gehört habe, dass sie Drogen nimmt? Ob sie Beziehungsprobleme gehabt habe? Beck konnte ihm da nicht viel sagen, das Privatleben der Schauspieler hatte ihn nie übermäßig interessiert. Rudolf dankte dennoch und deutete auch ganz im Vertrauen an, dass Frau Maibaum schwere Vergiftungserscheinungen aufweise. Er werde Kollegen ins Theater und in ihre Wohnung schicken. Bei Künstlern wisse man schließlich nie, ob nicht Aufputschmittel oder Halluzinogene im Spiel seien. Beck wusste davon zwar nichts, hörte sich aber interessiert an, warum sein alter Bekannter und guter Kunde nicht ausschloss, dass es am Theater einen Drogenring gibt. Damit könnten auch die beiden Ausfälle von Sonja Kramer und Eva Abt zusammenhängen. Wenn das alles irgendwie zusammengehöre, werde er eine kleine Sonderkommission „Schiller" bilden. Beck beglückwünschte ihn schon mal dazu, dass die deutsche Klassik endlich auch kriminalistisch gewürdigt werde. Und Schiller auf Speed, das hätte er ohnehin gerne mal gesehen.

Schon am Nachmittag des nächsten Tages wusste Beck, dass er im Stadttheater doch falsch war, wenn er einen guten Dealerdarsteller suchte. Jutta Meiser kam vorbei und breitete ein Skandalstück aus, das hinter statt vor den Kulissen spielte. Schon am Abend der Premiere – der Krankenwagen stand vor dem Theater, Katharina Maibaum wurde gerade notärztlich erstversorgt - da sprang Veronika Billstedt aufgeregt durchs Foyer und erzählte jedem, der ihr nicht schnell entkam, dass sie erst vor wenigen Jahren in Oldenburg noch die Luise

Millerin gespielte hatte, dass die Inszenierung so lange auf dem Spielplan stand, sie sich schon zu alt für die Partie fühlte, aber alte Abonnenten sie in Briefen angefleht hätten weiterzumachen. Ihr Ferdinand mit dem kreisrunden Haarausfall sehe zwar gewiss nicht mehr jung genug aus, man könne Luise aber einen frischeren Liebhaber zur Seite stellen, auf Veronika Billstedt aber könne das Theater nicht verzichten. Nur aus künstlerischer Integrität habe sie die Rolle damals dennoch abgegeben, obwohl sie sich noch schmelzend zart wie ein Backfisch fühlte.

Jutta Meiser neigte ja zu sarkastischen Übertreibungen, aber so, wie er selbst Veronika Billstedt kennen gelernt hatte, hielt Beck diese Schilderung für absolut authentisch. Sie sei ja heute im Herzen keinen Tag älter, könne also sofort für die bedauernswerte Kollegin Maibaum einspringen. Schon am nächsten Tag, wenn man ihr das mit den Avataren der Figuren erklärte. Damit kenne sie sich doch nicht aus. Aber die Jugend, die habe sie immer verstanden, die habe sie nie verloren, deshalb sei die Bindung zwischen ihr und Hagen Wolf auch so stark und gesund. Das ungefähr war die Zusammenfassung ihrer verschiedenen Bewerbungsansprachen im Foyer und später in der Kantine des Theaters, die über diverse Kanäle beim Schauspieldirektor, beim Intendanten, der auskunftsfreudigen Inspizientin und der Polizei landeten. Weshalb schon am Montagvormittag Veronika Billstedt und Hagen Wolf getrennt befragt wurden über ihre Pläne zur künstlerischen Übernahme des Stadttheaters.

Die Beamten interessierten sich aber mehr noch für Niklas Tanner, den jungen Schauspielstudenten aus dem dritten Ausbildungsjahr der Theaterakademie, der als Ferdinand seinen ersten ganz großen Auftritt hatte. Dass Katharina Maibaum ein Junkie war, konnten die Ärzte schon ausschließen, und auch die Polizei hatte in ihrer Wohngemeinschaft zwischen grünem Tee und Gummibärchen ohne Gelatine nichts gefunden, was auf Drogen hindeutete. Viel eher sah es so aus, als sei sie auf offener Bühne vergiftet worden. Die Ärzte tippten auf ein hoch dosiertes Barbiturat. Das Glas, aus dem Luise Millerin sich dem Tode und Katharina Maibaum sich dem Koma entgegengetrunken hatte, war verschwunden.

Im Jugendzimmer von Niklas Tanner, das der Schauspielstudent wieder bewohnte, weil ihm die 16-Quadratmeter-Bude in der Altstadt zu teuer geworden war, fanden die Ermittler zwar keine starken Schlafmittel, aber über vierzig Gramm Marihuana im Bettkasten und eine Pappschachtel voll mit Röhrchen und Beuteln, in denen eine breite Auswahl an Legal Highs steckte. Tanners Eltern waren entsetzt. Mehr aber noch als für das, was ihren Sohn berauschte, interessierte sich die Polizei für seine Affäre mit Katharina Maibaum, die offenbar kurz vor der Premiere in die Brüche gegangen war. Da hält man besser Abstand, doch diese beiden mussten eine Liebesgeschichte spielen, bei der er erst sie, dann sich umbringt. Und nach Regieanweisung sollte ja auch erst er, dann sie die Arsenlimonade trinken. Dass jetzt aber nur Katharina Maibaum im Krankenhaus lag, machte Tanner umso verdächtiger.

Wie er sich rausredete, hörte sich für die Polizisten wie ziemlich schlecht ausgedacht an. Katharina Maibaum habe sich ganz in die Rolle einfühlen wollen und deshalb darauf bestanden, ein ekelhaft schmeckendes Gemisch aus Rosenkohl-, Artischocken- und Pampelmusensaft mit Muskat und Speisestärke zu schlucken. Den Todestrank habe sie selbst angesetzt, woraufhin Tanner es vorgezogen habe, das Trinken auf der Bühne nur zu markieren. Darüber, dass Luise den Kelch des Todes leerte, Ferdinand aber nur dran nippen wollte, seien die beiden derart in Streit geraten, dass die Fundamente ihrer Kunst wackelten und ihre offenbar noch nicht sehr gefestigte Liebe zum Einsturz brachten. Für die Beamten klang das nach ganz schlechter Schmiere. Sie wunderten sich zwar, dass ein Schauspielschüler im dritten Jahr ihnen so eine absurde Komödie vorspielen wollte, was aber nichts daran änderte, dass Niklas Tanner kein Geld, aber Grund zur Eifersucht hatte, Drogen nahm und instinktiv auf ein Glas Gift verzichtet hatte. Das machte ihn zum Hauptverdächtigen.

Uli Edenberger aber, den Jutta Meiser schon lange im Verdacht hatte, durchzudrehen und dabei verheerenden Unfug anzustellen, war mittlerweile krankgeschrieben und in eine psychiatrische Tagesklinik eingewiesen worden. Die Premiere von „Kabale und Liebe" hatte ihm den Rest gegeben. Natürlich hatte Edenberger sein Herz auch an Katharina Maibaum verschenkt, was er ihr aber nicht mit der gewohnten Aufdringlichkeit klar machen konnte, weil seine Luise ja Probenzoff mit ihrem Ferdinand hatte.

Als Präsent für die Premierenfeier hatte Edenberger seiner neuen Fee aus Spielzeugfiguren ein kleines Orchester vor einem Fachwerkhüttchen am Waldrand gebastelt. Weil Luise doch eigentlich in der Musik zuhause war, wo weder die Eltern, noch irgendwelche Hofschranzen oder gar der idiotische Liebhaber ihr irgendwas antun konnten. Sie verstand die Schönheit der Klänge, und Uli Edenberger verstand sie. Diese nie erzählte Romanze war der kleinen Bastelarbeit mit Alleskleber angeheftet. Man sah es nicht, aber der liebesirre Heimwerker aus der Requisite erzählte es vor der Premiere jedem, der es nicht hören wollte.

Wenn Katharina Maibaum in dem Momente lächelte, da sie seine kleine Kapelle entgegennähme, dann wollte er das als zartes Zeichen ihrer insgeheimen Zuneigung deuten. Dann wollte er hoffen. Als Jutta Meiser dies hörte, wünschte sie sich schon eine Zwangsjacke für den Kollegen. Und als Katharina Maibaum sich in Millers Wohnstube nicht mehr erhob, brach Uli Edenberger, der das Drama aus der Nähe des Inspizientenpultes beobachtet hatte, in einen Weinkrampf aus. Er konnte sich nicht mehr beruhigen. In dem Moment, da die Sanitäter die Schauspielerin von der Bühne trugen, fing ihr Verehrer an zu schreien. Das Publikum kriegte von seinem Nervenzusammenbruch ebenso wenig mit wie von dem zweiten Krankenwagen, der eine viertel Stunde später am Bühneneingang vorfuhr und mit einem gründlich sedierten Uli Edenberger in die Nervenklinik fuhr.

Ohne selbst noch einmal im Theater gewesen zu sein, kannte Beck nun also Vor- und Nachspiel von „Kabale und Liebe" mit narzisstischer Diva, eifersüchtigem Ex und hysterischem Stalker. Verstehen jedoch konnte er immer noch nicht, warum auf dieser Bühne seit Wochen Schauspielerinnen solch schlimme Abgänge erlebten.

Aber da wusste er auch noch nicht, was Franz heimlich hinter den Kulissen gefilmt hatte.

3 Irgendwas stimmte nicht, das merkte Beck sofort. Aber was? Er stand in der Hintertür des Ladens, noch 20 Minuten bis zur Öffnung des „i.vive". Franz war schon früh dran, schleppte Kisten zur Kasse. Sein „Hallo" klang seltsam unbeteiligt. Beck schaute sich um, sah das Cola-Glas und dann die Weinflasche daneben: 1983er Gattinara. Konnte das sein? Hinter dem Rücken von Franz ging er zum Tischchen, hob die Cola mit den Eiswürfeln und nippte dran. Nicht zu fassen. Da standen noch zwei Kisten Trollinger rum, mit denen man auch hätte abwaschen können, und der Junge köpfte seine beste Flasche für eine Brause.

„Was ist denn in Dich gefahren?"

Franz merkte erst jetzt, dass er ertappt war. „Dachte, ich mach mir auch mal eine Flasche auf, wenn ich hier schon die ganze Zeit für umsonst Kisten schleppe."

Das war Becks wunder Punkt. Er musste dem Jungen ja auch irgendwann mal etwas für seine Dienste zahlen, aber das Geld saß ihm eben noch nie sonderlich locker. Er behielt es lieber bei sich, denn man wusste ja einfach nicht, wofür man es einmal dringend brauchen würde.

„Kriegst ja Deinen Lohn, aber musstest ja nicht gleich den teuersten Wein aufmachen."

So an 100 Euro Handgeld hatte er gedacht, aber Franz hatte jetzt ja neunzig davon schon in die Brause gekippt. Das ließ Beck den Verlust seines guten Italieners wieder leichter nehmen.

„Noch nicht drei Uhr, und Du brauchst schon Stoff? Was ist los? Wo führt das hin? Muss ich mir Sorgen machen?"

Franz hatte mittlerweile vier Kartons übereinander gestapelt und stützte sich wie mit letzter Kraft auf seinen Weinturm.

„Zehn Tage hab ich noch bei der Post, aber jetzt bin ich mit diesem Praktikum so richtig durch. Herr Jung hat mir gleich am Montag Vorwürfe gemacht, ich hätte ihm irreführende Hinweise aus dem Theater geschickt, deshalb müsse er sich jetzt beim Intendanten entschuldigen. Das ist total fies. Sein Getwitter hatte überhaupt nichts mit dem zu tun, was ich ihm geschrieben habe. Ich glaub, das mit dem Journalismus ist nix für mich."

„Nur die Ruhe, Franz, Vollidioten findest Du in jedem Job. Geschieht dem Jung ja auch nur recht, dass er dafür zu Kreuze kriechen darf."

„Sieht er aber ganz anders. Ich bin jetzt schon seit drei Tagen dabei, alte Pressemappen zu sichten und wegzuschmeißen, Rechnungen aus den Neunzigern darf ich schreddern und Fotos fürs Archiv einscannen. Das ist dann der Höhepunkt meines Tages. Das mit den Beiträgen für Social Media ist jetzt auch vorbei. Darf man ja nicht mehr im Theater. Und meine Filme seien auch Müll, hat Jung gesagt."

„Stimmt, Du warst ja vor der Premiere noch bei der Theaterführung. Ist doch kein Skandal dabei herausgekommen? Hätte ich Dir früher sagen könne, war wieder so eine Schnapsidee von Jung."

„Alles verwackelt und völlig uninteressant. Ich hätte kein Auge für sowas, wär zu blöd, ein Handy zu bedienen und hätte auch gar nicht verstanden, worum es geht."

„Ach, Franz, ich glaube das ist ein großes Lob. Nichts schlimmer, als wenn ein Kevin Jung Dich gut findet."

„Ich weiß ja nicht. Jedenfalls wollte ich mir jetzt dringend was in meine Cola schütten."

„Kann ich verstehen. Aber das nächste Mal nimmst Du eins von den Sonderangeboten. Hier, eine Kiste Trollinger, kannst Du haben für Deine Limo."

Beck schob den Karton mit dem Fuß in die Mitte des Verkaufsraums und streckte ihm gönnerhaft gleich noch zwei Scheine entgegen: „Und hier sind schon mal 20 Euro als Anzahlung." Franz schaute ungläubig. Sein Gesichtsausdruck verriet die Frage: „Soll das ein Witz sein?" Doch er sagte nichts, dafür war Beck jetzt guter Laune und glaubte, seinen Kistenschlepper aufmuntern zu können, als er sagte: „Du hast das hier ja alles prima im Griff. Ich geh dann mal hoch, leg mich noch mal hin. Ruf oben an, wenn Du was brauchst, und heute Abend fahr ich Dich heim. Dann zeigst Du mir mal, was Du im Theater so alles gefilmt hast. So schlimm kann's doch nicht sein. Vielleicht entdecken wir ja zusammen noch ein Geheimnis. Jetzt, wo die Polizei hinter den Kulissen rumturnt. Das wird noch spannend."

Beck grinste breit, winkte und sah schon nicht mehr, dass Franz von seinem Weinturm abgelassen hatte, die Hände in die Hüften stemmte und mit einem feinen Lächeln den gesenkten Kopf schüttelte.

4 „Dein Vater mag doch Wein", sagte Beck und wedelte mit seiner tropfnassen Jacke, die er sich über den Kopf gehalten hatte. Draußen ging ein kurzer, aber wütender Schauer nieder, als würde die Feuerwehr bei Dreharbeiten aus allen Rohren spritzen, um Sturzregen für einen Film zu simulieren. Völlig unglaubwürdig dieses Unwetter, fand Beck, ganz schlecht inszeniert, zumal er nach vielen lauen Wochen weder auf Niederschlag, noch auf Kälte vorbereitet war. Und empfindlich frisch wurde es plötzlich auch noch. Der Karton, den Franz jetzt auf die Arbeitsplatte der Küche setzte, war nach wenigen Metern vom Auto zur Tür oben schon weich vom Wasser.

„Ich dachte, den kann man nur mit Limo verdünnen", erwiderte Franz.

„Ach, so schlecht ist er gar nicht, ich mag ihn halt nicht so, aber Dein Vater freut sich bestimmt."

„Auch egal. Kommt erst nächste Woche."

„Schon wieder sturmfreie Bude. Hast Du's gut."

„Sie haben doch auch immer die Wohnung für sich."

„Bei mir ist das was anderes: Du bist jung, da hast Du tausend Sachen zu tun. Wenn ich allein daheim bin, schlaf ich bloß ein. Und irgendwann wach ich auf und bin tot." So ein wenig Selbstmitleid tat Beck heute ganz gut. „Sturmfreie Bude, ohne ein laues Lüftchen, da wirst Du trübsinnig. Aber lassen wir das", sagte Beck und deutete auf die Treppe. „Komm, zeig mir Dein wackliges Investigativ-Video!"

Als Franz den Computer angeworfen und den Film gestartet hatte, sah Beck, dass Kevin Jung nicht übertrieben hatte. „Herrje, da wird man ja seekrank." Beck konnte nur ahnen, dass die Bilder im Theater aufgenommen waren. Hätte auch ein Kaufhausbrand beim Sommerschlussverkauf sein können. Ein einziges Geruckel quer und auf dem Kopf, das Mikro hatte außer Kratzgeräuschen kaum etwas aufgenommen. Offenbar war es die Begrüßung durch die Theaterpädagogin vor dem Schwarzen Brett am Bühneneingang. Man sah bloß nicht viel davon, weil Franz mitten in der Besuchergruppe gestanden und nur Arme und Hintern, Jacken und Gürtel gefilmt hatte. Beck schaute derart entgeistert auf den Schirm, dass Franz sich zur Verteidigung seiner experimentellen Kameraführung genötigt sah.

„Ich hab halt keine Spionagekamera fürs Knopfloch. Konnte ja nicht ständig das Handy vor mich halten, das wäre total auffällig gewesen, ich hab das mehr so aus der Hüfte gefilmt."

„Und aus der Tasche. Das halbe Bild ist ja verdeckt. Spring mal weiter. Das bringt wirklich nichts."

Im Schnelldurchlauf ruckelte es vorbei an Schlosserei und Schreinerwerkstatt, hinein in die Maske, zum

technischen Leitstand an der Rückseite des Zuschauer-
raums. Außer der Besuchergruppe waren kaum Menschen zu sehen. Beck fragte sich, was sich Kevin Jung
eigentlich erhofft hatte, den Praktikanten hinter die Kulissen zu schicken, wo er selbst so gar keine Ahnung
hatte, was im Theater gespielt wurde.

Es ging also weiter in den Malersaal, von dem Franz
tatsächlich eine fast ruckelfreie Ansicht gelungen war.
Sah aus wie in einem riesigen Chinarestaurant mit Dra-
chen und Lampions. Beck tippte auf „Turandot". Die
Kostümabteilung erinnerte an ein Lumpenlager zu Kar-
neval. Offenbar wurde gerade die Fummelkollektion der
„Rocky Horror Show" für die Wiederaufnahme geflickt.
Man sah eine Schneiderin, die umständlich zwischen
prallen, halb aufgerissenen Plastiksäcken herumstieg.
Medeas Altkleidersammlung, die eben noch im Verdacht stand, hochtoxisch zu sein, war also den Kostüm-
bildnern vor die Füße geworfen worden. Na, wenn das
kein Skandal war, dann würde Kevin Jung schon einen
draus machen, dachte sich Beck und folgte der Franz-
Cam über einen Flur voller Gitterkisten auf Rollen, in
denen ein Sammelsurium lagerte, das beim schwankenden Gang des Kamerapraktikanten nicht näher zu defi-
nieren war.

Er ahnte, wo die Theaterführung mittlerweile angelangt war, und dann erkannte er trotz einer verwischten
Unschärfe das Schild, das schon ewig und drei Tage an
der Tür der Requisite hing: „Ede & Klapp" stand in
Schwarz drauf und darunter in schon etwas verblasster
roter Schrift „Little Shop of Horrors" auf einem gemal-
ten Blumentopf. Vom „Horror" tropfte dick das Blut. Es

war ein Relikt aus besseren Tagen, als Uli Edenberger und Rudi Klappinger noch ein richtig gutes Team waren und sich für das Musical „Der kleine Horrorladen" mit bizarren Plastikblumen besonders ins Zeug gelegt hatten. Musste über zwanzig Jahre her sein, Beck konnte sich aber noch gut dran erinnern. Regisseure, Schauspieler, Generalmusikdirektoren und Intendanten waren auf- und abgetreten, Ede & Klapp aber waren, wie viele ältere Kollegen in Werkstätten und Verwaltung immer da gewesen und nie weggegangen. Dass es angesichts von Etatdeckelungen und Stellenstreichungen noch zwei Requisiteure gab, mutete wie ein Versehen der Verwaltung an. Edenberger und Klappinger hatten als bewährte Bastler im Theater aber auch inoffizielle Hausmeisterjobs übernommen. Wenn's irgendwo klemmte, rief man sie. Und es klemmte ständig irgendwo. So waren sie immer in ihrem Horrorladen geblieben und wurden darüber wunderlich. Und weil sich niemand so richtig für sie verantwortlich fühlte, schaute auch keiner hin, als man davon hörte, dass sie ein seltsames Paar geworden waren, ein eremitischer Menschenfeind und ein weinerlicher Betriebsalkoholiker.

Beck verfolgte ihr Trauerspiel seit Jahren aus der Ferne und seufzte in sich hinein, als Uli Edenberger an seiner Werkbank ihm via Video zuwinkte. Man hörte aus dem Off, dass die Besucher ihn freundlich grüßten, Edenbergers Antwort verstand man nicht, aber es war wohl eine Einladung, sich umzusehen. Er klebte gerade jenes Modell eines kleinen Orchesters zusammen, das er Katharina Maibaum schenken wollte. Und jetzt war er in der Klinik. Beck fühlte mitleidiges Unbehagen in sich aufsteigen, während die Kamera die Rumpelkammer abschwenkte. In Regalreihen erkannte man diverse Porzellanservice und einen Vogelkäfig, einen Stapel Wahlscheibentelefone und einen alten Atari. Neben einer Stehlampe mit Fransenschirm lehnte ein Handrasenmäher. Sah aus wie beim Trödel, und tatsächlich holten Ede und Klapp ja viel von ihrem wunderbaren Theaterplunder von Flohmärkten und aus Haushaltsauflösungen.

Zumindest in einer Ecke dieses Lagers sah es auch aus wie in einer Wohnstube. Unter einem blinden Fenster stand ein Biedermeiersofa, das Edenberger von einem abgespielten Loriotabend gerettet hatte. Im Hause Ede & Klapp war er für die Inneneinrichtung zuständig, hatte ein Deckchen auf einen kleinen Tisch gelegt, als würden gleich Gäste zum Kaffeetrinken kommen. Ob die Blumen in der Vase echt oder aus Plastik waren, konnte Beck nicht erkennen, aber die vertrocknete Yucca-Palme in der Ecke war nicht zu übersehen. Klappinger hatte sie in diese Theaterehe mit eingebracht und schon vor Jahren nach einem Streit um nicht abgespülte Kaffeetassen elendig vertrocknen lassen. Ein ordentliches Begräbnis auf dem Komposthaufen hatte er untersagt. Edenberger sollte sehen, was er von seinem Ordnungsfimmel hielt. Jutta Meiser hatte Beck damals davon erzählt, und auf dem Video sah jetzt alles noch genauso aus, wie sie es beschrieben und Beck den Raum in Erinnerung hatte.

Plötzlich wurde die Besuchergruppe unruhig, die Kamera wackelte wieder wild, erfasste einen massigen Mann mit Hosenträgern über einem zu kurzen Polohemd, der als Schatten schimpfend den Raum durchquerte. Man sah, dass Uli Edenberger sich duckte. Einige Besucher waren schon wieder auf dem Gang. Man hörte die Stimme der Theaterpädagogin. „Wir sind ja schon wieder weg, Rudi, nur die Ruhe!" Für einen Moment sah man gar nichts und hörte nur Knirschen, dann hatte sich Franz durch die Tür gequetscht und blickte mit seiner Kamera dem wütenden Kerl nach, der am Ende des Flurs verschwand. Die Besuchergruppe drehte in die entgegengesetzte Richtung ab. Beck blickte nun unter sich. Franz merkte es. „Soll ich ausstellen? Das bringt's nicht, gell?"

„Doch, ich glaube das ist gut. Geh noch mal zurück, da wo ihr reingekommen seid."

Franz zog den Pfeil auf der Bildleiste ein Stück zurück, Beck ging so nah ran, dass er gar nichts mehr sah. „Mist, hab meine Lesebrille nicht dabei. Lass laufen." Er lehnte sich zurück und wartete auf den Auftritt des Wüterichs, dessen halb über dem schwankenden Hinterteil hängende Hose ihn zunächst von der eigentlichen Besonderheit abgelenkt hatte. „Kann man das größer machen?" Franz versuchte es, aber dann sah man nur noch Pixelpunkte. „Halt", rief Beck. „Siehst Du das?"

„Was?"

„Er hat doch was in der Hand!"

„Kann ich nicht erkennen."

„Das ist doch komisch."

„Was meinen Sie denn?"

„Ich weiß auch nicht. Lass uns Schluss machen. Von den Bildern kriegt man ja Kopfweh. Aber lösch das mal nicht. Man weiß ja nie."

Franz wunderte sich nur ein bisschen. Er hatte den alten Kritiker ja als Kauz kennen und mögen gelernt. Beck aber kam sich gar nicht seltsam vor. Er hatte etwas gesehen. Er ahnte, was es war, aber wusste noch nicht, was es bedeutete.

5 Es wurde schon dunkel, als Beck das Treppenhaus hinaufschnaufte, die Holzstufen knarzten dazu. Aber anders als sonst hielt er diesmal nicht in jeder Etage an, um sich ans Geländer zu lehnen. Jetzt zog er durch, Beck wollte es wissen. Er hatte das Bild aus dem Video noch vor Augen, er musste es abgleichen mit dem, was er zu finden hoffte. Die Wohnungstür ließ er beim Eintreten offen stehen und stiefelte noch mit der Jacke ins alte Arbeitszimmer seiner Frau, riss die Tür auf und kriegte einen Schreck. Juliane saß in sich gekehrt auf einem Schemel neben der Bücherwand, genau dort, wo Beck hinwollte. Er zweifelte kurz an seinem Bewusstseinszustand, weil sie ihm sonst nur durch den Kopf spukte, wenn er sehr müde oder sehr traurig war. Jetzt aber war er aufgeregt. So aufgeregt, dass er den Gedanken beiseiteschob und mit ihm das Bild von Juliane.

Beck stellte sich vor die Wand aus Buchrücken. Englische Lyrik, Didaktik des Deutschunterrichts, Reisebücher, Kochbücher, Bildbände. Beck fand sich nicht zurecht. Aber er musste auch nicht systematisch vorgehen. Es ging um die Farbe. Dunkelblau und hellblau. Sein

Blick fuhr die Reihen ab. Suhrkamp-Bändchen in den Regenbogenfarben sortiert, vormals blütenweiße, jetzt schmutzig vergilbte Buchrücken von dtv, gelbe und grüne Nachschlagewerke. Dann die Medizinbücher. Der Pschyrembel, die Krebs-Diät, das Handbuch der Laborwerte und dann endlich Palliativpflege und Molekulare Onkologie. Der Buchrücken oben dunkelblau, darunter hellblau, dann weiß. Das war es, diese Reihe war so markant. Beck konnte sich nicht irren. Er sah es noch vor sich: Rudi Klappinger trug medizinische Fachliteratur durchs Theater. Wozu brauchte er sowas?

Während er noch darüber nachdachte, reifte in Beck ein Entschluss. Solange am Stadttheater Schauspielerinnen auf offener Bühne umfielen und im Krankenhaus landeten, solange Kevin Jung aus dem Feuilleton ein Revolverblatt machte und den alten Kritiker mit einem Theaterchecker ausbootete, so lange konnte er auch sein eigenes Kriminalstück aufführen, ein Solo für Justus Beck. Er würde nicht mehr ins Theater gehen, er wollte sich vors Theater setzen und warten. Warten auf seine Zielperson, die er verfolgen wollte, bis sie ihn vom Verdacht zum Beweis führte.

Es stieg eine längst vergessene Energie in ihm auf. Dass er sich sonst in seiner Wohnung matt und mies fühlte, war vergessen, wie weggeweht. Der Wein und die Kritiken waren ihm immer wie eine Beschäftigungstherapie erschienen, jetzt hatte er eine Aufgabe. Beck war so begeistert von dem Gedanken, dass er sich schon wieder Sorgen machte. So kannte er sich gar nicht. Um den Schwung der neuen Mission mitzunehmen, drehte er sich federnd um, verließ das Zimmer, bemerkte im

Flur, dass die Eingangstür aufstand und er noch immer in seiner Jacke steckte. Im Gehen zappelte er sich aus den Ärmeln heraus und kriegte an der Garderobe einen neuen Schreck, als er draußen am Treppenabsatz Juliane stehen sah, die hinunter blickte, als wolle sie gleich mit ihm losziehen. In all den Jahren seit ihrer Beerdigung war sie für ihn ja nie ganz weg gewesen. Aber dass sie nach draußen vor die Tür trat, das hatte sie noch nie getan.

6 Beck drehte sich verzweifelt zur Wand, beugte sich auf die Tischplatte, als würde er Krümel zählen, versuchte einzelne Blätter der Zeitung auffällig unauffällig vor sein Gesicht zu halten. Plötzlich bemerkte er den Geruch. Die kleine Tischkerze kokelte ein Loch in die Fernsehseite, ein erstes Flämmchen loderte, panisch guckte Beck sich um. Vom roten Sizilianer war nur noch eine Pfütze übrig. Zu wenig zum Löschen und auch zu schade. Endlich erblickte er auf einem Beistelltisch eine Blumenvase, sprang auf schnappte sie, riss die Nelken heraus, löschte die „Post", setzte dabei auch seinen Ohrensessel unter Wasser. Jetzt kam auch noch die Kellnerin. „Kann ich Ihnen helfen?" Beck versuchte fahrig, die nasse Zeitung zusammenzufalten und mit seinem Trenchcoat den Sitz zu trocknen. „Ich hol Ihnen ein Handtuch." Bevor er antworten konnte, war sie schon weg. Die Nelken hatte sie in Sicherheit gebracht.

Beck wagte nicht, sich umzusehen. War er jetzt direkt hinter ihm? Spürte er schon seinen Atem? Würde er ihn gleich packen? Zaghaft hob er den Kopf, schaute aus dem Fenster und erkannte ihn darin in einer Reflexion: Rudi Klappinger stand am Tresen und trank ein Glas Wasser. Oder war es Schnaps? Beck atmete durch, drehte sich halb um und spähte über die Schulter. Seine Zielperson hatte keine Notiz von ihm genommen, sondern starrte auf das verspiegelte Regal mit den Spirituosen. Der Bartender schenkte nach, es war kein Wasser, es war Wodka. Gut gefüllt. Klappinger stürzte seinen Drink hinunter, knallte das Glas auf den Tresen, kramte einen Schein heraus, winkte mit ihm, legte ihn ab, drehte sich um, und weg war er.

Beck war von diesem schnellen Abgang so verdattert, wie er vom Auftritt überrumpelt gewesen war. Eilig raffte er Zeitungsfetzen zusammen, schüttelte den halbnassen Trenchcoat auf, warf ihn sich über die Schulter und fingerte nach seiner Börse, die ihm prompt runterfiel. Münzen kullerten über den Teppichboden, Beck kroch hinterher und blickte erst wieder auf, als er ein Zwei-Euro-Stück vor den Füßen der Kellnerin sah, die ihn, mit einem Handtuch unterm Arm, von oben fragend ansah. „Tut mir leid, für die Unordnung, aber ich muss ganz plötzlich los. Was macht das?" Beck wartete die Antwort gar nicht ab, zog einen Zwanziger heraus und reichte ihn ihr von unten, kniend, als würde er ihr einen Heiratsantrag machen. „Stimmt so. Oder?" Die junge Dame lächelte mehr mitleidig als dankbar: „Waren nur 12,50." Beck zog sich am Tisch nach oben, sie sah sein Elend, zerrte an seinem Arm. „Schon gut, alles gut." Beck hastete zur Tür, den Trenchcoat schleifte er unterm Arm hinter sich her. Draußen schaute er nach links, nach rechts. Klappinger war verschwunden.

Beck stand mit hochgezogenen Schultern an der Ringstraße. Der Trenchcoat war doch nichts für dieses Wetter, vor allem, wenn der Wind ihn nass an seine Hose drückte. Und schon spürte er wieder diesen Schmerz, der vom Gesäß bis zur Kniekehle zog, und die Mattigkeit machte sich auch wieder bemerkbar. Was tat er hier eigentlich? Was wollte er beweisen, was hoffte er zu finden? Nur weil er glaubte, Klappinger habe ein medizinisches Fachbuch in der Hand gehalten, lief er nun seit Tagen hinter ihm her. Ohne dass er irgendwas bemerkte, was seinen Verdacht hätte erhärten können. Er kannte mittlerweile Klappingers Laufwege: neben dem „Tosca" ums Eck, die Allee entlang, die Dritte rechts in die Spessartstraße und dann in die Karlsruher. Klappinger hatte eine Stammkneipe, in die er zweimal reingeschaut hatte, während Beck sich draußen die Füße in den Bauch stand. Einmal war Klappinger in einen Laden für Heimwerkerbedarf gegangen, einmal verschwand er für eine halbe Stunde in einem Fachgeschäft für Ehehygiene. Beck stellte sich vor, dass er daheim Pornopuppen mit der Bohrmaschine bearbeitete.

Seufzend überwand er schließlich seine innere Trägheit und stiefelte los. Vielleicht konnte er ihn einholen. Wenn Paula, die immer von ihm verlangt hatte, er solle endlich Sport treiben, ihn jetzt so sehen könnte, wie er ohne sein Auto vorankam. Mit rotem Kopf zwar, außer Atem und mit ungelenkem Gang – aber er rannte ja auch geradezu. Fand Beck, als er in die Spessartstraße bog und in der Bewegung innehielt. Keine zehn Meter vor ihm kam Klappinger aus einer Apotheke. Beck machte auf dem Absatz kehrt, huschte ums Eck, drückte sich die Nase an der Scheibe eines Sanitärhandels platt.

Er zählte innerlich bis zwanzig, betrachtete Kompressen, Inhalator, Rollator, Blutdruckmessgerät. Könnte er auch alles brauchen. Dann drehte er sich wieder um, schaute um die Ecke und sah Klappinger schon ein gutes Stück entfernt.

Nichts wie hinterher, bald war die Karlsruher Straße erreicht, Beck hatte aufgeschlossen, ließ sich vor der 27 aber wieder zurückfallen. Klappinger verschwand im Eingang, Beck ging auf die gegenüberliegende Straßenseite und schaute zur dritten Etage empor. Dort wohnte er. Das Licht ging an, ein Schatten erschien, Beck versteckte sich hinter einem VW-Bus. Hatte er ihn gesehen? Jedenfalls zog er einen Vorhang vor. Nur noch matt schimmerte das Licht aus dem Zimmer. Beck wartete, bis die Kälte von den Schuhen über die Hose in seinen Nacken gekrochen war. Er spürte ein Kratzen im Hals und gab auf. Es war sinnlos, eine dumme Idee, er würde sich bloß erkälten.

Auf dem Rückweg kam er an der Apotheke vorbei, beschloss, Halstabletten zu holen. Und wo er gerade dabei war, konnte er auch noch Ibuprofen mitnehmen. Brauchte er ja eh immer. Die Apothekerin – schlank, rotblonde Locken, Sommersprossen, vielleicht zehn Jahre jünger als er – gab ihm noch Kräuterbonbons und Taschentücher mit, empfahl frische Luft, von der Beck ja nun wahrlich mehr als genug hatte. „Wenn Ihre Kunden all ihre Ratschläge beherzigen, gehen Sie ja pleite", schäkerte Beck, der ihr Lächeln nett fand und einen Anflug von Flirtlust verspürte. Um sich persönlicher als sonst zu verabschieden, spähte er auf ihr Namensschild, stutzte, griff sein Tütchen mit den Medikamenten, drehte sich grußlos um, stürzte zur Tür heraus. Erst nach 50 Metern kam er zum Stehen. Nein, er hatte sich nicht verguckt. Auf dem Schild der Dame stand „Klappinger". Beck musste jetzt nachdenken, und dann musste er telefonieren.

7 Bernd Rudolf hatte sich für elf Uhr im Laden angekündigt. Ungewöhnlich amtlich und feierlich hatte es geklungen, nicht der Polizeipräsident, sein Sekretariat hatte sich gemeldet und „Dank für sachdienliche Hinweise" angekündigt. Beck erwartete mindestens eine schwarze Limousine auf seinem Kundenparkplatz, vielleicht auch eine Motorradeskorte. Zwei Flaschen Prosecco aus Venezien standen schon kalt. War ohnehin gerade im Sonderangebot und musste weg. Beck hatte zehn Gläser rausgestellt. Man wusste ja nie. Er frickelte gerade am Drahtverschluss herum, als Rudolf kam. Auf seinem Fahrrad. Wie immer. Das war nun doch eine Überraschung. In seinem Fahrradkorb, in dem sonst die Einkäufe vom Markt steckten, klemmte nun ein weiterer Korb quer.

Beck ließ die Flasche sinken, schaute an sich herunter, blickte auf seinen schwarzen Anzug, dessen Stoff an den Ärmeln schon fühlbar dünn war. Auf eine Krawatte hatte er verzichtet. Zu viel modische Ehrerbietung vor der Obrigkeit musste auch nicht sein. Dennoch fühlte er sich jetzt völlig falsch angezogen, denn Rudolf, der sich eben noch die Hosenklammern von der Jeans gezogen hatte, kam in seiner braunen Windjacke herein. Als er die Tür öffnete, flog der Korken mit einem Knall quer durch den Laden. „Was für ein Empfang", jubelte Rudolf. Sein Blick fiel auf das Tablett mit den zehn Sektgläsern. „Erwartest Du Gäste?" Beck war kurz aus dem Konzept, besann sich aber schnell: „Die Brause ist im Angebot, da muss heute jeder von kosten, der zur Tür reinkommt. Auch Du, mein Lieber. Was bringst Du denn da Schönes mit?" Beck reichte Rudolf das Glas, beugte sich interessiert über den geflochtenen Präsentkorb und entdeckte ein Fresspaket, das aus Lauch und Karotten mit weißen Bauchbinden, Selleriestauden, Blumenkohl, Brokkoli, veganem Brotaufstrich und fair gehandelter Herrenschokolade mit 80 Prozent Kakaoanteil bestand. Eine Flasche mit Rhabarberspinatsaft ragte aus dem Gebinde heraus, das von einem Bukett aus Zierkürbissen gekrönt wurde. Wie ein Fremdkörper lag ein eingeschweißter Räucherlachs auf dem Gemüse. Beck war einigermaßen fassungslos.

„Lieber Justus, ich muss jetzt kurz förmlich werden. Die Soko Schiller bedankt sich bei Dir."

„Na, dann hätten es doch Schillerlocken sein müssen und kein Lachs." Beck wusste sich nur noch mit Sarkasmus zu helfen, für den Rudolf aber gerade gar nicht empfänglich war.

„Ohje. Gut, dass Gitta das nicht gehört hat. Ökologisch gar nicht korrekt. Ich hab ja schon dieses Fischlein draufschmuggeln müssen. Sie wollte den Korb unbedingt bestücken, aber sie dachte sich, dass Du was Gesundes brauchst. Ist alles biologisch-dynamisch. Bis auf den Lachs. Paula kann Dir damit bestimmt ganz leckeren Auflauf machen."

Eigentlich wollte Beck den Korb geradewegs auf den Kompost kippen.

„Wein braucht man Dir ja nicht zu schenken. Den Rhabarbersaft kriege ich auch jeden Morgen. An den Spinatgeschmack gewöhnt man sich, und Gitta meint, er wäre gut gegen meine Gicht. Aber, was rede ich denn? Nochmal: Die Soko Schiller bedankt sich bei Dir. Ohne Deine Beobachtungen und Deine Kombinationsgabe würden wir bestimmt heute noch das Phantom der Oper im Schauspielhaus jagen."

Direkt nach dem Besuch in der Apotheke war Beck nach Hause geeilt und hatte Jutta Meiser angerufen. Konnte es sein, dass Klappingers herzlich verhasste Ex-Frau Apothekerin war und er sie noch immer besuchte, um sich Vitamintabletten zu holen? Wer sollte darauf eine Antwort haben, wenn nicht die allzeit gut vernetzte Inspizientin? Und immerhin wusste sie auch, dass die ehemalige Frau Klappinger längst nicht mehr so hieß und auch gewiss nicht mehr in der Stadt wohnte. Aber es gebe einen jüngeren Bruder Klappinger, der sei Anwalt und verheiratet mit einer Medizinerin oder Pharmazeutin. Da war sich Jutta Meiser nicht sicher. Aber das hatte Beck gereicht.

Sein Verdacht war zu stark: Uli Edenberger ging allen im Theater mit seinen ebenso wahllosen wie weinerlichen Huldigungen an so ziemlich jede Schauspielerin im Haus auf die Nerven. Für Rudi Klappinger, der seit Jahrzehnten mit Edenberger gefangen war in einer ehe-ähnlichen Schicksalsgemeinschaft der Requisiteure, mochte das Grund genug gewesen sein, sich infam zu rächen. Wenn nicht am Kollegen selbst, so doch an den Objekten seiner Anbetung. Ede war nervig genug, dass er großen Groll heraufbeschwören konnte, aber dabei so jämmerlich, dass man sich nicht an ihm vergehen mochte. Und Klapp erschien Beck als so einsam in seinem Unmut, dass er ihm eine derart irregeleitete Form der Rache zutraute.

War das Verleumdung, hatte sich Beck gedacht und gezögert. Er war noch mal ins Arbeitszimmer gegangen. Fast hatte er sich gewundert, dass Juliane nicht da war. Die Bücher, die sie sich während ihrer Krebstherapie gekauft und durchgearbeitet hatte, lagen ausgebreitet auf dem Schreibtisch. War das alles nur ein Hirngespinst? Er versuchte, sich an das unscharfe Wackelvideo von Franz zu erinnern. Die Bilder waren nur noch verschwommen und tanzten ihm aus dem Sinn. Er hatte das Telefon sinken gelassen, es angeschaut, da war ihm eingefallen, dass er Bernd Rudolfs Nummer auf eine Kurzwahltaste gespeichert hatte. Nein, er war kein übler Denunziant, hatte sich Beck gedacht und im selben Moment den Knopf gedrückt. Nach dem zweiten Klingeln war Rudolf rangegangen. Und Beck hatte alles erzählt, was ihm seit Tagen durch den Kopf gegangen war.

Noch immer war sein Gewissen nicht richtig erleichtert, dabei hatte er wohl alles richtig gemacht. Sonst wäre Bernd Rudolf ja nicht gekommen, um ihm so viel Biomüll zu schenken.

„Dass diese Frau Billstedt eine hohle Nuss ist, die sich wichtig macht, haben meine Kommissare ja schnell gemerkt, aber der junge Herr Tanner kann von Glück sagen, dass Du mich angerufen hast. Wir haben den ganz schön durch die Mangel gedreht. Er war fix und fertig, kurz davor, irgendwas zu gestehen, auch weil sein Liebchen ja immer noch nicht wieder aufgewacht ist. Aber als wir dann die Apothekerin vernommen haben, war klar, dass an Deinem Tipp was dran war. Schade übrigens, dass keine Belohnung ausgesetzt war, sonst würde ich jetzt nicht mit einem Präsentkorb hier stehen."

Dass die nette Pharmazeutin die Schwägerin war, hatte Beck mittlerweile gehört. Auch dass Klappinger in der Apotheke am Wochenende ein- und ausgehen konnte, weil er als patenter Allzweckheimwerker die altersschwachen Schiebeschränke mit den Medikamenten wieder flott machte, hatte sich rumgesprochen. Was die Polizei aber aus Klappinger rausgekriegt hatte, das wusste Beck noch nicht. Rudolf leerte den Prosecco, verlangte mehr – bitte richtig vollmachen – und ließ sich dann nicht lange bitten.

„Dieser Klappinger war völlig überrumpelt, als wir mit zehn Mann bei ihm vor der Tür standen. Ich glaube, der hat nie und nimmer mit uns gerechnet. So sorglos, das find ich ja fast schon dreist, das ging mir richtig an die Polizistenehre. Wir haben dann bei ihm auch noch genug gefunden. Da musste unser Rechtsmediziner nur noch eins und eins zusammenzählen."

Jetzt war Beck doch wirklich gespannt, schenkte sich und Rudolf noch mal richtig voll: „Und was ergibt eins und eins?"

„Klappinger hat schon Ende letzten Jahres damit angefangen, Edenbergers Göttinnen mitzuspielen. Hier mal ein aufgestochener Reifen, da eine zerkratzte Autotür. Dass sich diese Gotenkönigin bei dem Shakespeare-Gemetzel am Anfang der Saison übergeben hat, war auch kein Zufall. Da hat Klappinger schon kräftig nachgeholfen. Und Sonja Kramer hat es dann besonders erwischt. Er hat ihr schon bei Proben Schlaftabletten und Abführmittel in Getränke reingejubelt, wenn auf der Bühne getrunken wurde."

„Klingt wie schlechte Pennälerstreiche."

„Ja, aber es hat ihn irgendwie befriedigt, wenn die Frauen sich mies fühlten und sein Kollege aus der Requisite darüber klagte. Wahrscheinlich hätte er ihm besser mal einfach eine reingehauen. Aber so hat sich das hochgeschaukelt, als sein Bruder ihn fragte, ob er im Sommer in der Apotheke ein bisschen renovieren könnte. Da hat er dann angefangen, sich Zeug zu holen, das Du sonst nicht kriegst. Die Schwägerin hat jetzt auch ganz schön Ärger."

„Und dann wurde es richtig kriminell."

„Kannst Du laut sagen. Schon die Nummer mit Sonja Kramer hätte tödlich enden können. Sie muss wohl früher mal Edenberger, als der wieder superfürsorglich war, erzählt haben, dass sie eine Antibiotika-Allergie hat. Klappinger hat das gehört, mal eine Bemerkung fallen lassen und so rausgekriegt, was es war. Ciproirgendwas. Frag mich nicht, bin ja kein Arzt. So ein Breitbandmittel. Jedenfalls hat er das mitgehen lassen und ihr vor der Medea-Premiere in eine Wasserflasche gefüllt. Da kann sich die ganze Haut ablösen. Sah wohl auch nicht gut aus bei dieser Frau Kramer. Naja, sie hat's überlebt."

„Ja, sie haben sie vollgepumpt mit Cortison. Sieht wohl nicht gut aus, will aber gleich wieder eine Hauptrolle übernehmen."

„Zähes Volk, Deine Schauspieler. Bei Shakespeare haben wir vergleichsweise Glück gehabt. Der Julia hat unser Herr Klappinger Kupfersulfat in den Giftbecher getan. Damit könnte man wohl auch Algen im Schwimmbad entfernen, taugt aber auch als Brechmittel. Und damit es richtig heftig kommt, hat er irgend so ein Morphin-Zeug dazugegeben, das man als Potenzmittel nehmen kann, wenn man es nicht gerade Parkinsonpatienten verabreicht. Ich bin ja immer wieder erstaunt, was der Giftschrank so hergibt. Es lag jedenfalls noch einiges bei Klappinger rum. Er hätte gar nicht gestehen müssen, man musste nur die Sachen einsammeln, dann war der Fall klar."

„Und was hat unsere Luise ins Koma versetzt?"

„Ein Epilepsiemedikament. Da muss man mal drauf kommen. Da ist ganz viel Barbiturat drin, das haut Dich um, wenn Du zu viel nimmst. Und Klappinger hat viel zu viel genommen. Er kann froh sein, dass Frau Maibaum noch lebt."

„Dann bin ich ja schon erleichtert. Hab mir ganz schöne Vorwürfe gemacht, dass ich haltlose Verdächtigungen gegen irgendeinen armen Soziopathen zur Polizei trage."

„Lieber Justus, Du hast alles richtig gemacht. Als Nächstes wäre Gretchen oder Maria Stuart oder die Jungfrau von Orleans tot gewesen."

„Naja, in dem Fall hätte es Alkmene erwischt. Und dann gleich wieder Sonja Kramer. In drei Wochen hat sie ja Premiere. Unglaublich, dass sie es durchziehen will."

„Stimmt, deswegen bin ich ja eigentlich da. Diese Kleist-Premiere."

„Amphitryon?"

„Da brauch ich wieder sachdienliche Hinweise an die Kriminalpolizei. Wie halte ich mir bei der Geschichte Gitta vom Leib? Jetzt kannst Du Dir Deinen Präsentkorb richtig verdienen. Erzähl!"

Beck schmunzelte, leerte die Prosecco-Flasche, holte Nummer zwei aus dem Kühlschrank, und während er noch am Verschluss herumnestelte, fing er an, seinem Schauspielführer für polizeiliche Führungskräfte ein neues Kapitel hinzuzuerfinden.

„Also, die Geschichte ist ganz schön heikel für Dich. Ein schlauer Ehemann geht mit seiner Frau eigentlich nicht in Amphitryon. Das schon mal vorweg."

„Was soll ich machen, meinen Doppelgänger schicken?"

„Du kennst das Stück?"

„Nein, keine Ahnung."

„Dann hat hier also gerade Kommissar Zufall gesprochen? Die Sache ist die: General Amphitryon kommt aus der Schlacht gegen die Athener zurück nach Theben, erwartet, dass seine Frau sich erleichtert freut, aber Alkmene ist ganz entspannt, denn sie hat gerade eine wilde Liebesnacht mit dem Gott Jupiter hinter sich. Das weiß Alkmene aber nicht, denn der Gott hat sich in Amphitryon verwandelt und den hält sie für einen Göttergatten."

„Oh, Verwechslungskomödie. Wie im Boulevardtheater. Das ist doch hübsch. Wo ist da das Problem? Kann ich da an den falschen Stellen lachen?"

„Bei Kleist bestimmt. Der Stoff ist ja uralt, Aischylos, Sophokles, Euripides haben alle darüber geschrieben, aber davon ist nichts erhalten. Plautus hat für seine Römer ein Lustspiel draus gemacht, bei Molière ging es französisch frivol zu. Kleist wollte das eigentlich nur bearbeiten, hat aber schließlich fast schon eine Verwechslungstragödie daraus gemacht. Der Gott will als Gott geliebt werden, die Ehefrau ist aber so treu, dass sie nur ihren Mann lieben kann, auch wenn sie ihn gerade betrügt, und Amphitryon ist vor allem in seiner Ehre gekränkt und eben längst nicht so, wie ihn seine Frau vergöttert."

„Okay, verstehe, der Ehemann kann mir Ärger machen."

„Allerdings! Bloß keine Diskussion darüber, wie Gitta Dich sieht und Du sie und Du Dich."

„Ja, aber darum geht's doch, denke ich."

„Genau, und deshalb musst Du von Anfang an anders argumentieren: So eine Verwechslungsgeschichte schreit doch nach erkennungsdienstlichen Maßnahmen. Die erste Frage ist schon mal, ob die Götter klonen konnten. Also, bei Plautus und Kleist steht davon nichts. Gehen wir erst mal davon aus, dass Jupiter nur sehr gut geschminkt und ein göttlicher Stimmenimitator war. Mit einer Haarprobe von Amphitryon und Jupiter schaffst Du dann allemal Klarheit. Vielleicht reichen auch schon Fingerabdrücke, um zu sagen, wer hier der Gott und wer der Gehörnte ist."

„Aber ich kenn doch Gitta, die wimmelt bei so was ab. Das seien eben Götter, die seien perfekt. Die kennen sich dann auch mit Genmanipulation aus."

Beck hielt Rudolf die Flasche hin, nuschelte „mach ma' voll" und setzte seinen Vortrag fort.

„Naja, das ist ja das Drama von Kleist, dass seine Figuren Selbstvervollkommnung anstreben, aber die Perfektion sich nie ins unperfekte Leben fügt. Jupiter schmollt ja auch, weil Alkmene blind vor Treue ist und in ihm nur Amphitryon sehen will. Das ist zwar falsch, aber eben wahrhaft falsch. Deshalb musst Du Gitta runterholen von dieser Gefühlsebene. Da hast Du eh keine Chance. Du bist Polizist, Du willst Fakten. Also, wenn das mit den DNA-Proben keine Klarheit bringen sollte, dann plädierst Du für umfassende Kameraüberwachung. Das Stück spielt vor dem Palast des Amphitryon. Da werden ja wohl ja Überwachungskameras sein. Und so ein Feldherr in der Schlacht, der sollte doch eine Body-Cam tragen wie Deine Wachtmeister auf Streife."

„Allerdings, das ist das Mindeste was man von diesem Kleist verlangen kann."

Beck füllte die Gläser wieder, Rudolf leerte seines mit einem Zug, dann sprudelte es aus ihm heraus: „Ich hab jetzt also beide Aufnahmen und kann auf die Sekunde genau sagen, wer wann wo war."

„Alles klar, Theaterabend gerettet. Und, kleiner Tipp, wenn das Gitta immer noch nicht langt. Dann muss sie neun Monate warten, denn Alkmene wurde zweimal geschwängert. Gynäkologisch gesehen ist das sicher ein Wunder, jedenfalls bringt sie Amphitryons Sohn Iphikles zur Welt und dann eben noch den Halbgott Herakles. Also auch wenn die Jungs genau gleich aussehen, spätestens wenn der eine den Wickeltisch aus dem Fenster schmeißt, weiß Alkmene, wer der Papa war."

„Mein lieber Justus, wenn ich Dich so höre… Da könnte man glatt meinen, wenn die Polizei alles richtig macht, dann gibt es im Leben und im Theater keine Dramen mehr."

„Und im Leben nach dem Theater auch nicht", sagte Beck, schenkte nach und hob sein Glas: „Ein Hoch auf die Theatergötter!" Rudolf erwiderte: „Ein Hoch auf die Gerichtsmedizin. Ich glaub, da fällt Gitta nix mehr ein. Jetzt muss ich mir das alles bloß noch bis zur Premiere merken."

8 Das Aquarium war leer, der Haifisch fort. Becks Laune hob sich augenblicklich, als er sah, dass der Glaskasten in der Mitte der Redaktion verlassen war. Keine Spur von Kevin Jung. Sehr gut. Aus der Tiefe des Großraumbüros winkte Sigrid Huxhorn: „Huhu, Messerchen, hier ist das Büffet!" Im Näherkommen erkannte Beck, dass Claudia Berneckers Arbeitsplatz an der Rückwand freigeräumt war. Er sah Kaffee, Kuchen, Schnittchen, Cola und eine Kiste Wein,

die ihm bekannt vorkam – war das nicht sein Trollinger?

Eigentlich wollte Beck heute nur mal bei Sigrid anrufen, ob es neue Termine für ihn gebe. Aber weil es der letzte Tag von Franz bei der „Neuen Post" war, hatte er sich doch ins Auto gesetzt. Ein kleiner Umtrunk war zum Abschied angekündigt. Und schließlich hatte er auch noch einen Umschlag mit dem Handgeld seines Weinpraktikanten in der Jackentasche. Zwar hatte Franz ihm schon angekündigt, dass er nicht länger Kartons durchs Kontor schleppen wolle, doch Beck bildete sich ein, dass dies nichts mit dem ausstehenden Lohn zu tun haben konnte.

Als Beck damals seinem Freund Rudolf den Hinweis mit der Apotheke gegeben hatte, hatte er danach auch Franz angerufen, um ihm seinen Verdacht zu schildern. Ein weiterer Anruf bei Claudia Bernecker hatte dafür gesorgt, dass Kevin Jung aus dem Spiel war. Mit den richtigen Fragen an die Polizei waren die beiden ganz vorne dran und konnten den Polizeieinsatz mit einer aktuellen Story begleiten: „Tödliche Gefahr für Medea, Julia und Luise / Rachedrama am Stadttheater bringt drei Schauspielerinnen ins Krankenhaus / Täter besorgt sich Medikamente aus Apotheke der Schwägerin – Für die Neue Post berichten Claudia Bernecker und Franz Mager". Das hatte eingeschlagen! Und Beck war sich sicher, dass dem investigativen Praktikanten jetzt ein Volontariat winkte.

Doch bevor er Franz gratulieren konnte, fing Sigrid Huxhorn ihn schon auf halber Strecke ab. „Die tolle Neuigkeit gehört?"

Beck blieb auf der Stelle stehen: „Franz wird Redakteur?"

„Quatsch. Kevin Jung hat eine Breitseite vor den Bug gekriegt", sagte die Sekretärin und berichtete, wie der Nachrichtenchef mit seinem Konzept beim Verleger aufgelaufen war. Demnach hatte Seniorchef Klaus Klug den Power-Point-Vortrag mehrfach unterbrochen, weil er nichts verstanden hatte. Was für die Kultur „Culture Boost" war, das war ja für den Sport „Body Best" und die Lokalredaktion „City Beat". Was sollte das sein? Die Frage hatten Kevin Jung zwar schon viele Leute gestellt, doch nun rächte es sich, dass er nicht auf die Marktforscher hören wollte, weil Leser ja nie wollten, dass sich was ändert und Veranstalter immer nur meckern konnten. Auch die Einwände der besorgten Kollegen ignorierte er, weil die meisten Kollegen zu faul waren für das Neue. Klaus Klug erledigte den Relaunch schließlich mit einem Satz: „Herr Jung, wir machen hier nicht Fit for fun!" Lothar Schlapp, der alte Chefredakteur, den Jung längst kaltgestellt wähnte, sollte erstmal dafür sorgen, dass der ganze Unfug abgeräumt wird. Dann könne man ja sehen, was die gute alte „Post" denn wirklich anders machen müsse. Ein Jahr Arbeit am Relaunch war mit einem Schlag dahin. Kevin Jung verabschiedete sich kurzfristig in den Urlaub, die Redaktion feierte seine Schlappe.

Das wurde ja immer besser, dachte sich Beck, als er endlich den Kuchentisch erreicht hatte, an dem Franz schon mit einem Colawein wartet. „Hier, für Sie!" Beck griff den Becher. „Danke, mein Jung, bestimmt das Beste, was ein Trollinger werden kann. Hallo Frau Bernecker", grüßte er die Redakteurin, die jetzt dazukam. „Ist ja eine tolle Story geworden, einen richtigen Scoop haben Sie mit Franz hingelegt. Ich würde ja sagen, ein Culture Beast, habe aber gehört, dass es das jetzt gar nicht mehr geben soll. Wie schade."

„Es geschehen eben noch Zeichen und Wunder."

„Und, Franz, wie geht's jetzt mit Dir hier weiter? Volontariat in Sicht, was?

Franz hatte den Mund voll Streuselkuchen und spuckte Krümel vor Lachen.

„Na, so große Zeichen und Wunder geschehen dann doch nicht", sagte Claudia Bernecker.

Franz schluckte hustend, dann erst kriegte er den Mund wieder auf: „Bevor er in den Urlaub gefahren ist, hat Herr Jung mir gratuliert. Klang aber, als würde er sich dabei auf die Zunge beißen. Und dann hat er mir vor Weihnachten eine Hospitation im Archiv angeboten. Das hab ich dann dankend abgelehnt. Wie man Sachen sortiert und wegwirft und schreddert und kopiert und abheftet, das hab ich ja alles schon in der Redaktion gelernt."

Beck konnte es nicht fassen und sah wohl auch so aus. „Ja, so hab ich auch geschaut", sagte Claudia Bernecker. „Aber unser Franz geht schon seinen Weg."

„Na, und was machst Du jetzt?", fragte Beck.

„Ich hab mich für das Sommersemester in Biologie eingeschrieben."

„Oh, hab gedacht, irgendwas mit Logistik würde Dir mehr liegen. Wie kommst Du auf Biologie? Was macht man denn damit? Da wirst Du doch nur Pharmavertreter."

„Sie hören sich ja an wie meine Eltern." Das versetzte Beck einen kleinen Stich. „Ein Kumpel von mir studiert schon Bio. Der hat gesagt, da wären total viele nette Mädels unterwegs. Und wer gern in die Luft schaut, sei bei den Ornithologen ganz richtig."

„Ist jetzt nicht Dein Ernst?"

„Ach, was weiß ich. Ich muss einfach mal schauen. Versteht mein Vater natürlich gar nicht. Er hat gleich gesagt, dass er mir den Geldhahn zudreht. Und meine Mutter war auch tief enttäuscht von mir. Aber für sie ist eigentlich mein Vater schuld, weil der zu viel Druck auf mich ausübt. Dabei nervt meine Mutter aus der Ferne viel mehr. Mein Vater ist ja nie da."

Becks gute Laune war spürbar gedämpft. Er hatte sich das mit Franz doch ganz anders vorgestellt, spülte ein Streuselkuchenstück mit Colatrollinger runter, verabschiedete sich schnell wieder und bot dem Jungen noch an, er könne sich jederzeit bei ihm im Laden was dazuverdienen. Erst als er schon wieder im Auto auf dem Nachhauseweg war, merkte Beck, dass der Umschlag für Franz noch immer in der Jackentasche steckte.

9 Beck war gern früh, vor allem, wenn er allein kam. Dann fühlte er sich unsicher. Es gab so viel zu kontrollieren. Und heute war er allein. Nachdem Paula wochenlang nicht mehr in seine Theaterabende einbezogen gewesen war, hatte sie sich an diesem Wochenende einen Ausflug mit ihren Pilatesfrauen vorgenommen. Franz war nicht mehr im „i.vive" aufgetaucht. Den Umschlag mit seinem Handgeld hatte Beck in die Kasse gelegt. Falls der Junge doch wieder kam oder Beck was zum Wechseln brauchte. Das Ordnungssystem, das der Praktikant eingeführt und sein Chef nie richtig verstanden hatte, löste sich bereits wieder auf. Beck musste also ganz allein durchhalten: über zweieinhalb Stunden „Amphitryon".

Er war nervös, als er den Saab aufs Parkdeck rollen ließ. Immerhin: Vier freie Plätze nebeneinander. Das machte das Einparken leicht. Als er sich aus dem Kissenknäuel auf seinem Fahrersitz drückte, sah er neben dem Aufzug zum Theater einen orangenfarbenen Fleck neben Gitterboxen auf Rollen. Er wusste, wer es war, bevor er Jutta Meiser erkannte.

„Was machst Du denn hier unten", rief er, „die Vorstellung geht doch bald los."

Die Inspizientin hob den Kopf, winkte knapp und fluchte los: „Ich muss das Zeug jetzt endlich wegkriegen. Der Dreck steht seit Wochen in immer anderen Gängen rum, so kann ich nicht arbeiten." Beck hatte sie fast erreicht und sah, dass Jutta Meiser einen Rollkorb voller blauer Altkleidersäcke schob. Medeas Bühnenbild hatte also ausgedient. Genauso wie das Knäuel aus Romeo und Julias vertrocknetem Buchsgestrüpp, das bereits in fünf weiteren Wagen hinter einer Säule stand. „Mir langt's. Das kommt mir jetzt alles in den Müll. Seit diese Leute von der Soko Schiller da drin rumgewühlt haben, hat sich keiner mehr getraut, das anzufassen. Könnten ja Beweismittel sein. Aber jetzt haben wir ja unseren Giftmischer gefunden. Dank Dir, hab ich gehört."

Das war Beck jetzt gar nicht lieb. „Nein, ich hab nur…"

„Das war gut. Klappinger war zuletzt nur noch ein asoziales Arschloch. Schade, was aus ihm geworden ist, aber gut, dass er fort ist. Und Ede ging allen nur noch auf die Nerven. Er hat noch drei Wochen Kur. Du kannst bei uns in der Requisite anfangen. Ist jede Menge zu tun."

„Ich denk drüber nach. Aber jetzt muss ich los." Beck war die Sache mit Klappinger immer noch nicht geheuer, und er verdrückte sich schnell Richtung Foyer.

Er war früh genug, um nicht von lästigen Leserinnen oder der übereifrigen Pressesprecherin angefallen zu werden und verschwand sofort auf der Herrentoilette. Kritischer Blick in den Spiegel. Was sonst Paula erledigte, musste nun er hinkriegen. Mit Wasser strich er sich das strähnige Resthaar aus der Stirn und sah mit Schrecken, dass es auf seinen Kragen rieselte. War da nicht ein Tomatenmarkfleck am Jackett? Und diese Brösel auf dem Hemd wollten auch nicht abgehen. Immerhin, die Hose war vorschriftsmäßig geschlossen. Beck wischte und klopfte eifrig, aber planlos an sich herum. Nach einigem Gefuchtel fand er, dass Paula jetzt mit ihm zufrieden gewesen wäre und traute sich wieder raus ins Foyer. Dass sein Hemd schief geknöpft war, hatte er übersehen. Draußen war immer noch nicht viel los. Der Weg zur Bar war frei. Beck bestellte einen doppelten Espresso und einen Piccolo. Das sollte für zwei Stunden Schub geben. Es zischte angenehm in der Kehle, als er zwei Ibuprofen wegspülte. Kleist konnte kommen.

Zunächst aber kam Klaudia Martini. Sie winkte schon von weitem und rief „Porca miseria, mein liebes Messerchen, was ist denn mit unserem Theater los? Habe schon gehört, dass Sie den Unhold im Alleingang überführt haben. Hätten Sie nicht auch noch den schrecklichen Oswald verhaften können. Ich hatte meinen Mann schon so weit, dass er den Kulturdezernenten und den OB davon überzeugt, unserem lieben Hagen Wolf das Kommando zu geben. Aber seine Frau hat sich auch zu dämlich angestellt. Nur schöne Haare und nichts unten drunter. Ehrlich, mein lieber Beck, da habe ich auch angefangen an unserem Herrn Wolf zu zweifeln. Was findet er bloß an dieser Person? Und wahrscheinlich ist sie auch gar keine so gute Schauspielerin, wie sie immer tut. Oder hatten Sie schon mal was von ihrer Hedda Gabler in Moers gehört? Oder von ihrer Medea in Bremerhaven?"

„Nein, da komme ich so selten hin."

„Aber sagen Sie doch mal: Konnten Sie sich Veronika Billstedt als Luise Millerin vorstellen? Das wäre doch eine Farce gewesen."

„Ich konnte sie mir gut als die dritte Mätresse des Hofmarschalls vorstellen."

„Mein lieber Beck. Da ist ja wieder das alte Fallbeil des Feuilletons. Dafür mag ich Sie."

„Ach, liebe Frau Martini", seufzte Beck, der dringend von dem Thema runterkommen wollte, „ich freue mich ja vor allem, dass Katharina Maibaum wieder aus dem Koma erwacht sein soll."

„Ja, hab ich auch gehört." Man merkte, dass diese Personalie nicht genug Tratschfaktor für Klaudia Martini besaß. Eher lustlos stichelte sie weiter. „Aber man weiß ja nicht, was das für Drogengeschichten sind mit ihrem Kollegen und Lover."

„Ach, da war doch nichts dran."

„Naja, aber dass sich Frau Kramer heute schon wieder auf die Bühne traut, das finde ich schon sehr mutig. Sie soll ja im Krankenhaus vollgepumpt worden sein mit Cortison, weil ihr sonst noch mehr Haut vom Leib gefallen wäre. Ich hab da Sachen gehört. Und jetzt sei sie ganz schön aufgedunsen. Ich weiß ja nicht. Alkmene muss doch was hermachen, wenn ein Gott sie besteigen will. Jetzt lassen Sie mal den Kritiker beiseite Beck, was sagen Sie als Mann denn dazu? Sie sind Jupiter, und da kommt so ein aufgeschwemmtes Elend aus dem Krankenhaus."

Beck schaute sich verzweifelt um, leerte eilig den Rest Prosecco aus dem Piccolofläschchen und sah dann seine Rettung: „Oh, da ist ja der Intendant." Beck hob die Hand und nickte in Oswalds Richtung. Klaudia Martini sah sich nicht um, flüsterte nur. „Der hat mir gerade noch gefehlt, lieber Beck, ich bin weg."

Nicht dass er sich auf einen Plausch mit Oswald ge-freut hätte, aber fast alles war besser, als Klaudia Marti-ni im Schreckschraubenmodus. Heute war Jakob Oswald wieder als Sultan Osman unterwegs, trug einen Kaftan mit blaugrüngelben Schlangenlinien, eine schwarze Pluderhose mit weißen Stickereien und Pantoffeln mit Goldverzierung. Seine Dramaturgendiener Mauss und Wurmser hatten ihre schwarzen Pullover zu schwarzen Stoffhosen offenbar bis zur Marke miteinander abgestimmt. Dazu trugen sie graue Schals, Mauss rechts über die Schulter geschwungen, Wurmser doppelt gewickelt, als habe er schweres Halsweh.

„Ah, Kommissar Beck, wen verhaften Sie denn heute? Die Leute im Haus haben ja schon Angst, dass die Handschellen klicken, wenn sie zu genau hinschauen." Oswald lachte schallend über sich selbst, Mauss und Wurmser verpatzten ihren Einsatz und setzten erst ein, als ihr Chef schon ausgelacht hatte. Was den Sultan aber nicht erzürnte, er war gut gelaunt und musste seine Freude dringend mitteilen. „Spaß beiseite, Herr Beck. Haben Sie von unserem großen Erfolg gehört? Nein? Können Sie auch noch nicht. Hab die Nachricht eben erst erhalten. Unser Titus ist zum Festival Radikal wild eingeladen. Anatol Wildmoser-Bettencour, das ist eben ein Guter. Hab ich immer gewusst. Die Performance mit den zornigen Tierschützern vor dem Theater und die Installation mit den Schlachtabfällen auf der Treppe, das war doch großartig inszeniert."

Oswald erkannte Becks Verblüffung: „Geben Sie's zu, Sie haben es auch nicht gemerkt!" Beck nickte, und Oswald war vollends euphorisch: „Keiner hat's gemerkt, ich auch nicht. Ich hab es erst in der Begründung der Festival-Jury gelesen. Was für eine Täuschung! So geht Theater! Bei nächster Gelegenheit muss dieser Wildmoser wieder irgendeinen Elisabethaner machen. Zur Abwechslung vielleicht Marlowe oder Webster. Wir müssen das Publikum an solche Handschriften gewöhnen. Das hab ich jetzt auch unserem Schauspieldirektor eingeimpft. Huber hat eigentlich nie an den Wildmoser geglaubt."

Das hatte Beck zwar ganz anders in Erinnerung, aber wenn sich Jakob Oswald mal etwas Neues in den Kopf gesetzt hatte, dann spielte das, was vorher war, keine allzu große Rolle mehr.

„Lieber Herr Beck, darauf müssen wir jetzt einen trinken."

„Oh, ich hatte gerade schon…"

„Nein, das muss jetzt sein, ich lade Sie ein. Ich muss mich ja auch bei Ihnen bedanken, dass Sie diesen Serienkiller in unserer Requisite unschädlich gemacht haben."

„Naja, also." Beck drang nicht durch.

„Ein Roter? Klar! Sangiovese? Kann man hier gut trinken." Der Intendant winkte die Bedienung zu sich. „Fräulein", er spähte aufs Namenschild, „äh, Gökdal. Bringen Sie unserem Herrn Beck ein Viertel Sangiovese, und ich hätte gerne einen Cognac. Schreiben Sie es aufs Haus."

Der Rote drehte die anregende Wirkung des Espresso-Spumante schon nach dem zweiten Schluck um.

Aber Beck konnte sich dem ganz und gar einseitigen Gespräch nicht entwinden. Das Foyer hatte sich mittlerweile gefüllt. Kein Fluchtweg zu sehen, und er stand mit dem Rücken zum Tresen. Von vorne redete Oswald auf ihn ein, links war er von Wurmser, rechts von Mauss eingekeilt, die einzelne Sätze ihres Chefs mit Worten wie „radikal" und „wild", „Provokation" und „Dekonstruktion" flankierten. Einen klaren Sinnzusammenhang konnte Beck nicht erkennen. Ausschweifend schilderte der Intendant, wie Kevin Jung sich in aller Form bei ihm entschuldigt habe und als Buße eine Theaterführung mitmachen musste. Beck erfuhr auch, dass Bernd Huber noch viel lernen müsse, dass Sonja Kramer nicht aufzuhalten gewesen sei bei ihrer Rückkehr zur Bühne und dass man ihre Alkmene stark habe schminken müssen. Beck möge doch milde sein. „Prost, mein lieber Weinhändler", sagte der Intendant und beugte sich verdächtig vertraulich vor. Beck hielt den Sangiovese schützend vor sich. Doch das Trio ließ erst von ihm ab, als er den letzten Schluck getrunken hatte.

Er fühlte sich beschwingt, als er vorbei durch einen Pulk alter Abonnenten, die auf der Treppe debattierten, zu seinem Platz ging. Eine Leichtigkeit stieg in ihm auf, die er nur selten spürte. Das war kein gutes Zeichen. Beck setzte sich: Siebte Reihe, Platz 75. Nummer 76 blieb frei, seine zweite Pressekarte war wohl nicht vergeben worden. Der Sitz des Kunsthallendirektors vor ihm war wie immer demonstrativ unbesetzt. Und als die Hostessen die Türen schlossen, merkte Beck, dass auch Platz 74 leer bleiben würde. Die Frau des Chefarztes aus der Urologie ließ sich nicht blicken. Er saß ganz allein, wie auf dem Präsentierteller. Ein zusammengesunkenes

Männlein auf einer kleinen Lichtung in einem Feld aus grauweißen Flecken, welche die Häupter des Premierenpublikums in den Saal tupften. Hoffentlich würde er nicht links oder rechts zur Seite kippen. Ausgerechnet „Amphitryon". Den Stoff hatte er schon zwei Dutzend Mal gesehen und dabei viel zu oft von Kleist. Den Regisseur kannte er auch, und er wusste, wie es werden musste, wenn Sonja Kramer die Alkmene verkörperte.

Das Saallicht verdämmerte. Beck blinzelte schon, schaute ein wenig neben sich. Juliane schmunzelte ihn an. Sein Gaumen war trocken, sein eines Auge so feucht, dass nur er es merkte. Als er ihre Hand auf seinem Knie spürte, war er glücklich. Da hob sich der Vorhang. Und Justus Beck schloss die Augen.

Zeitfracht Medien GmbH
Ferdinand-Jühlke-Straße 7
99095 Erfurt, Deutschland
produktsicherheit@kolibri360.de